Im Finistère, am Ende der Welt, mitten im Ozean liegt sie, felsig, rau und märchenhaft: die Île de Sein. Die Pariserin Emma muss die nächsten Wochen auf der kleinen bretonischen Insel verbringen, gemeinsam mit ihrem bezaubernden, doch für sein Alter viel zu klugen Sohn Camille. Er verliebt sich sofort in die Insel, wo der Wind seine uralten Geheimnisse in die Wellen flüstert. Doch Emma hadert mit ihrem Schicksal. Während die großherzige Restaurantbesitzerin Armelle, der einnehmende Seemann Ronan und der einsame Musiker Louis-Camille langsam herausfinden, welches Geheimnis die schöne Emma hütet, entspinnt sich auf der einsamen Insel ein Drama zwischen der Weite des bretonischen Himmels und dem rauen Meer …

FRANÇOISE KERYMER wurde 1952 in eine Familie von Buchhändlern geboren, ihr Urgroßvater war einer der Bouquinisten von Paris und eröffnete 1886 seine *boîtes* am Ufer der Seine. Sie wuchs zwischen Büchern auf, ist heute selbst Buchhändlerin in Paris und verbringt mit ihrem Mann viel Zeit in der Bretagne, wo auch ihre Romane entstehen.

FRANÇOISE KERYMER

Zwischen Himmel und Meer

Ein Bretagne-Roman

Aus dem Französischen von Carolin Müller

btb

Die französische Originalausgabe erschien 2014
unter dem Titel »Trois éclats toutes les vingt secondes« bei Editions
Jean-Claude Lattès, Paris.

FSC
www.fsc.org
MIX
Papier aus verantwortungsvollen Quellen
FSC® C014496

Verlagsgruppe Random House FSC® N001967

1. Auflage
Deutsche Erstveröffentlichung Februar 2017

Neumarkter Str. 28, 81673 München
Umschlaggestaltung: semper smile, München
Umschlagmotive: © Shutterstock/AR Pictures; Iakov Kalinin;
Vereshchagin Dmitry
Satz: Uhl + Massopust, Aalen
Druck und Einband: GGP Media GmbH, Pößneck
mr · Herstellung: sc
Printed in Germany
ISBN 978-3-442-71463-6

www.btb-verlag.de
www.facebook.com/btbverlag
Besuchen Sie auch unseren Literaturblog www.transatlantik.de

Für Jean-Paul

1.

Er setzt seinen Fuß ins Meer.

Nachdem er den Strand mit seinen großen grauen Kieselsteinen überquert und den Schmerz in seinen nackten Füßen überwunden hat – das Auftreten auf den Steinen hatte ihm die Knöchel verbogen und den kleinen käseweißen Rücken gekrümmt –, geht er beharrlich weiter ins Wasser.

Der stechend kalte Nordwind pfeift in seinen Ohren, der bleierne graue Himmel droht ihm von allen Seiten, trotzdem ist das Meer in dieser engen Bucht eher ruhig, so ruhig, wie es eben sein kann, wenn ein Gewitter aufzieht.

Hinter ihm liegen seine Kleidungsstücke, verstreut entlang des Weges, den er zurückgelegt hat, wie die Kieselsteine des Kleinen Däumlings: die rote Jacke, auf die seine Mutter so stolz ist, der marineblaue Pulli mit Reißverschluss – »Und da machst du nicht wieder ein Loch rein, okay, sonst bekommst du's mit mir zu tun!« –, eine blau-weiß geringelte Socke, eine rote Mütze, eine zweite Socke, seine Jeans, sein Slip, wie immer passend zu den Socken, eine Marotte seiner Mutter. Dazwischen seine beiden Gummistiefel, die ihm zu klein sind, aber »keine Zeit, darum kümmern wir uns vor Ort«.

Er hat seine Sachen genervt von sich geworfen, wie man sich von Überflüssigem und Bedrückendem befreit. Zusammengeknüllt auf dem nackten Boden könnte man sie für kleine verängstigte und gefügige Kreaturen halten.

Seit seiner Ankunft mit dem Schiff *Heol Sun* heute Morgen hat er auf diesen Moment gewartet. Schon während der gesamten Überfahrt hat sie ihn neugierig gemacht, diese ebene, fließende Fläche, die dennoch hart wie ein Blechschild wirkt. Jetzt will er es wissen, will es spüren, am eigenen Leib, mit jeder Pore seiner Haut, was es auf sich hat mit diesem Meer da, diesem grauen und undurchsichtigen Meer. Er kennt nur die Klarheit des Mittelmeeres, die zu ruhige Lauheit der Hotelstrände und ihre Langeweile, weil man dort nichts Interessantes tun kann. Er hat das ewige Spiel mit den Sandburgen satt, bis auf den Moment, in dem er zu den verblüfften Schreien der Erwachsenen seine Schaufel wie ein Schwert herumwirbelt und die absurden Kinderspielereien mit unendlicher Genugtuung zerstört.

Ja, seit dem Morgen betrachtet er den Atlantik und sagt sich: Ich will ins Wasser, ich werde ins Wasser gehen. Seine Mutter hat vergeblich versucht, ihn auf Abstand zu halten, als ahnte sie bereits, dass er ihr wieder einmal entwischen würde und sie dann nur ihre Wut herausschreien könnte, also hatte er abgewartet. Gewartet, dass ihre Wachsamkeit nachlässt, dass sie ihre Nase in eine Zeitschrift steckt. Zwischen zwei Felsen ist sie mit ihren Gedanken jetzt woanders, in ihrer entlegenen Welt, seufzend, hoffnungslos schwer, abwesend.

Da steht er nun, nackt vor der Unendlichkeit, und ist mit seinem Wunsch konfrontiert. Die dunklen Algen, die den Grund bedecken, und die dazwischen herausschauenden

Felsen sind im Lichte seiner Entschlossenheit bloß unbedeutende Hindernisse. Die Kälte packt ihn am Knöchel wie die Zähne einer Bärenfalle, doch in seinem kleinen Körper regt sich nichts. Bloß seine Fäuste ballen sich ein wenig, ein ganz kleines bisschen. Er geht mit der sturen Regelmäßigkeit eines Metronoms weiter, ohne einzuknicken. Das Wasser umschließt seine langen, dünnen Oberschenkel, leckt mit seiner Metallzunge an ihnen bis hinauf zu seinen Pobacken, seinen schmalen Hüften, steigt an seinem Rücken hinauf und verbreitet auf seinem Weg Zucken und Gänsehaut. Die Kälte raubt ihm den Atem, er bekommt kaum noch Luft, diesmal fährt ihm eine Hand mit Eisennägeln über den Rücken, doch das ändert nichts am Tempo seiner Schritte. Dann wird auch der Hals vom Wasser umschlossen, sein Körper fühlt sich an wie abgeschnitten, und an der Oberfläche bleibt nur noch die zerbrechliche Kugel aus Haut und Haaren.

»Camiiiille!«

Schließlich doch der Schrei seiner Mutter.

Ohne sich umzudrehen, holt er tief Luft, beugt langsam die Knie und verschwindet so langsam er kann unter Wasser. Als er schließlich knallrot wieder auftaucht, sind die Schreie noch immer zu vernehmen, erfüllen die Luft noch mehr als der eisige Wind, der ihn zwingt, die Lider zu schließen.

Er dreht sich nicht um, er weiß, dass sie da ist, gestikulierend am Ufer steht, voller Panik, machtlos. Tränen steigen in seine ernsten Kinderaugen.

So viel Zeit er sich beim Hineingehen gelassen hatte, so schnell verlässt er es jetzt wieder, so rasch wie es ihm die kleinen Beinchen eines Siebenjährigen erlauben, und er eilt zu ihr. Tropfend umschlingt er ihre Taille, ohne die Schläge zu spüren, die auf ihn niederprasseln.

* * *

»Dieses Haus ist schrecklich feucht, und dieses grauenhafte Zimmer ist winzig. Ich kann hier unmöglich bleiben, hörst du, niemals. Eine Nacht hier ist schon zu viel. Wir reisen morgen wieder ab.«

Emma tigert in dem engen Zimmer mit Blick aufs Meer herum. Zerfahren schiebt sie ihr Gepäck hin und her, von einem Stuhl aufs Bett, vom Bett auf den Tisch, vom Tisch wieder auf den Stuhl. Koffer und Taschen verstopfen den ganzen Raum.

Eingezwängt zwischen zwei Fassaden, die seiner eigenen nicht unähnlich sind – die eine honiggelb, die andere in einem undefinierbaren und verwaschenen Meergrün –, steht *Les Filets bleus*, ein einfaches Ferienhaus aus Granit, das in den Reisekatalogen als eines der charmantesten Häuser der Insel geführt wird. Zwei Stufen, eine schmale Tür und man betritt den einzigen Raum im Erdgeschoss, in dem sich eine Kochecke diskret in der Nische unter der Treppe verbirgt. Durch zwei Sprossenfenster dringt das graue Nachmittagslicht nur mühsam in diese kleine Welt aus dunklem Holz. Im oberen Stockwerk befinden sich zwei Schlafzimmer und ein Bad mit Dusche; darüber ein verschlossener Dachboden. Das war's. »Es ist lächerlich winzig hier. Wo soll ich meine Sachen unterbringen? Schau dir bloß diesen mickrigen Schrank an und diese albernen Bügel, die sich ja fast gegenseitig duellieren müssen …«

Wutentbrannt schleudert Emma die Handvoll Bügel aufs Bett. »Dein Vater hat wirklich kein Herz!« Sie bricht inmitten des Berges aus elegantem Ledergepäck einer namhaften italienischen Marke in Tränen aus. »Ein Unmensch ist er, hörst du?«

Camille, der in der Nähe der Tür steht, kommt langsam näher und setzt sich neben sie. Mit seinen dunkelbraunen Augen sieht er seine Mutter ernst an. Zwischen den Fingern dreht er einen kleinen Kieselstein, den er auf dem Weg zum Haus aufgesammelt hat. Seine leicht nach vorne gebeugten Schultern unterstreichen seine nachdenkliche Haltung. Es gibt da etwas, das er nicht versteht. Sein Vater hat sehr wohl ein Herz, jeder Mensch hat ein Herz. Auf seiner Bildtafel der menschlichen Anatomie, deren medizinische Bezeichnungen er allesamt kennt, ist auch das Herz abgebildet. Wie kann sich seine Mutter in diesem Punkt so irren?

»Aber Mama … Papa hat …«

»Rede nicht mehr von deinem Vater! Mich hierherzuschicken und verfaulen zu lassen … Auf dieser Insel im Nirgendwo, mitten im Atlantik … er kennt wirklich kein Mitleid. Mein Gott, schlimmer geht es wirklich nicht. Und weißt du was, er hat sogar noch für zwei Monate Kostgeld im Voraus bezahlt, in dem Restaurant nebenan, um sicherzugehen, dass du wenigstens einmal am Tag was zu essen bekommst … Und dann noch die Rechnung zum Anschreiben im Lebensmittelgeschäft an der Ecke … das ist alles so demütigend. Als würde er mich anketten. Ich bin im Gefängnis, Camille. Im Gefängnis, hörst du?«

Emma weint immer heftiger, ihre feinen blonden Haare sind zerzaust von einem Wind, der keine Rücksicht nimmt auf kunstvolle Föhnfrisuren. Mit geschickten Fingern versucht Camille die rebellischen Strähnen zurecht zu zupfen, damit seine Mutter wieder das vertraute Gesicht, das einer makellosen Pariserin, bekommt. »Lass meine Haare in Ruhe, das nervt mich! Und geh in dein Zimmer … Falls man diesen Wandschrank überhaupt als Zimmer bezeichnen kann.«

Camille steht auf, zögert und lässt den Blick durch das kleine Zimmer schweifen, betrachtet die Taschen, das Fenster, die Aussicht auf den kleinen Hafen und das Meer. »Mach dir keine Sorgen. *Ich* bin ja da, Mama. *Ich* liebe dich.«

Emma antwortet nicht. Sie putzt sich geräuschvoll die Nase, greift dann nach ihrem Telefon und kontrolliert nervös ihre Nachrichten.

»Ich hab dich lieb, Mama. Ich hab dich lieb, ich hab dich lieb …«

»Lass mich, hab ich gesagt, ich kann nicht mehr. Und wenn du nicht weißt, was du tun sollst, dann nimm deine Tasche und pack deine Sachen aus.«

* * *

Neben seinem Nachttisch in dem Wandschrankzimmer steht ein Regal voller Bücher über die Insel, die Region, das Meer. Wahllos greift Camille eines heraus: *Île de Sein, ein Landfragment im Atlantik.*

Île de Sein – Buseninsel –, was für ein komischer Name für eine Insel … Bei ihrer Ankunft hatte er sich seiner Mutter gegenüber verwundert darüber gezeigt, woraufhin diese sehr schlecht gelaunt seufzte: »Komisch? Warum komisch? So ist eben ihr Name, das ist alles.« Er findet es lustig: »Ich bin auf einem Busen. Auf einem Busen!« Aber er weiß nicht, was »Fragment« heißen soll: »Land-Frag-Ment«, ein Land das fragt? Ein Land kann doch nichts fragen. Land ist Land. *Er* kann Fragen stellen, die Insel ja wohl nicht.

Camille tritt ans Fenster, öffnet es, schaut hinaus. Ein Land, das Fragen stellt... Die Insel breitet sich wie eine flache, einsame Pfütze rund um diesen kleinen zurückgezogenen Ort aus, der sich an seine Küste schmiegt. Ist das überhaupt Land hier?, fragt er sich. Oder befinden wir uns vielleicht auf einer Scholle, die im Meer treibt? Gewissermaßen auf einem Floß? Einem großen Floß mit Häusern, Wegen und Blumen darauf? Einem Floß, das sich ganz sachte von der Küste entfernt. An Bord er als Kapitän und seine Mutter, die Königin der Frauen.

Camille blättert die Seiten des Buches um und sucht auf den Fotos nach Anhaltspunkten. Wie funktioniert so ein Floß überhaupt? Die Augenbrauen des kleinen Jungen ziehen sich ausgesprochen konzentriert über seinen dunklen Augen zusammen.

»*Frag frag frag*«, macht die Silbermöwe, die auf dem Fensterbrett sitzt. »Ja, okay, hab schon verstanden«, antwortet er verärgert, in seiner Lektüre gestört. »Du bist Ment und lebst auf dieser Insel und dich soll man fragen. Frag-Ment. Ich verstehe.«

Die Silbermöwe sieht ihn an, reglos, und lässt keinerlei Impuls erkennen, ihren Granitrand zu verlassen. »Ich heiße Camille. Ich weiß, Camille ist ein Mädchenname, in der Schule machen sich alle über mich lustig. Mama wollte lieber eine Tochter, also hat sie den Namen nicht geändert. In meiner Klasse sind zwei Mädchen, die Camille heißen, die kann ich nicht ausstehen. Ich würde auch lieber Ment heißen. Wie du. Du hast wirklich Glück …«

Die Tür geht plötzlich auf. »Man erfriert hier so schon, und du reißt auch noch das Fenster auf. Kannst du nicht mal was richtig machen? Bitte, mach es sofort zu. Und verscheuch bloß diese Möwe, die sieht aus wie eine Ratte mit Flügeln, wie die Tauben. Tauben oder Möwen, sowieso alles das Gleiche …«

»Das ist keine normale Möwe, Mama, sondern eine *Silber*möwe.« Emma macht das Fenster selbst zu. »Eine normale Möwe ist kleiner als eine Silbermöwe. Und Möwen haben einen dünnen roten Schnabel, Silbermöwen aber einen gelben mit einem roten Fleck unten«, stellt Camille klar.

Majestätisch entfernt sich der Vogel in Richtung Meer, offenbart mit weit ausgebreiteten Flügeln seine Kraft und seinen weißen Glanz und entschwebt zu einem neuen Sitzplatz. Sie folgt ihm mit dem Blick, ohne ihn wirklich zu sehen.

»Okay, gut, dann eben eine *Silber*möwe. Du musst wohl immer das letzte Wort haben … Räumst du so deine Sachen ein?«

»Ich hab's versucht, aber ich weiß nicht, wohin ich sie tun soll … Es ist kein Platz.«

»Du hast es gar nicht versucht. Du hast ja nicht mal den Reißverschluss aufgemacht.«

»Doch, aber ich hab ihn wieder zugemacht.«

»Warum?«

»So halt …«

»Wie, so halt?«

Camille antwortet nicht. Stirnrunzelnd steckt er die Nase

wieder in sein Buch. Er will wissen, wie so ein Floß funktioniert.

* * *

Nachdem der Wind schließlich nachgelassen hat, senkt sich mit der Kühle des Abends ein Dunstschleier über die Insel. Allmählich legt sich der Lärm am Quai des Paimpolais, und Camille, der mit weit aufgerissenen Augen im Bett liegt, hört die Ruhe aufsteigen. Mit gespitzten Ohren lauscht er auf das, was in seinem Zimmer vor sich geht.

Unter ihm knarrt das Haus. Leises Knacken, unregelmäßig, in größeren Abständen, recht deutlich, wie die Geräusche eines Lagerfeuers. Die Fensterläden bewegen sich leicht, die schlecht geölten Fensterangeln quietschen. Dann Schritte, leises Getrappel, das plötzlich verstummt. Camille richtet sich auf, er hat Angst; Angst vor diesen Geräuschen, die er nicht kennt, Angst davor, in diesem Bett mit dem fremden Geruch zu schlafen, diesem Algengeruch, den man hier überall wahrnimmt.

Langsam öffnet er die schwere Eichentür, die ihn von seiner Mutter trennt, und nähert sich ihr. Er hat all seine Antennen auf ihren leicht pfeifenden Atem gerichtet, die endlosen Modulationen ihrer Atmung, die sich mit jedem Ausatmen ändert – wegen der Zigaretten, sagt sein Vater. Durch seinen schmächtigen Körper fährt ein Zittern, ihm ist jetzt viel kälter als vorhin im Wasser.

»Maman …« Der Mund öffnet sich, kein Laut kommt heraus. Das Kind weiß, dass es seine Mutter nicht beim Schlafen stören darf – sie schläft so schlecht –, »nur wenn es einen triftigen Grund gibt« darf er sie wecken. Ist es ein triftiger

Grund, wenn man sich in einem fremden Haus alleine fühlt? In einem Haus, in dem die Holzbalken sich knackend dehnen, in dem die Mäuse tanzen und die Fensterläden ächzen?

Einen Moment lang bleibt Camille im Dunkeln stehen, reglos, gefesselt von dem unterbewussten Konzert, das seine Mutter in ihm auslöst, unfähig, einen weiteren Schritt zu tun. Aber der Junge muss es wissen, sofort, warum sein Vater nicht hier bei ihnen ist. Warum seine Mutter die ganze Zeit schläft. Warum die Insel *Île de Sein* heißt. Warum er nicht einschlafen kann. Warum ihm nie jemand seine Fragen beantwortet.

Doch dann kehrt er lautlos in sein Bett zurück … und träumt davon, warme, schützende Arme um seine schmalen Schultern zu spüren, Arme mit weicher, zarter Haut. Arme, die ihn, nur bis er Schlaf findet, vergessen lassen, dass er mit seinen sieben Jahren noch klein ist … Aber in seinem Kinderkopf schon zu groß, viel zu groß ist, eben »anders als die anderen«, wie sein Vater sagt.

2.

In dem Sonnenstrahl, der auf einen großen Teil ihres Betts fällt, suchen Emmas Arme nach dem Laken, um es wieder bis unter ihr Kinn hochzuziehen. Ein raues, dickes Laken in einem undefinierbaren Grauton. Bei seinem Anblick jetzt gefriert ihr das Blut. Was macht sie hier? Sofort treten ihr Tränen in die noch kaum geöffneten Augen.

Neben ihr dampft ein Kaffee, von Camille zubereitet, der die Fensterläden weit aufgemacht hat, um den Tag hereinzulassen. Er wagt es, ins mütterliche Bett zu klettern, und zwängt sich sogar neben sie. »Es ist halb zwölf, Maman. In der Küche ist nichts. Bloß Kaffee. Und ich hab Hunger …«

Halb zwölf? Emma hat das Gefühl, mitten in der Nacht aus dem Schlaf gerissen worden zu sein. Es stimmt, dass sie gegen drei Uhr morgens eine zweite Dosis Schlafmittel genommen hat. Der kleine blonde Schopf mit den langen, feinen Locken ruht am Rande ihrer Schulter, und sie macht die Augen wieder zu, die Sonne ist zu stark. »Danke für den Kaffee, Camille, das ist nett …«

Schleppend formieren sich die Bilder erneut in ihrem noch langsam arbeitenden Gehirn, und der erste Anblick der Insel gestern Morgen vom Boot aus taucht wieder vor ihrem inneren Auge auf: dieses unglaublich trockene Heideland dicht über dem Wasser, so unwahrscheinlich, dass es ihr geradezu irreal vorkam. So sehr dass Emma, als das Boot seinen Bogen zog, um am Kai anzulegen, ungläubig ihren Nachbarn fragte: »Wo sind wir denn hier?«

»Nun ja ... auf *Sein*! Wo sollen wir denn Ihrer Meinung nach sonst sein? Danach kommt nichts mehr. Bloß noch Wasser, Tausende Kilometer weit, bis nach Amerika ...«

Sie traute ihren Augen nicht, und doch befand sich, als sie sich seiner Küste näherten, ein Dorf auf diesem Stück Land. Ein so flaches Landstück, dass man meint, es müsse beim ersten Anrollen einer Welle untergehen – und die Welle müsste nicht einmal so hoch sein, wie sie es hier manchmal zu sein scheinen. Wie gebannt war sie von diesem Haufen am Fuße des Leuchtturms zusammengedrängter Häuser, die wie eine verschreckte Herde Schafe aussahen, die sich um die Beine des Schäfers versammelt, es verschlug ihr die Sprache.

Und hier an der äußersten Nasenspitze Frankreichs, ja Europas, am absoluten Ende der Welt, sollte sie zwei Monate verbringen. Zwei Monate, auf Anweisung ihres Mannes, ohne einen Fuß auf den Kontinent zu setzen, unter keinen Umständen, sonst würde er sie hinauswerfen. Und die ganze Zeit allein mit ihrem Sohn.

Und wenn man bedenkt, dass sie an einem Kai an Land gegangen war, der seit 1940 als *Quai des Français-Libres* – als »Kai der freien Franzosen« – bekannt ist! Kaum hatte sie einen Fuß auf ihren Boden gesetzt hat, wurde sie von dieser Insel bereits zum Narren gehalten.

»Ich habe keinen Hunger, mir ist schlecht. Ich gehe nachher in den Lebensmittelladen. Man hat es uns gestern erklärt, erinnerst du dich noch, wo er ist? Denn ich weiß es nicht mehr. Bei allem, was hier passiert, weiß ich überhaupt nichts mehr. Gar nichts … Und ich bin müde. So müde.«

Natürlich weiß Camille es noch. Ganz einfach, man muss nur Richtung Leuchtturm gehen und dann schnurstracks auf die Kirche zusteuern, und der Laden ist gleich gegenüber. Der kleine Rundgang, den sie bei ihrer Ankunft gemacht haben, hat ihm genügt, um sich den Ort perfekt einzuprägen.

»Sieh in meiner Tasche nach, wenn du Hunger hast, da müsste noch ein Schokoriegel sein.« Doch er schüttelt den Kopf, er will sich nicht vom Fleck rühren. Sie sind so selten, solch ruhige Momente in ihrer Nähe. Auch er schließt die Augen. Ihr Parfüm verleiht ihr, was er am meisten an ihr liebt, diese vertraute, süße Essenz, die sich großzügig entfaltet.

An sie gekuschelt lauscht er mit gespitzten Ohren der Brandung, sie ist gegenwärtiger als gestern, wie sie auf den Sand vor dem Fenster schlägt und dabei wunderschön spritzt und sich anschließend mit einem großen, unerschrockenen Streicheln beugt, bevor sie erneut in die Offensive geht. Camille zählt die Sekunden zwischen den entgegengesetzten Bewegungen und staunt über das schrille, wilde, unvorhersehbare Kreischen einer Silbermöwe, das diesen ganzen rhythmischen Wohlklang ungeniert übertönt.

»Hallo Ment!«, sagt er leise für sich.

* * *

Emma ist wieder eingeschlafen, der Kopf schwer im Kissen versunken, das Gesicht kaum noch sichtbar. Sie schnarcht leise.

Geräuschlos steigt Camille aus dem Bett und kehrt in sein

Zimmer zurück. Blitzschnell ist er fertig. Normalerweise hasst er es, sich anzuziehen, braucht jeden Morgen stundenlang, bloß um in ein Paar Schuhe zu schlüpfen, was seine Mutter zur Verzweiflung bringt. Es ist so langweilig. Aber heute Morgen hat er es eilig: Bevor sie wieder aufwacht, will er ihr eine Überraschung bereiten.

Die kleine Gestalt schleicht nach draußen, läuft ohne zu zögern zum Lebensmittelladen, betritt ihn in aller Ruhe und sagt zu der verdutzten Kassiererin: »Guten Tag, Madame, ich hätte gerne Milch, Nesquik, Brioche, Butter und Erdbeermarmelade. Ich habe es ein wenig eilig, weil meine Maman sehr hungrig ist. Wir haben seit gestern Abend nichts gegessen. Sie hat gesagt, ich soll alles auf die Rechnung setzen lassen … Das ist praktisch, hat Maman mir erklärt, man kann einkaufen, ohne etwas zu bezahlen … Das erledigt Papa dann nachher für uns.«

Die Lebensmittelhändlerin weiß, worum es geht. Der Vater hat sie vor ein paar Tagen angerufen. Die Beschreibung passt genau. »Du weißt wenigstens, was du willst, Mäuschen … Und deine Mutter hat ja wirklich Glück mit so einem kleinen Jungen, der für sie einkauft!«

Für den Bruchteil einer Sekunde steigt Wut in ihm hoch, sein Blick wird eisig. Tränen steigen ihm in die Augen. Camille mag es nicht, wenn ihn jemand »Mäuschen« nennt, und versucht, das auch wortreich zu erklären. Die Dame ist nett, sieht seine Bedrängnis, versteht aber nichts. Sie entschuldigt sich mit einem Lutscher, den sie ihm milde reicht, und packt alles, um was er gebeten hat, in eine Packpapiertüte.

»Nein, danke. Ich mag keine Süßwaren.«

»*Süßwaren!* Wie alt bist du denn, dass du schon solche Wörter kennst?«

»Ich bin sieben Jahre alt. Mein Vater sagt, ich spreche besser als meine Mutter. Und das stimmt. Maman irrt sich ständig. Sie verwechselt sogar eine einfache Möwe mit einer *Silber*möwe!«

»Und du kennst den Unterschied?« Die Verkäuferin möchte dem Kind das Lächeln zurückgeben, ihm ermöglichen, ihr zu zeigen, dass er es weiß, was die Sache jedoch nicht besser macht. »Natürlich!«, faucht das Kind und schnappt sich hastig die prall gefüllte Tüte.

Warum verstehen ihn die Großen bloß nicht?

Sogar der Arzt-zum-Reden regt ihn auf, mit seinen andauernden dummen Fragen.

* * *

Als sich das Tablett der Türschwelle von Emmas Zimmer nähert, ist Camille stolz auf sich. Das Schwierigste war es, die Treppe hinaufzugehen, ohne etwas fallen zu lassen. Doch als er die letzte Stufe überwunden hat, stößt die Tür gegen seine Fracht, und die Schokolade kippt um. Vor Wut lässt der Junge alles fallen. Und das Frühstück verteilt sich mit lautem Krachen auf dem Boden.

Emma schreckt in ihrem Bett hoch. Sie regt sich auf, beklagt sich und beweint mal wieder ihr Unglück.

Camille dagegen weint über die Welt, die sich ihm widersetzt.

* * *

Zehnmal fängt sie von vorne an, zehnmal reißt sie vor sich hin schimpfend Kleider aus ihren unters Bett gerutschten Taschen. Nichts geht. Emma seufzt und schiebt nervös ihre letzte Auswahl auf den Haufen der auszuschließenden Kleider. Ihr ist kalt, und sie schlüpft in ihren Morgenmantel, der ihre glatte weiße Haut eines zu langen Winters erkennen lässt. Durchs Fenster ist der Himmel hellgrau und dennoch leuchtend, fast schon grell zu sehen. Er ist ganz nah, die Sonne gleich dahinter. Schon, aber sie ist trotzdem nicht da. Für Emma gibt es hier nichts. Kein Glück, keinen Frieden, noch nicht mal die einfache Ruhe der Erholung.

Mit Camille gibt es sowieso nie Erholung. Und sie hierher zu verbannen – sie, ein Kind Südfrankreichs, sie, die kleine Eidechse, die sich nur in der glühenden Sonne wohlfühlt –, ist das Schlimmste, was Boris ihr auferlegen konnte.

»Ihr werdet sehen, auf *Sein* hat man alle vier Jahreszeiten an ein und demselben Tag!«, hatte ihr Sitznachbar ihr auf dem Boot stolz vorhergesagt. Ein vollkommen unverständlicher Stolz für sie, die keinerlei Interesse daran hat, ein Jahr in vierundzwanzig Stunden zu durchleben.

Also wappnet sie sich für das Unerträgliche. Hier ist es viel zu kalt, viel zu windig, um sich mit einem großen Hut und einem leichten Kleidchen hinauszuwagen, das hat sie schon gemerkt. Und diejenigen, die hier baden gehen – man muss wirklich hier geboren sein, um in dieses eisige Wasser einzutauchen! –, müssen sich sogleich auf ein dickes Frotteehandtuch stürzen und sich in aller Eile umziehen.

»Was für ein Ort ist das nur?«, murmelt sie mutlos.

Camille ist vertieft in die an der Wand hängenden Landkarten.

»Was für ein Ort das ist? Wir sind im Finistère, Maman. Weißt du, warum es so heißt? Nicht? Ich weiß es. *Finis-tère* – das Ende der Welt. Ganz einfach. Und da… schau! *Die Karte der Meeresschätze der Île de Sein.* Was soll das sein, die Meeresschätze? Ach so, Treibgut? Warum sagt man dann Schätze? Treibgut, das sind herrenlose Trümmer und Scherben, die sind doch nichts wert! Aber… doch, ich verstehe… Wenn ein Schiff sinkt, dann verschwindet es ja mit seiner Ladung. Ein Schatz am Meeresgrund. Also schon Meeresschätze. Logisch… Schau mal, da gibt es ein Schiff, das *Erzengel Raphael* heißt. Das ist doch kein Name für ein Schiff. Engel sind doch im Himmel… warum heißt es so, Maman? Glaubst du, sie verwechseln hier den Himmel mit dem Meer?«

Ganz benommen von dem fortwährenden Kreuzverhör durch Camille, auf das sie schon gar nicht mehr reagiert; genervt von der erfolglosen Bekleidungswahl, die sie an die Parameter dieser Insel anzupassen hat, kapituliert Emma. Sie schiebt den Berg aus Kleidern, die sie erst übergestreift und dann sofort wieder ausgezogen hat, beiseite und entschließt sich letztendlich zur Mäßigung: eine Jeans und ein hellgrauer Kaschmirpulli. Mäßigung braucht sie jetzt wirklich, um sich von Camilles geistigen Arabesken zu reinigen und Ordnung in ihrem Kopf zu schaffen.

Alles ist so schnell gegangen… Boris Entscheidung, die Tickets, die hastig gepackten Taschen, der Zug, das Schiff… Die Bretagne, wo sie noch nie zuvor gewesen war, diese feindselige Insel… Und, schlimmer als alles andere, ihre vollkommene Unfähigkeit zu reagieren. Seit sie den Fuß auf *Sein* gesetzt hat, fühlt sie sich von allem angegriffen. In diesem entlegenen Winkel der Welt fühlt sie sich so fremd, dass sie am liebsten durchsichtig wäre und auf keinen Fall Aufmerksamkeit auf sich ziehen möchte. Was sie jedoch sehr wohl tut, sobald sie sich schließlich entschließt hinauszugehen. Emma schreitet über den Kai wie über den Laufsteg eines großen Modeschöpfers, mit ihrer riesigen weißen Chanel-Sonnenbrille und dem hellgrauen Musselinschal, der an ihrem Hals im Wind flattert.

* * *

»Camille, wenn du nichts isst, rege ich mich nur wieder auf.«

Camille hört nicht, er hat seinen Teller nicht angerührt. Er beobachtet eine Silbermöwe auf dem Geländer, die gierig die Innereien eines liegen gelassenen Sandwichrestes in Stücke reißt. »Camille, ich sage es nicht noch einmal …«

Das Sandwich springt unter den brutalen Schlägen des Schnabels davon und landet ein Stückchen weiter am Boden.

»Also wirklich … Hörst du mich oder nicht? Oh … dieses Kind hört mir einfach nie zu. Und das Essen dauert immer stundenlang mit ihm … Camille! Ca-mille!«

Die Proteste seiner Mutter ignorierend, verfolgt Camille unbeirrbar weiter das Spektakel dieses unerwarteten Festmahls. Im hellen und luftigen Gastraum des Restaurants zischt Emma vor sich hin, will die Aufmerksamkeit nicht noch mehr auf sich ziehen. Der eindringliche Blick der Bedienung, die sie bereits seit ihrer Ankunft schräg anschaut, ist ihr schon unangenehm genug. Eine hübsche junge Frau, zugegeben, aber linkisch, scheu, die sich in ihrer Haut nicht gerade wohlfühlt. Wie Emma selbst in diesem Alter … Ihre ganze Jugend in Nizza hatte Emma davon geträumt, jemand anders zu sein, sich selbst hinter sich zu lassen und den ganzen Tag Kleidung, Roben und Accessoires zu zeichnen, sich mit dem Buntstift eine Eleganz zu erfinden, um der Monotonie zu entfliehen. Sich in diesem jungen Mädchen wiederzuerkennen und bei dieser Gelegenheit wieder in ihre Jugendjahre einzutauchen, in denen sie trotz allem jeden Morgen von der Hoffnung auf ein anderes Leben geweckt wurde, ist ihr zutiefst unangenehm.

Und wenn es bloß das wäre! Alles hier stört sie: die Rahmen an den Wänden, in denen Schifferknoten zur Schau gestellt werden, die alte Taucherausrüstung, die in einer Ecke vor sich hin rostet, die Poster von Meeresvögeln, das Regal mit den abgegriffenen Romanen und die Fotos des Leuchtturms *Ar-Men* aus allen möglichen Blickwinkeln …

Sich vorzustellen, all das zwei Monate lang ertragen zu müssen. Zwei Monate in einem Haus ohne jeden Komfort, in einem urigen Restaurant mit Lokalkolorit, auf dieser Insel ohne Boutiquen, ohne Kino, ohne Friseur … ohne alles.

Doch die Leute um sie herum machen einen vollkommen zufriedenen Eindruck. Seufzend setzt Emma das Glas mit dem angenehm temperierten Weißwein an ihre Lippen, ein magerer Trost bei all dem Mangel an kultivierten Freuden.

Aus dem hintersten Winkel des Gastraumes nähert sich langsam ein Mann. Groß, schlank, fast mager, silbernes Haar, sein langer und sehr dünner Hals ragt aus dem Stehbundkragen seines Hemds unter dem Seemannspulli. »Erlauben Sie mir, mich vorzustellen. Louis-Camille Leclerc du Vivier. So benannt auf den Wunsch meiner seligen verstorbenen Mutter – ihres Zeichens eine hervorragende Köchin – und meines hochgeschätzten Vaters und angesehenen Wissenschaftlers. Sie müssen wissen, dass ich stolz darauf bin, denselben Vornamen wie Louis-Camille Maillard zu tragen, dessen Entdeckungen ein wahrer kulinarischer Segen sind. Dank ihm sind wir mit den Reaktionen von Zuckern und Aminosäuren bei hohen Temperaturen vertraut, die für die köstliche Bräunung von dem Brot, Steak und den Pommes frites auf Ihrem Teller verantwortlich sind und den Lebensmitteln so einen unvergleichlichen Geschmack verleihen! Auch diese Silbermöwe, die sie so aufmerksam beobachten, hat das verstanden. Du solltest es probieren … Camille.« Und daraufhin verlässt der Mann mit starr erhobenem, leicht nach hinten geneigtem Kopf das Lokal, die Arme unmerklich vom Oberkörper abgespreizt, und verströmt im Vorbeigehen eine antiquierte Erhabenheit.

Emma zieht die Schultern hoch. Sie mag es nicht, angesprochen zu werden, schon gar nicht auf diese hochmütige und anmaßende Weise. Camille dagegen ist starr vor Staunen. Mit offenem Mund sitzt er da und hört auf mit seinen Pommes frites herumzuspielen. Erst nach einigen langen Sekunden zupft ihn seine verärgerte Mutter am Ärmel, und er findet die Sprache wieder. Mit tonloser Stimme sagt er: »Er … er heißt wie ich.«

Innerhalb von fünf Minuten isst Camille seinen Teller leer. Er legt sein Besteck hin, trinkt einen Schluck Wasser und lächelt seine Mutter an. Er setzt sein strahlendstes Lächeln auf – das, welches andere sofort zum Schmelzen bringt, das, welches das Beste von ihm zeigt, das reinste, leuchtendste, durchdringendste seiner Kinderseele. Dann wischt er sich sorgfältig den Mund ab und sagt in vollem Ernst: »Ein unvergleichlicher Geschmack …«

* * *

Wie durch ein Wunder ist Camille an diesem Nachmittag ruhig. Er verlangt nichts von seiner Mutter und gibt sich damit zufrieden, auf der Brüstung sitzend die Beine baumeln zu lassen, vollkommen gefangen vom Theater des maritimen Hafenlebens. Die kleine Bucht mit dem Quai des Paimpolais wimmelt nur so von Dingen, die es zu sehen oder sich auszumalen gilt.

Unter dem Leuchtturm verlängert eine Verladerampe aus dunklem Granit den Kai wie der Kopf eines Krokodils, bereit, ein seltsames oranges Boot mit grünem Rumpf zu verschlingen, das weiter unten am Hafen vertäut ist. Camille kneift die Augen zusammen und schafft es, darauf den Schriftzug *Ville de Paris* zu entziffern. Noch so ein Rätsel, das es zu lösen gilt. Warum haben die Boote hier Namen, die nicht zu dem passen, was sie sind? Was hat Paris auf *Sein* zu suchen?

Logischerweise müsste es *Ville de Sein* heißen. »Oder passender noch«, verbessert Camille sich sogleich, »*Village de Sein*. Village – Dorf: eine Ansammlung von Behausungen, bedeutend genug, um sich ordentlich selbst versorgen zu können«, sagt er, zufrieden mit seiner Wortwahl, auf. Sein *Petit Larousse* ist nie weit weg, und er liebt präzise Worte und Formulierungen. Eine einmal gelesene Definition bleibt ihm vollständig im Gedächtnis … genauso wie das kleine Faltblatt vom Schalter des Hafenbüros: Ein Blick hatte genügt. Auf dieser Insel, liest er noch einmal nach, als habe er es noch vor Augen, gibt es zwei Lebensmittelgeschäfte, Bars, Restaurants, eine Crêperie, zwei Hotels, eine Post, Bekleidungs- und Souvenirgeschäfte, einen Arzt … letztendlich alles, was man braucht. Wenn man acht Kilometer vom Kontinent entfernt lebt, muss man ohnehin mit dem zurechtkommen, was man hat. »Sich ordentlich selbst versorgen können« ist genau das. »Und ›ordentlich‹, bei all dem Wasser zum Putzen ist auch klar!«, denkt er vergnügt und zufrieden mit sich, während er weiterhin das Kommen und Gehen der Boote im Blick behält, die sich am Ausgang der Bucht begegnen.

Gegenüber der kleinen Bucht wird ein roter Pfahl im Wasser gemieden. Der Meeresspiegel sinkt, und das Kind versteht die Vorsicht der Seemänner. Der Pfahl befindet sich auf dem Riff, dem unter Wasser liegenden Bollwerk, das die Bucht schützt. Darauf ist man im Dorf auch wirklich angewiesen, wenn das Meer tobt. Camille hatte im Restaurant ein verblüffendes Foto gesehen, auf dem die Dächer und Fassaden von riesigen Wassermassen umspült sind, eine flüssige Feuersbrunst.

Die Bücher aus seinem kleinen Zimmer haben es ihn gelehrt: Er befindet sich hier inmitten des größten Seemannsfriedhofs der Welt. All die Schiffwracks, die auf seiner Wandkarte verzeichnet sind, zeigen nur einen winzig kleinen Teil dessen, was den Meeresgrund um ihn herum bedeckt.

Ein ganzer Seemannsfriedhof unter diesen Wassermassen, die heute so ruhig erscheinen ... Camille erschaudert. Diese Insel ist wirklich interessant – viel spannender als der Strand in Südfrankreich, wo sie normalerweise jeden Sommer hinfahren. Sein Vater hatte dieses Jahr eine sehr gute Idee, auch wenn es nicht nach Mamans Geschmack ist. Ihm dagegen gefällt es, er mag alles Neue. Aber er hat nicht verstanden, warum sein Vater diesmal nicht mit ihnen gekommen ist. Und auch nicht, warum er gesagt hat: »Es wird euch guttun, mal nur ihr beide. Für Camilles Atemwegsallergien ist es auch von Vorteil. Und, was dich betrifft, Emma, du kannst dir mal den Kopf von der Meeresluft durchpusten lassen ...«

Camille saugt diese Luft ein, nimmt einen tiefen Atemzug. Luft strömt in die Lunge, nicht in den Kopf. Sein Vater redet Unsinn.

Der Kai umschließt den blonden Strand wie ein Krebs mit den Scheren seine Beute. Zu Camilles Linken wacht der Leuchtturm *Men Brial*, und ein Haufen Felsen trennt die Landschaft rechts davon ab. Sein Blick schweift ab, geht darüber hinweg und gleitet weiter über das raue Heideland der Insel. Camille fragt sich, ob es sich unter Wasser fortsetzt, verwandelt in moosige Meereswiesen, auf denen die unzähligen Schiffswracks liegen wie den Fischen überlassene Unterwasserruinen.

In Paris hatte er auch einmal ein Schiffswrack besessen. Ein kleines Modell, das ihm sein Vater geschenkt hatte. Er hatte Stunden, Tage, Monate gebraucht, um es zusammenzubauen, allein in seinem Zimmer. Doch dann war der Mast des Marssegels gebrochen, und es war nicht mehr der Mühe wert gewesen. In wenigen Sekunden hatte er alles zerstört, wütend seine ganze Arbeit zertrampelt, bis nur noch ein Haufen Holzstückchen übrig gewesen war. Sahen die Wracks hier auch aus wie ein Haufen Holzstückchen?

Am Strand vor ihm sucht eine Gruppe Kinder den Uferstreifen am Wasser ab. Zwischen den von feinen Algen übersäten Felsen füllen sie systematisch ihre Eimer. Camille würde sich ihnen gerne anschließen, plötzlich neugierig, ob sie dem Meer abgetrotzte Schätze finden, doch er verzichtet darauf. Kinder sind laut, unberechenbar, aufdringlich und rennen hin und her. Er meidet sie.

Er beobachtet lieber, hört zu. Und er denkt nach, die ganze Zeit. Sein Kopf lässt ihm niemals Ruhe. Der Arzt-zum-Reden konnte Camille nur mit Mühe dazu bringen einzusehen, dass er unrecht hatte, in der kleinen Grünanlage einen anderen Jungen wütend zu verfolgen, weil er sich von seiner bloßen Anwesenheit gestört fühlte. Es ist immer dasselbe. Andere Kinder sind nervtötend. Wenn er kann, hält er sich von ihnen fern.

Hinter seinem Rücken, auf der Terrasse des Cafés *Les Trois Silènes*, raucht Emma nervös eine Zigarette nach der anderen und trinkt einen Diabolo Menthe. Erdrückt von der brutalen Hitze, die sie genauso wenig verträgt wie den Wind und den Regen, dem sie hier plötzlich ausgesetzt ist, hat sie Durst, ständig Durst.

Mit angezogenen Beinen, die Arme um die Knie geschlungen – eine Kinderpose, ihre Lieblingshaltung –, bedient sie ihr Handy mit der Daumenspitze, die unter Hochdruck über das Display fegt. Zwei alte Einheimische, die vor ihren Kirs sitzen, lassen sie, amüsiert von dieser städtischen Erscheinung, nicht aus den Augen. Doch sie spürt diese sie neugierig beobachtenden Blicke gar nicht. Sie ist woanders, ganz woanders. Immer woanders. Ständig entfliehen ihre Gedanken und tragen sie an denselben Ort. In dieses kleine, quadratische blaue Zimmer mit den kahlen Wänden, ohne jede Dekoration, ein Stuhl, ein kleiner Schreibtisch, ein Kleiderhaken und eine Massageliege, auf die sie leicht zitternd kletterte. Ein absurd gewöhnlicher Raum, der ihr Leben vollkommen ins Wanken gebracht hatte und wegen dem sie sich nun für eine unerträglich lange Zeitspanne hier befindet.

Doch das, was geschehen war, war nicht ihre Schuld. Ganz gleich, was Boris denkt, und auch wenn alles gegen sie spricht, die E-Mails, das Flugticket … Doch es war unmöglich gewesen, es zu erklären, ihr Mann hatte ihr gar keine Wahl gelassen. »Du fährst morgen zusammen mit Camille. Der Sommer auf *Sein* wird dich hoffentlich wieder zur Vernunft bringen. Wir werden sehen, ob du noch über ein wenig Willenskraft verfügst. Dort wirst du jedenfalls viel Zeit zum Nachdenken haben … und um dich um deinen Sohn zu kümmern. Das wird dir helfen, dich zu ändern! Übrigens habe ich die Insel aufgrund ihres Namens ausgewählt. Damit du dich auf deine Pflichten als Mutter besinnst.«

Boris versteht es mit einem Wort, einem Satz, eine Diskussion zu beenden. Sie ist das genaue Gegenteil, sie nimmt alles hin und setzt nichts entgegen. Einem so wichtigen Mann wie ihm, ernst und mit so viel Verantwortung, widerspricht man jedenfalls nicht. Und sie hat ihm so viel zu verdanken. Dieser Mann, der ihr Vater sein könnte, hat ihr alles gegeben, ihr, der kleinen Provinzlerin ohne Zukunft von der *Baie des Anges* an der Côte d'Azur: sein luxuriöses Leben eines erfolgreichen Geschäftsmannes, Sicherheit, sozialen Status …

Sie hebt den Blick. Dieses kalte Meer, das bei Ebbe eine Vielzahl von dunklen glänzenden Felsen freilegt, gestrandet auf einem schlammigen, schleimigen Untergrund, sie erträgt es nicht. Sie will es nicht sehen. Sie möchte weg von hier.

Was sie zu tun hat, ist einfach und klar, pfeif auf die Konsequenzen: Koffer packen, die von Camille und …

Sie springt auf. Camille …

»Camille!«

Er ist nicht mehr da. Panik zerstäubt ihre Gedanken. Wie ein Pfeil überquert sie die Straße und läuft genau auf die Stelle zu, wo er gerade eben noch war, dort auf der Brüstung…

Sie weiß es nicht! Sie weiß absolut nicht, wie lange sie vor sich hin geträumt hat, und ihre Angst steigert sich plötzlich, fährt ihre Dornen bis in ihre Fingerspitzen aus.

Während ihr Blick vergeblich über den kleinen, an diesem Samstagnachmittag überfüllten Strand schweift, rechnet sie mit dem Schlimmsten.

Mit Camille ist das Schlimmste nie weit entfernt.

3.

In *seiner* kleinen Bucht, von *seinem* Felsen aus, betrachtet Louis-Camille das Meer. Oder vielmehr betrachtet er es nicht, sondern lässt sich von ihm mitreißen, und seine Gedanken, gewiegt von musikalischen Wellen, treiben auf seinen flüssigen Massen. Gedanken an unumstößliche Harmonien und durchdringende Akkorde. Seit Jahren widmet er alle seine Nachmittage diesen Momenten mit sich selbst, egal wie das Wetter ist, ein einsamer Zuschauer der Weltensinfonie.

Morgens ist es etwas anderes. Morgens steht er spät auf und kümmert sich um die Dinge des Alltags: lesen, schreiben, sich informieren, mit seinen Brieffreunden aus aller Welt korrespondieren. Und nebenbei kauft er ein und geht den Verpflichtungen seines auf ein Minimum reduzierten Soziallebens nach.

Was seine Abende angeht, die sind ausschließlich der Musik gewidmet. Bis spät in die Nacht hält er auf Notenpapier die Ernte des Nachmittags fest, wunderbarer Fang oder himmlische Essenz.

Und manchmal, nur manchmal, wenn die Musik überschäumt, wenn sie in ihm brodelt, mit ihrem herrischen Pulsschlag sein Trommelfell erzittern lässt, geht er hinaus in die Nacht. Und unter den befreundeten Sternen wandert er mit zügigen, sehr zügigen Schritten über die Inselwege wie ein von sich selbst heimgesuchtes Gespenst.

»Zeichnen Sie mir ein Schaf …«

»Wie bitte? Was sagst du, junger Mann? Redest du mit mir?«

»Ja.«

»Und was möchtest du … genau?«

»Dass Sie mir ein Schaf zeichnen.«

Der Musiker hat das Kind nicht kommen sehen und wird plötzlich aus seiner Meditation gerissen. Vor ihm steht ein kleines Wesen, das ihn eindringlich anblickt, mit der schroffen Entschlossenheit eines selbstsicheren Erwachsenen. Die dünnen Beine fest im Sand verankert, die blonden Locken über die Augen fallend und die Hände in seiner roten Jacke vergraben, wartet es ab.

»Ein Schaf? Und warum das, kleiner Prinz, der seinen Teller nicht leer essen will?«

»Sie ähneln dem Flieger …«

»Und du der Hauptfigur von Saint-Exupéry, was?«

»Genau. Das Buch steht in meinem Zimmer, ich hab es gestern gelesen. Der Kleine Prinz denkt wie ich. Das Wesentliche ist fürs Auge unsichtbar … Zum Beispiel unter den Flößen.«

Louis-Camille erwidert nichts, sondern betrachtet ihn bloß interessiert. Fürs Auge unsichtbar … Für sein aufmerksames Ohr schwingen tausendundein Glöckchen im Blick dieses Kindes. Ein Blick, der die Welt umarmt, sie mit all seiner unersättlichen Neugier verschlingt. Eine vertraute Unersättlichkeit, die er sofort erkennt.

Im selben Moment rundet ein junger Sturmvogel mit gespannten langen, schmalen Flügeln seine Bahn in einem Gleitflug dicht über den Wellen ab. Die Eleganz des Vogels befindet sich in perfekter Harmonie mit derjenigen, die das Kind ausstrahlt. Für Eleganz ist Louis-Camille gerne bereit, ein paar Takte seiner Zeit zu opfern.

Also holt er sein Notizbuch aus der Tasche, das er immer bei sich hat, um nebenbei seine musikalischen Krähenfüße festzuhalten. Er reißt ein Blatt heraus und zeichnet auf ein aufgewühltes Meer eine schäumende Welle.

»Da hast du dein Schaf… Camille.«

Das Blatt an sich gepresst, läuft Camille so schnell er kann in Richtung Dorf und zur Bar *Trois Silènes.*

Er muss sofort zurück zu seiner Mutter. Als er auf Höhe des Kais ankommt, erkennt er sie, verstört, kopflos hin und her rennend, als wisse sie nicht mehr, wo oben und unten, vorne und hinten ist.

»Maman!«

Er umschlingt ihre Beine, vergräbt das Gesicht darin und lässt ihr diesmal nicht die Möglichkeit, ihn zu ohrfeigen. Emma denkt nicht mal daran und bricht an Ort und Stelle in Tränen aus. »Du machst mich noch mal verrückt, Camille.«

Das Kind umarmt sie mit seinen kleinen Armen. »Maman, du musst dir *überhaupt* keine Sorgen machen. Das weißt du doch ganz genau, Papa hat es gesagt: Hier gibt es weder Autos noch Züge noch U-Bahnen … nichts kann mich überfahren. Und es ist eine ganz kleine Insel. Ich kann mich nicht mal verlaufen. Unmöglich! *Drei Kilometer lang und zwischen fünfundzwanzig und achthundert Meter breit.*« Im Kopf liest er wieder den Faltprospekt der Insel, den er ganz nach seinen Bedürfnissen in Gedanken überfliegt.

Doch Emma beruhigt sich nicht und seufzt: »Du könntest ertrinken.«

»Aber nein! Ich kann doch schwimmen.«

»Falsch. Du willst es nicht lernen. Und es ist deine Schuld, wenn ich Angst habe ... Das letzte Mal im Wasser hast du mir einen ungeheuren Schrecken eingejagt.«

»Doch, ich kann schwimmen, glaub mir.«

Zwischen Anklage und Tränen ruft sie erbost: »Ich will mich nicht wieder mit dir streiten! Nein, Camille, du kannst nicht schwimmen. Das ist *Unsinn*, ich sage es dir noch einmal. Aber du bist einfach nicht in der Lage, die Wirklichkeit zu akzeptieren, wenn sie sich nicht so gestaltet, wie du es möchtest. Das kannst du nicht. Und überhaupt ... überhaupt hat ein kleiner Junge bei seiner Mutter zu bleiben und das zu tun, was man ihm sagt! Das ist jetzt schon das zweite Mal in zwei Tagen, dass du einfach verschwindest. Warum willst du mich unbedingt quälen? Oh, mein Gott ... das ist unerträglich. Warum habe ich kein normales Kind, wie alle anderen auch?«

Plötzlich verstummt sie und wendet sich von ihm ab. Um nicht vollkommen zusammenzubrechen, muss sie sich dringend in eine harmlose Sache flüchten, in irgendeine lächerliche Lappalie, einfach und klar. Aus ihrer Handtasche holt sie einen Lippenstift, schiebt Camille langsam mit der Handfläche auf Armeslänge von sich weg und bemüht sich, die Schminke perfekt aufzutragen. Ihre Hand zittert.

»Geh weg, du störst mich …«

Camille erwidert nichts. Er umgeht ihre Abwehr, schmiegt sich an sie, an ihren Rücken und streicht ihr über die Haare. »Doch ich kann schwimmen … aber ich werde es nicht wieder tun … ich verspreche es dir. Du kannst mir vertrauen.« Emma seufzt. Sie gibt nichts mehr auf Camilles Versprechen, auch wenn sie immer mit der gleichen entwaffnenden Aufrichtigkeit formuliert sind. Zu oft ist sie schon darauf hereingefallen, und zu oft hat sie es dann bitter bereut. Trotz aller Bemühungen des Arztes-zum-Reden, wie Camille ihn nannte, ihn dazu zu bringen, seine guten Absichten auch umzusetzen …

Camille atmet tief ihr köstlich duftendes Parfüm ein und denkt dabei an sein Schaf. Das Schaf, das Louis-Camille ihm gezeichnet hat.

»Louis-Camille«, sagt er ein paarmal stolz mit leiser Stimme.

* * *

Ein heller Lichtstrahl scheint in sein Zimmer. Es ist zehn Uhr. Camille setzt, bewaffnet mit einem dampfenden Kaffee als Friedenspfeife, zum Angriff an. Der Abend war eisig verlaufen. Emma saß verschlossen da, sah aus, als sei sie bereit, sich ohne Sauerstoffgerät auf den Grund des Meeres sinken zu lassen. Wie ein aufgeplusterter Hahn hatte er alles versucht, sie aus der Reserve zu locken, indem er sich weigerte, sich auszuziehen, sich die Zähne zu putzen, schlafen zu gehen.

Aber warum zwang ihn seine Mutter überhaupt vor dem Schlafengehen zum Zähneputzen? »Man legt sich mit sauberen Zähnen ins Bett, das ist wichtig.«

»In der Schule habe ich gelernt, dass man sich nach dem Essen die Zähne putzen soll.«

Camille zu erklären, dass das auf dasselbe hinauslief, war unmöglich, und sie suchte die Auseinandersetzung nicht, erschöpft von einem bereits im Vorfeld verlorenen Kampf. Was hätte sie jetzt darum gegeben, wieder in ihrem blauen Zimmer zu sein, ihrem Zufluchtsort, ihrer ganz persönlichen Insel … auch wenn …

»Warum willst du, dass ich es *vor* dem Schlafengehen mache, wenn ich es doch *nach* dem Abendessen machen soll? Du sagst mir eine Sache, und dann änderst du deine Meinung … Also, wenn das so ist, putze ich sie mir gar nicht. So!«

Am Ende war Emma geplatzt, ein Schwall Wörter war aus ihr herausgebrochen, eine nicht versiegen wollende Flut von Vorwürfen, die alles vermischte – genau das, was sie nicht tun sollte.

Camille hatte es sich ohne eine Miene zu verziehen angehört, bevor er sich schließlich ins Bett legte. Ohne sich auszuziehen, ohne die Zähne geputzt zu haben und ohne Gute Nacht zu sagen. Aber mit Tränen in den Augen und mit seinem Buch über das Frag-Ment und das Floß. Zurückgezogen in seine eigene Welt. Eine exakte Welt, in der sich die Dinge erklären ließen, wo sich alles nach einer perfekten und beruhigenden Mechanik zu richten hatte. In der er jedoch ganz alleine war.

Schließlich hatte er Schlaf gefunden, und die Nacht hatte seine unablässigen Fragen zerstreut, den Stecker seines inneren Computers gezogen, seine Problembasis zurückgesetzt und ihm einige Stunden Atempause von seinem schwindelerregenden Gedankenkarussell beschert.

* * *

Aber nicht lange.

Am Morgen, die wackelige Tasse Kaffee in der Hand, fasst Camille einen Plan. Er bohrt weiter, den Faltprospekt über die Insel in der Hand.

»Hör zu, Maman. Ich bin schon groß. Und hier kann mir nichts passieren. Wir befinden uns auf einer *sehr charmanten und friedlichen Insel von sechsundfünfzig Hektar*, da steht es, schau …« Er wedelt mit dem Prospekt vor ihrer Nase herum. »Und ich darf doch wohl noch ein bisschen hier herumlaufen! Ich langweile mich den ganzen Tag in der Bar …« Wenn Camille zwölf Jahre alt wäre, würde er nicht anders reden. Emma fällt es gar nicht mehr auf und ohne nachzudenken antwortet sie ihm wie einem Jungen dieses Alters. Eine Falle, vor der sie sich eigentlich in Acht nehmen sollte, das weiß sie.

»Nein. Ich vertraue dir nicht.«

»Aber warum nicht?«

»Weil du machst, was du willst. Du hörst nicht auf mich … Du hältst dich an keine Verabredungen.«

»Regeln. Man sagt: *sich an Regeln halten*. Sich an Verabredungen halten, bedeutet nichts. Oder du musst sagen: sich an *unsere* Verabredungen halten …«

Emma hüllt sich in verletztes Schweigen. Hinter diesem Wortgefecht verbirgt sich die ganze Schwierigkeit, seine Welt zu verstehen und darin Zugang zu finden.

Doch plötzlich ändert sie ihre Meinung. Da sie weder die moralische Kraft noch die Mittel hat, sich Boris zu widersetzen, will sie sich die Sache so wenig beschwerlich wie möglich machen. Und immerhin hat Camille nicht ganz unrecht: zumindest gibt es auf dieser Insel wirklich kaum Gefahren. Nicht mehr als in einem großen, sehr großen Garten, wo man seine Kinder auch nicht die ganze Zeit im Auge behält. Hin und wieder muss man auch mal durchatmen können: Sie wird es nicht lang durchhalten, ständig unter Druck zu stehen, am Rande eines Nervenzusammenbruchs. Selbst Boris würde das verstehen. Zumal sie feststellen muss, dass sich die Kinder an dem kleinen Strand unten durchaus frei bewegen. Sogar im Dorf und auf den umliegenden Straßen sind ihr schon Kinder in Camilles Alter begegnet, die ganz allein unterwegs waren. Eines muss Emma diesem kargen, von ihr gehassten Felsen zugutehalten: Man fühlt sich hier vollkommen sicher. Erstaunlicherweise sogar inmitten dieser feindseligen Natur.

Die einzig wahre Gefahr hier ist das Meer. Besonders dieses Meer, undurchdringlich und eiskalt, lässt sie keinerlei Vertrauen fassen. Camille hat ihr das letzte Mal absichtlich Angst eingejagt, das weiß sie sehr wohl. Er ist kein Idiot, ihr Sohn, o nein. Manchmal wünschte sie sich, er wäre öfter mal einer! Und er hat den Lauf der Gezeiten genau und besser als sie verstanden. Und überhaupt ist sieben das Alter der Vernunft, versucht sie sich selbst zu beruhigen, auch wenn diese Aussage in Bezug auf Camille keinerlei Sinn macht, denn vernünftige Überlegungen sind für ihn undurchschaubar.

»Okay, Camille, ich will es auf einen Versuch ankommen lassen und dir erlauben, alleine herumzulaufen. Aber unter drei unumgänglichen und nicht verhandelbaren Bedingungen. Die erste besteht darin, dass du dich an die Zeiten hältst, die wir gemeinsam absprechen. Du sagst, du kannst die Uhr lesen? Das werden wir ja sehen … Die zweite lautet, dass du dich nicht aus dem Dorf entfernst. Wir werden gemeinsam festlegen, bis wohin du dich alleine bewegen darfst. Wir zeichnen eine Karte, eine Karte mit den Grenzen. Und die weitere Bedingung besteht darin, dass du richtig schwimmen lernst. Wenn du diese *Regeln* respektierst, dann meinetwegen.«

Camille überlegt nicht lange. »Gut, einverstanden …«, sagt er, während er sich fragt, wie er um eine Überprüfung seiner Fähigkeit, die Uhrzeit zu lesen, herumkommt, da er darin noch nicht so versiert ist, wie er behauptet, denn bisher wollte er es noch nie lernen.

* * *

Die Pfützen des zurückgezogenen Meeres funkeln, als enthielten sie Diamantensplitter, alles ist ruhig. Der samtige Schlamm, intimer Teil des entblößten Meeres, macht Lust, barfuß herumzulaufen – er muss seidenweich sein – und darin seine Spuren zu hinterlassen wie eine animalische Signatur.

»Guten Tag, Herr Pilot …«

»Ich habe einen Vornamen.«

»Ich weiß. Guten Tag, Louis-Camille.«

»Hallo Camille.«

Auf seinem Felsen sitzend ist Louis-Camille nicht erfreut

in seiner sanften Lethargie gestört zu werden. Doch der Junge hat ein so leuchtendes Lächeln. Er wirkt strahlend in seiner roten Jacke, glücklich und zuversichtlich. Louis-Camille mag glückliche Menschen. »Was verschafft mir die Freude deines Besuchs, junger Mann?«

»Nennen Sie mich Camille.«

»Einverstanden. Was verschafft mir die Freude deines Besuchs, Camille?«

»Ich möchte, dass Sie mir beibringen, die Uhr zu lesen.«

»Du glaubst wohl, ich habe nichts Besseres zu tun!«

»Sie tun doch nichts. Sie betrachten das Meer. Und für mich ist es *sehr* wichtig, die Uhr lesen zu lernen.«

»Warum fragst du denn nicht deine Mutter?«

»Sie glaubt, dass ich es schon kann.« Und im Übrigen, informiert Camille ihn sofort auch noch, erwarte ihn seine Mutter um Punkt fünf Uhr in der Bar *Trois Silènes*, und deshalb müsse er rechtzeitig los. »Aber gar kein Problem«, verkündet er entschieden, »bis dahin weiß ich es ganz allein, weil ich ja mit Ihrer Hilfe die Uhr lesen lerne.«

Angetan von seiner Kühnheit, lächelt der Musiker. Er ist es nicht gewöhnt, behelligt zu werden auf dieser Insel, auf der die Einwohner sich von ihm fernhalten, als stehe ihm sein Bedürfnis nach Isolation im Gesicht geschrieben. Diese unschuldige Spontaneität erfrischt sein Gemüt. »Also gut … einverstanden, junger Mann.«

»Einverstanden, *Camille*, habe ich gesagt!«

»Immer mit der Ruhe! Du sagst, was du willst, und ich auch. Okay?«

»Einverstanden, Louis-Camille.«

Der Musiker ist nicht vertraut mit den Registern der Vaterschaft, die Musik hat ihm dafür keine Zeit gelassen. Kinder sind für ihn meist kleine fremde und komplexe Wesen, die er nicht zu verstehen fürchtet und von denen er sich vorsichtshalber fernhält. Aber in Camilles Augen hat er gesehen, dass dieses Kind nicht wie die anderen ist. Auch Camille saugt die Welt auf wie ein Schwamm, fast filterlos.

Also lässt er sich selbstbewusst und entspannt, ohne Vorbehalte seiner Gedankenflut folgend, von dem mitreißen, was ihm in den Sinn kommt, wie von seiner Musik. Er erzählt – oder erzählt viel mehr von sich. Mit Genuss macht er sich an die Beschreibung seines Verhältnisses zur Zeit, zur Unendlichkeit und zum Universum, und seine Abschweifungen führen ihn zu den Lichtjahre entfernten Beschäftigungen seiner Kindheit. Der Musiker verweilt in seiner Innenwelt, seinem vertrauten Refugium, wo alles auf beruhigende und tadellose Weise verläuft. »Als ich klein war – ein bisschen älter als du jetzt –, habe ich etwas völlig Erstaunliches gelernt: Wenn man eine x-beliebige Zahl durch Null teilt, ergibt das unendlich. Und diese x-beliebige Zahl kann sowohl eins, drei oder ein paar Milliarden sein. Also ergibt eine simple Division durch Null … immer genau dasselbe Ergebnis, sowohl bei der kleinsten als auch der größten Zahl … Das ist sehr ungerecht, findest du nicht?«

Der Junge, der artig zu seinen Füßen sitzt, sagt nichts, gefesselt von einem Gedankengang, dessen Sinn er nicht versteht, dessen Bedeutung in der Welt des Musikers er jedoch erahnt. Er saugt alles auf. Gerechtigkeit, damit kann er etwas anfangen, die ist ihm wichtig. Wenn seine Mutter mit ihm schimpft, obwohl er gar nichts dafür kann – wie damals, als sie ihm vorwarf, er wolle sich die ganze Apfeltarte nehmen, obwohl er bloß ihr Stück haben wollte –, empört er sich sehr.

Doch dann kehrt Louis-Camille plötzlich wieder auf die Erde zurück und definiert präzise in einigen kurzen Sätzen die Grundlagen eines Zifferblattes. Camille eignet sich umgehend die Intervalle, die unterschiedlichen Tempi des großen und des kleine Zeigers an. Eine Selbstverständlichkeit, die er bereits wusste. Um Viertel vor fünf hat er alles verstanden und beschließt eigenständig und vollkommen zufrieden, dass es Zeit wird, zu seiner Mutter zurückzukehren.

»Und vergiss nicht, was Lamartine gesagt hat …«

Louis-Camille, der wieder in seine eigene Welt zurückgekehrt ist, rezitiert an das Meer gerichtet:

»*Der Mensch hat keinen Hafen, die Zeit kein Ufer; sie verrinnt, und wir vergehen.*«

»Wir vergehen … *Capito*?«

»Capito?«, wiederholt Camille mit großen Augen.

»*Verstanden* auf Italienisch. Das weiß doch jeder.«

4.

Emma und Camille streifen durch den Schatten der schmalen Gässchen – von denen es heißt, sie seien nicht breiter als ein Fass – und durchmessen die windigen benachbarten Wege in unmittelbarer Nähe des Dorfes. Beide müssen die Grenzen von Camilles Freiheitsbereich präzise abstecken, dessen Mittelpunkt ihr Haus an der Uferstraße darstellt.

Die zum Großteil einfachen weißen Fassaden schmiegen sich unter ihre silbrigen Schieferdächer. Klein und geduckt, geben sie sich unauffällig, als könnten der Wind und das Meer den Affront größerer Bauten nicht ertragen, für den sie sich gnadenlos rächen würden. Eine Eingangstür und zwei Fenster im ersten Stock umgeben von Granit – »dieselbe Farbe wie der Sand«, stellt Camille fest – schauen mit großen Augen und einem vorsichtigen Mund aufs Meer hinaus. Gastfreundliche, lachende, offene Gesichter, einander ähnlich und doch alle verschieden. Nahverwandte, Cousins. Eine große Familie.

Die Karte bereiten sie gemeinsam vor, auf der Suche nach klaren Anhaltspunkten, mit dem allergrößten Ernst: ein zerbrochener Stein am Ende einer Uferstraße; ein tiefer Riss in einer Mauer, wie eine frische Falte; eine alte Kette, so verrostet, dass ihre Ringe sich schon fast auflösen, Verschleiß oder Schaden durch das Meer. Aber auch alles, was die Insel besänftigt, ihrem Charme schmeichelt: ein Briefkasten, von poetischer Hand bemalt; ein üppiges Hortensienbeet in voller Blüte; ein geschnitztes Gatter; eine Häkelgardine … kleine, zarte Farbtupfer, Aufbegehren gegen die Schäden der Zeit. Nichts entgeht Camilles scharfem Blick, der alle Details aufnimmt und Gerüche erahnt, von denen seine Mutter nichts ahnt. »Dieses Haus hat einen offenen Kamin«, »Hier wird ein Kuchen gebacken«, »Da oben riecht es nach Farbe, in dem offenen Zimmer im ersten Stock«.

Ihr Spaziergang wird von ständigen Diskussionen begleitet. Jeder von ihnen sieht die Möglichkeit gekommen, die Forderung nach einem persönlicheren Territorium zu erläutern. Emmas so oft mit Füßen getretene Autorität und ihre unsinnigsten Ängste würden den Radius winzig werden lassen. Camilles genauso unsinnige Sicherheit und seine unstillbare Neugier würden die gesamte Insel mit einschließen.

»Und selbstverständlich gehst du nicht mit zu irgendwelchen Leuten. Das ist ein *absolutes* Tabu, verstanden?« Camille schließt zur Zustimmung die Augen und verzieht frech das Gesicht, um seine Mutter wissen zu lassen, dass sie wirklich Unsinn redet. »Als würde ich mit Leuten mitgehen, die ich nicht kenne!«

Als sie wieder in ihrem kleinen Haus am Ende des Quai des Paimpolais angekommen sind, verschwindet Camille sofort in seinem Zimmer. Bewaffnet mit seinen schönsten Stiften zeichnet er die Karte seiner Freiheit, fügt hier und da noch das eine oder andere Detail hinzu, nur für sich, für seine Mutter sind das vollkommen unverständliche, kabbalistische Zeichen.

Eines Abends ist schließlich alles fertig. »Wir unterschreiben beide unten auf dieser Seite«, erklärt Camille entschieden und ahmt dabei den scharfen Ton seines Vaters nach. Beide setzen feierlich ihren Namenszug nebeneinander, besiegeln so das Vertrauen, das sie sich gegenseitig gewähren.

* * *

Als diese Arbeit einmal erledigt ist, stellt sich noch die Frage nach dem Schwimmunterricht. Die letzte Bedingung – aber nicht die unproblematischste. Camille hat bereits bewiesen, dass er keine Angst hat vor dem unruhigen Wasser. Um sich seinen Teil der Unabhängigkeit zu verdienen, muss er nun unbedingt schwimmen lernen. Bloß, wo findet sich jetzt ein Schwimmlehrer … auf *Sein*?

Emma kann durchaus freundlich und liebenswürdig sein, schon aus Gewohnheit. Doch hier auf der Insel wird sie erstickt von einer dumpfen Feindseligkeit, einer Art negativer Wellen. Ein bloß flüchtiger Blick eines anderen lässt sie unkontrolliert erstarren und verursacht bei ihr ein so tiefgreifendes Unbehagen, dass sie den Blick senkt oder ihn im Gegenteil auf den entferntesten Punkt am Horizont heftet. Und sie schafft es kaum, die Wirtin des *Chez Armelle* mit einem kleinen Kopfnicken zu begrüßen, wo sie doch jeden Mittag essen. Und was die Leute betrifft, die nach der Abfahrt des letzten Bootes am Abend auf der Insel bleiben – immer dieselben – widerstrebt es ihr allein schon, sie irgendetwas zu fragen. Abends sperrt sie sich mit ihrem Sohn zu Hause ein.

Denn nichts kann ihre innere Anspannung lösen, ihr ständiges Bedürfnis nach Zartheit stillen. Dieser grausame Mangel, quälend, der sie fast in den Wahnsinn treibt und sie nicht loslässt, kann nur von einer Person behoben werde.

Und diese Person darf sie nicht mehr treffen.

* * *

Das Mittagessen zieht sich mal wieder in die Länge. Wie gewöhnlich lässt Camille sich Zeit, stochert im Essen herum, langweilt sich, träumt vor sich hin. Emma, die nichts zur Eile antreibt, hat beschlossen mitzumachen. Auch sie hat Träume, denen sie nachhängen kann. Nicht mehr hier zu sein, zum Beispiel.

Camille beobachtet und zählt alles im Restaurant. Siebzehn Gedecke auf den blauen Tischdecken in der ersten Etage und elf im Erdgeschoss. Sechsundzwanzig Weinflaschen, hinter dem Tresen aufgereiht. Zwischen zwölf und achtzehn Minuten, bis eine Bestellung serviert wird. Heute werden dreiundfünfzig Gerichte angeboten. Vierzehnmal hat die Wirtin »Bitte sehr« gesagt.

Gleichzeitig lauscht er dem Gespräch der Leute vom Nachbartisch, die zum Leuchtturm am Ende der Insel wollen und die Strecke bis dorthin abschätzen. Camille leidet, als er die Frau sagen hört, es sei zu weit. Zu weit! Hier ist nichts zu weit. Aber das ist nicht der wahre Grund, dessen ist sich das Kind sicher: Die Frau ist krank und verbirgt ihr Leiden vor ihrem Mann, um ihn nicht zu beunruhigen. Sie fasst sich mit der Hand ans Herz, und Camille ahnt den Grund, er hat in der Zeitung seiner Mutter einen Artikel darüber gelesen.

Genauso aufmerksam beobachtet er ein anderes Kind aus dem Fenster, das in der kleinen Bucht rudern lernt. Der Mann neben ihm steuert mit Präzision. Fest in der Dolle sitzend beschreibt das Ruder große Achten, und die Wellen des Kielwassers zeichnen flüchtige, bezaubernde Spiralen. Camille wäre gerne dieses Kind, geleitet von der Hand des Mannes, der sein Vater sein musste, sie trugen dieselben Kappen.

Sein eigener Vater hat nie Zeit. Sein Vater ist immer beschäftigt und nie zu Hause. Und wenn er mal da ist, hängt er am Telefon oder sitzt vorm Computer.

»Keine Neuigkeiten von Papa?«, fragt er, ohne wirklich eine Antwort zu erwarten.

Emma sagt tatsächlich nichts dazu und beschränkt sich darauf, nervös ihren Ring, ein Geburtstagsgeschenk von Boris, am Finger zu drehen, um den Turmalin aus Paraíba in ihrer Handfläche zu verbergen. Ein beeindruckender Ring, fast schon großspurig. Sie könnte ihn vom Finger nehmen, hier wirkt er unpassend, und die Blicke, die ihn bemerken, wenden sich verlegen ab. Doch sie hat es noch nicht gewagt. Man trennt sich nicht so einfach von einem Geschenk von Boris.

Ihr Bild spiegelt sich vor ihr in der Glastür. Konfus zupft sie ihr Haar zurecht, mit dem sie sich keine Nachlässigkeit erlaubt, und mustert sich aufmerksam. Lange Beine, helle Augen, hohe Wangenknochen, blonde Locken, durchscheinende Haut … »Eine echte russische Schönheit«, stellte Boris fest, als sie sich kennenlernten, und pries voller Stolz ihre »undefinierbare Anmut«.

Ihr Aussehen. Dafür kann sie wirklich nichts, auch wenn es in gewisser Weise ihr Kapital ist. Aber auch ihr Schutzpanzer. Niemand dringt dahinter, und niemand interessierte sich je wirklich für sie.

Außer in dem kleinen blauen Zimmer.

Dort war etwas mit ihr geschehen. Jemand hatte endlich verstanden. Jemand war hinter die Oberfläche der Dinge gedrungen.

Zu ihrem Unglück.

Ihr Blick bleibt einen Moment lang an dem stillen Kind hängen, das in seine eigene Welt versunken ist. Das Kinn auf den Handrücken gestützt, die Gabel in der Schwebe gehalten, scheint es konzentriert nachzudenken. In diesem Moment ist Camille still und ohne Zweifel ganz bezaubernd. Wenn man mit ihm nur genauso leicht leben könnte, wie er schön anzusehen ist, denkt sie.

Nervös wickelt Emma ihren Finger um eine widerspenstige Haarsträhne. Boris … An der Garderobe des Hotel Plaza hatte sie an die Chance ihres Lebens geglaubt. Was könnte sie, die mittellose Stylistin, die ihre Kartons voller Zeichnungen zusammen mit ihrer Kindheit bei ihrer Mutter zurückgelassen hatte, sich mehr erträumen? Die kleine Empfangsdame, die plötzlich die Aufmerksamkeit eines Finanzmoguls auf sich zog … ein Märchen.

Doch Boris' Bewunderung war mit dem vorrückenden Alltag geschwunden. Und Camilles Geburt hatte die Dinge nicht verbessert und ihre Träume restlos zerstört. Die Jahre, die folgten, hatten sie ohne Reibereien und leidenschaftslos verlebt, sie als sein Aushängeschild, der Edelstein an seinem Arm, er zunehmend abwesend. Und wenn er hin und wieder noch ein Magazin auftat, für das sie posieren konnte, dann nicht, um ein Topmodel aus ihr zu machen – für ihn ohnehin nicht mehr als ein für Modeschöpfer unentbehrliches Accessoire –, sondern um in ihr die Lust zu wecken, auf dem Zenit ihrer Weiblichkeit zu bleiben, denn das war ohnehin der einzige gemeinsame Nenner, der ihnen noch geblieben war.

Doch was soll sie hier mit ihrer Weiblichkeit anfangen? Sie sind weit weg, ihre Pariser Tage, die nur dazu dienten, ihren Lifestyle zu verfeinern – je nach Tagesform superschicke Bohème oder ein Hauch Girlie … die einzige Zerstreuung, die sie sich gönnte, bis zu der unglaublichen Erfahrung in dem blauen Zimmer.

Am Strand voller Kinder steigt langsam und plätschernd der Wasserspiegel, und auf der immer kleiner werdenden Sandfläche scheint ihre Zahl noch zuzunehmen. In Gedanken geht Emma all ihre Shoppingexzesse durch, und Camille ist in Gedanken mit Rudern beschäftig.

Die Zeit vergeht zäh und gedämpft.

* * *

Eine Familie betritt das Restaurant: Vater, Mutter und zwei Kinder im Alter von Camille. Sie sehen sich nach einem Tisch um, was jedoch schwer wird, weil die Insel jeden Morgen von einer Welle von lärmenden Besuchern überrollt wird. Da sie keinen Platz finden, wechseln sie ein paar Worte mit der Bedienung und verlassen dann das Restaurant wieder, um an der Brüstung draußen zu warten.

Und wieder vergeht die Zeit langsam. Genauso langsam wie einige Augenblicke zuvor. Emma hat ihren Pollack in Zitronensoße schon lange aufgegessen und bestellt einen zweiten Kaffee. Camille ist voll konzentriert auf seine *Île flottante* und schiebt seinen Löffel behutsam unter den Eischnee, um herauszufinden, was sich darunter verbirgt. Emma lässt ihn gewähren, fest entschlossen während der Mahlzeiten nicht einzugreifen, da das sowieso zu nichts führt und die Tage viel zu lang sind.

Plötzlich stürzt der Mann von der Brüstung draußen herein und steuert wütend auf die Wirtin zu: »Also wirklich … jetzt machen Sie schon was! Es ist beinahe halb drei, und meine Kinder haben noch nichts gegessen. Und die beiden da, die vor sich hintrödeln … man möchte meinen, sie machen das mit Absicht.«

»Ja, sie trödeln, um des Trödelns willen …«, ruft eine Frau an einem Tisch weiter hinten.

Die Reaktion fällt scharf aus.

»Also so was! Was mische ich mich auch ein?«

Camille zeigt schließlich Interesse für das, was ihn da aus seiner Routine reißt, und öffnet ein Auge. Die Dame vergräbt die Nase wieder in ihrem Teller Muscheln, dem Rest der Geschehnisse gleichgültig gegenüber, viel zu sehr in ihr Essen vertieft.

»Was Sie angeht, mein Herr«, fährt die Wirtin der Lokalität fort, »Sie brauchen bloß vorzusorgen und einen Tisch zu reservieren, bevor sie herkommen. Dieses Kind hier isst seine *Île flottante* in der Geschwindigkeit, die ihm beliebt. Und wenn es bis heute Abend bleiben möchte, dann bleibt es eben bis heute Abend hier sitzen. Wir vergeben hier noch keinen Rabatt, je nachdem wie lange man einen Tisch belegt …«

Emma, die sich zum ersten Mal seit ihrer Ankunft hier beschützt fühlt – und beschämt über ihren ersten Eindruck von der Wirtin –, bedenkt sie mit einem Blick voller Dankbarkeit. Camille lässt sich kein bisschen von dem, was da passiert, entgehen, begeistert davon, der passive Star dieses Spektakels zu sein.

Es folgt ein Moment des Schweigens, der den betroffenen Mann verblüfft zurücklässt.

Camille durchbricht die angespannte Atmosphäre, steht auf, hält ihm mit ausgestrecktem Arm sein Dessert hin und verkündet: »Hier, Monsieur, für Ihre Kinder. Um sie zu vertrösten, bis Maman ihren Kaffee ausgetrunken hat. Ich überlasse ihnen meine *Île flottante*. Es ist mir ein Vergnügen, und ich habe sowieso keinen Hunger mehr.«

Es ist mir ein Vergnügen … Die verblüffte Wirtin starrt das Kind an, das sich besser auszudrücken weiß als viele ihrer erwachsenen Gäste, und will ihn schon dafür loben. Doch Camille hat sich bereits an sie gewandt und fragt sie mit der Nachdenklichkeit und dem Ernst derer, die keine Ungenauigkeiten ertragen: »Madame, was ist bitte ein Rabatt?«

5.

Emma hatte es vorhergesehen und jetzt ist die Katastrophe da, vor ihren Augen. Camille ist in Tränen aufgelöst, seine Karte der Freiheit, so sorgfältig entworfen, liegt in Fetzen vor seinen Füßen, wutentbrannt zerstört.

Das Kind lehnt sich gegen seine Mutter auf. »Du hast mich gerufen, und ich bin zusammengezuckt. Deshalb habe ich mich bei unserem Vertrag verschrieben. Statt Vertrag habe ich *Vertag* geschrieben. Nur deinetwegen habe ich alles verpfuscht! Das ist echt blöd!« Es folgt ein langer Monolog von unverständlichen Erläuterungen. Camille tigert wie ein Raubtier im Zimmer herum, gestikulierend und weinend, und wirft alles um, ein Feuerball, der seine Wut herausschreit.

Und wieder erfüllt eine unerträgliche Spannung den Raum. Emma, mit den Nerven am Ende, schließt hastig das Fenster und hält sich reglos und überfordert am Griff fest. In Momenten wie diesem ist Camille zu allen Exzessen fähig.

Die Tür knallt zu, das Kind sperrt sich in seinem Zimmer ein. Hinter der Wand hört sie die Füße ihres Sohnes gegen den Boden hämmern. Jeder Tritt gegen die Holzdielen lässt ihren empfindlichen und zum Zerreißen gespannten Geduldsfaden gefährlich erzittern. Dann hören die Fußtritte plötzlich auf, und Ruhe macht sich breit. Für jede Drohung unempfänglich, verschanzt sich der Junge weiter in seinem Zimmer.

Auf ihrem Sessel zusammengesunken sucht Emma in aller Eile nach Ablenkung und erwischt ein Buch, das sie vor ihrer Panik abschirmen soll. Ein Buch, das ihr Armelle, die Wirtin des Restaurants, geliehen hat, die es nicht mehr mit ansehen konnte, dass sie stundenlang ins Leere starrt oder hektisch auf ihrem Handy herumtippt. Ihr »Sie sehen aus, als würden Sie sich langweilen, Madame« war so rührend gewesen, dass sie ihr freundlich geantwortet hatte: »Nennen Sie mich Emma …«

»*Emma?* Oh, was für einen schönen Vornamen Sie haben! Also wirklich … Warten Sie mal …« Die Frau hatte sich zum Bücherregal begeben, sich entschlossen die beiden Schildpattkämme zurechtgeschoben, in ihrem dicken kastanienbraunen Haar, das ihre breite, glatte Stirn und ihre Mandelaugen umspielte. Stolz holte sie *Madame Bovary* heraus. »Hier … das ist mein Lieblingsbuch, ich habe es schon viermal gelesen! Das wird sie auf andere Gedanken bringen …«

Emma versucht, sich auf die erste Seite zu konzentrieren, doch sie kann keine einzige Zeile entschlüsseln. Ein Spektakel aus schwer verständlichen Wörtern tanzt vor ihren Augen. Draußen verkündet ein Horn die Ankunft der *Heol Sun*. Heute herrscht ein drückender, zum Zerschneiden dichter Nebel. Schon wenige Meter hinter dem Strand, das Meer liegt ruhig, es gibt keine Wellen, kann man nichts mehr erkennen. Watte, ein konsistenzloses Weiß, unschuldig. Aber auch eine Mauer, die alles Leben ausblendet. Und dann diese Stille … Camilles Schweigen, schlimmer noch als sein Geschrei. Emma spürt, wie ihr die Beklemmung die Kehle zuschnürt.

Plötzlich platzt es aus ihr heraus, sie wirft das Buch in die Zimmerecke. »Wenn du nicht rauskommst, gehe ich, für immer. Und es ist mir auch ganz egal, ob dein Vater mich letztlich fallen lässt. Ihr beide kommt schon zurecht... ohne mich.« Sofort kommt Camille wie ein kleiner Schachtelteufel aus seinem Zimmer geschossen und wirft sich bezwungen in die Arme seiner Mutter. Er weint seinen unendlichen Kummer hinaus, ein verwirrtes Kind in einer unklaren, bedrohlichen Welt, in der er nie so ist, wie er sein sollte, wie man es von ihm erwartet.

Er hat das dringende Bedürfnis, in den Arm genommen zu werden, beschützt vor den schwindelerregenden Schluchzern, die ihn übermannen.

Doch er ist allein auf dem Sessel. Emma hat sich unter Tränen ans Fenster geflüchtet, das sie wieder geöffnet hat, und raucht eine Zigarette. »Ich kann nicht mehr...«

In ihrem Herzen wütet die Verzweiflung einer am Boden zerstörten Mutter, die nicht, so wie alle anderen Mütter auf der Welt, das Glück empfinden kann, das Mutterschaft bedeuten soll.

* * *

Vier Uhr morgens. Wind ist aufgekommen. Aus dem Schlaf gerissen durch einen gelösten Fensterladen, der hart gegen die Fassade schlägt, beugt Emma sich aus dem Fenster, um die vom Salz zerfressene Halterung wieder zu befestigen.

Draußen lässt die tiefe Nacht das Meer toben. Sie hört es, kann aber nichts außer den paar Metern des schwach erleuchteten Kais erkennen.

Der weiße, undurchdringliche Nebel des Morgens hat sich jetzt in ein Pechschwarz verwandelt. Die Leere macht ihr Angst, und doch kann sie den Blick nicht abwenden.

Vor ihr tut sich ein Abgrund auf. Das Nichts … viel schlimmer als der Nebel, denn jetzt bleibt nicht mal mehr die Illusion von Milde oder einer zu entdeckenden Überraschung.

Plötzlich hat Emma Angst. Sie fröstelt in ihrem Nachthemd aus leichter Baumwolle, barfuß auf den rauen, kalten Holzbohlen. Ihre Hand sucht Halt und findet nichts als das feindselige Fensterbrett aus Granit. Sie befestigt schließlich den Fensterladen, kehrt eilig ins Bett zurück, und wieder unter ihren gräulichen Laken verfällt sie in dumpfes Brüten.

Dieses quadratische Zimmer, die türkisen Wände. Dieses gewöhnliche Zimmer, das ihr die Pforten zu einer ungeahnten Welt eröffnet hatte … Einer Welt, die dieser fremde Mann – dessen Gesicht sie nicht mehr vor sich sieht – in den Fingerspitzen hatte, als er in ihr die Wellen eines ungekannten Wohlgefühls aufsteigen ließ, mit seinen unglaublich sicheren und geschmeidigen Händen.

Lag es daran, dass ihr Blick einmal nicht dem eines Mannes begegnet war, der von ihrem wie magnetisiert war, dass sie diesmal nicht diesem begehrlichen Feuer begegnet war, das sie sich immer in ihr tiefstes Inneres zurückziehen ließ?

Sie konnte sich nicht erklären, warum.

Aber plötzlich hatte sie Vertrauen gefasst.

* * *

Endlich kehrte die Sonne wieder zurück und mit ihr die Hoffnung auf bessere Tage. Camille ließ es sein, eine Karte anzufertigen. »Ich brauche sowieso keine. Das war bloß für dich.« Emma begnügte sich damit, den Telleruntersetzer des Restaurants mit der Karte der Insel zu nehmen und mit schwarzem Filzstift Grenzen zu ziehen. Jenseits davon verbieten dichte Schraffuren Camille streng und unumstößlich den Zutritt. Verbotenes Terrain. Und zusammen pinnen sie sie an die Wand.

»Vergiss nicht, erst musst du schwimmen lernen.«

Armelle, die Wirtin des Restaurants, ist es schließlich, die ihnen einen Schwimmlehrer besorgt. Einen netten ehrenamtlichen Rettungsschwimmer der *Société nationale de sauvetage en mer*, der gerade erst sein Studium beendet hat. Im Moment hat er nicht viel zu tun, außer das orange-grüne Allwetterboot der *SNSM* zu schrubben, das hinter der Kailaderampe am Fuße des Leuchtturms *Men Brial* festgemacht ist.

* * *

Sie sind zusammen losmarschiert, Camille vorneweg: »Ich weiß, wo das ist, komm mit«. Sie haben den Quai des Français-Libres überquert und sind über den schmalen Landstrich zum weißen Sandstrand hinuntergegangen. Ein wirklich weißer, glitzernder, unglaublich feiner Sand. So weiß, dass das kristallklare Meer dort seine türkisen, erdbraunen und goldgelben Farbschätze offenbart. Ein blaugrünes Türkis, ihrem Turmalin sehr ähnlich, eine ungewöhnliche dichroitische Farbe, die sich wie der Edelstein mit dem Lichteinfall verändert. Emma wirft einen Blick auf ihren Ring, den sie immer am Finger trägt. Der Legende zufolge soll dieser Ring sie gegen Gefahren und Unglück schützen. Wenn das nur so wäre.

Als sie am Deich ankommen, dem Treffpunkt mit dem Schwimmlehrer, sucht sie sich ein hübsches Fleckchen am Fuße der Düne. Einige zähe kleine Gräser bedecken den Kamm der Anhöhe, ebenso spärlich wie den Kopf eines alterslosen Fischers. »Strandhafer …«, behauptet Camille, für den die Flora der Insel kaum noch ein Geheimnis birgt, »der schützt die Düne davor zu verschwinden. Geh nicht hinauf, Maman, ich verbiete es dir.«

Verkehrte Welt, denkt Emma seufzend.

Das Kind stapft mit großen Schritten durch den Strand und unterstreicht seine Sätze mit den Bewegungen eines Stocks, den er im Rhythmus seiner Gedanken in den Sand bohrt. »Weil ich weiß nicht, ob du das weißt, aber die Düne ist sehr empfindlich. Sie kann ganz leicht vom Meer verschlungen werden. Und dann …« Er beendet seinen Satz nicht, hört jedoch nicht auf, im Gehen den Stock in den Sand zu bohren. In seinem Kopf drehen sich rasend schnell tausendundein Zahnrädchen, so schnell, dass er seine Gedanken nicht in Worte fassen kann.

Ein leichter Windhauch wiegt den Strandhafer hin und her. Der Himmel ist makellos blau, und die Temperatur ist ausgesprochen angenehm. Weiter hinten erstreckt sich die Bucht in einer anmutigen Krümmung bis zum Dorf, das von hier aus betrachtet sehr weit entfernt erscheint, eine optische Täuschung, die der Insel ihre Größe verleiht. Am Ufer umgeben lange Algen wie klägliche Haarsträhnen einige Felsen, in denen man so manchen Bewohner vermutet.

»Endlich ein Fleck, der mir gefällt!«, denkt Emma. Hier ist es schön, ruhig, weit, luftig, man könnte fast meinen, man wäre im Süden. Zum ersten Mal seit ihrer Ankunft löst sich der ewige Knoten in ihrem Bauch ein wenig. Jemand wird sie für ein Stündchen ablösen und sich um Camille kümmern … Sorgfältig breitet sie ihren Pareo aus und streckt sich wohlig darauf aus. Ein paar Meter entfernt nistet ein Steinwälzer zwischen den Kieselsteinen auf dem nackten Sand. »Arme Vögel, die haben's auch nicht leicht. Kein friedliches Plätzchen, wo sie sich niederlassen können. Und Bäume gibt es hier ja auch kaum …« Am Tag zuvor hatte Camille sich in den Kopf gesetzt, eine Bestandsaufnahme der genauen Anzahl von Bäumen – hauptsächlich waren es Sträucher – auf der Insel zu machen. Wieder ein neuer Grund, überall im Dorf herumzustreunen, von dem er mittlerweile alle Straßennamen kennt.

* * *

Emma geht am Strand auf und ab und beobachtet mit schwindender Hoffnung ihren Sohn: »Er wird es nie lernen …« Trotz einiger wenig überzeugender Versuche, seine Schwimmbewegungen aufeinander abzustimmen, bewegt Camille sich wie ein kleiner Hampelmann und schluckt Unmengen Wasser. Und diesmal kommt er mit sehr langem Gesicht aus dem Wasser. Übel gelaunt packt er sein Handtuch und setzt sich ein wenig abseits in den Sand. Sein kleiner, zarter und anmutiger Körper zieht sich zu einer kompakten, hermetisch verschlossenen Kugel zusammen.

So sehr der Schwimmlehrer sich auch darum bemüht, ihn zum Durchhalten zu bewegen, ob mit Geduld, Erpressung, Schmeichelei oder Schikane … nichts hilft. Camille weigert sich stur, den Schwimmunterricht fortzusetzen, und fängt sogar an, den Sand mit wütenden Tritten zu malträtieren, ein

Zeichen von Gereiztheit, das auf nichts Gutes schließen lässt. Emma beendet vorsichtshalber den sich ankündigenden Ausraster. »Beharren Sie nicht drauf, das bringt nichts«, sagt sie, nervös ihre Sonnenbrille polierend, und verabschiedet sich mit unverhohlenem Bedauern über Camilles Sturheit.

Enttäuscht und peinlich berührt vor dieser Frau, deren Erscheinung ihn gleichzeitig beeindruckt und verlegen macht, tänzelt der junge Schwimmlehrer betreten von einem Fuß auf den anderen. Doch er bleibt hartnäckig: Hier auf der Insel streckt man nicht so leicht die Waffen. »Morgen versuchen wir's noch mal!«, sagt er zu dem Kind, bevor er den Weg zum Dorf einschlägt und Emma noch einmal zunickt, die sich mit ihm solidarisch zeigt.

Camille hört ihn gar nicht. Camille hat alle Schotten dicht gemacht. In Gedanken ist er beim größten Seemannsfriedhof der Welt, seiner Tier- und Pflanzenwelt und seinen Geistern. Er schwelgt in der Welt der Bücher auf seinem Nachttisch, die ihm alles bieten, was seiner blühenden Fantasie bedarf. Wenigstens das ist eine Welt, die er kontrollieren kann.

* * *

»Herr Pilot …«

»Ich habe einen Vornamen …«

»Ich weiß. Louis-Camille … Bringen Sie mir das Schwimmen bei.«

»Schwimmen, jetzt? Kannst du mich nicht mal in Frieden lassen? Merkst du nicht, dass du mich störst? Ich habe zu tun … Ich glaube, das habe ich dir schon mal gesagt.«

»Bitte, wenn Sie so nett wären.«

»Ich bin aber nicht so nett.« Seit heute Morgen umschwirrt

ihn eine Melodie, entschwindet und kehrt klarer wieder, breitet sich aus und zieht sich wieder zurück. Seit heute Morgen versucht er, sie einzufangen, ohne ihre Konturen zu beschädigen; ein himmlischer Schmetterling in seinem Netz.

Camille tritt von einem Bein auf das andere, drückt mit dem Fuß eine leere Muschel in den Sand. Dann malt er, die Hände in den Taschen seiner roten Jacke vergraben, mit der Schuhspitze konzentrische Kreise um sich herum.

Als er mit seiner Arbeit zufrieden ist, setzt er sich mit verschlossenem, ernstem Gesicht ein paar Meter weiter auf einen Felsen, ähnlich dem des Musikers, aber kleiner. Wie dieser schlägt er die Beine übereinander und verschränkt die Arme. Und aufrecht wie dieser betrachtet er reglos das Meer.

»Was machst du da, Camille?«, fragt der Musiker genervt.

»Ich mache es wie Sie.«

»Und warum?«

Camille antwortet nicht und behält die Pose bei, lange. Dann steht er traurig auf und geht den Pfad entlang davon.

Er kehrt zu seiner Mutter ganz in der Nähe zurück, mit der er erbittert einen Erkundungsspaziergang täglich bis zu der kleinen Bucht am Ende des Weges ausgehandelt hat; zurück zu seiner Mutter, die Sonne tankt und darüber verzweifelt, dass sie ihren Sohn nicht dazu bringen kann, Vernunft anzunehmen. Adieu, Schwimmunterricht. Adieu, Abmachung. Adieu, Camilles künftige Freiheit.

Adieu, ihr kleines bisschen Ruhe.

* * *

Am nächsten Tag kommt Camille wieder, setzt sich erneut in derselben Pose auf den kleinen Felsen und schweigt. Zu seinen Füßen schwappen die Wellen an den Stein und spritzen ihm zeitweise kleine Tropfen der salzigen Gischt ins Gesicht, doch der Junge verharrt reglos, er spürt sie nicht mal.

Louis-Camille wirft ihm einen flüchtigen, abwesenden Blick zu. Die drei oder vier Seiten, die er gestern Nacht geschrieben hat, gehen nicht. Doch die musikalischen Ideen sind unbestreitbar da. Auch Themen, Harmonien … Aber nein, es funktioniert nicht, ohne dass er versteht, warum. Jetzt weiß er es, es wird ihn ganze Tage kosten, an denen er zum Radierer greift, streicht, sich aufregt, das Notenblatt zerreißt, wieder ganz von vorne anfängt … Einen Monat vielleicht, um zehn Minuten Musik zu erarbeiten, Jagd zu machen auf das Taktmaß zu viel, das den gesamten Aufbau aus dem Gleichgewicht bringt, um eine Harmonie umzustellen. Manchmal muss er auch alles umwerfen, wegen eines Fehlers, den er erst ganz zum Schluss entdeckt.

Die Musik widersetzt sich ihm, es ist ein echter Kampf. Und dann auch noch dieses Kind, das ihm zur Last fällt … Verspannt steht Louis-Camille auf, entfaltet seinen großen Körper, entlässt ihn aus seiner übermäßigen Erstarrung und geht auf den Jungen zu.

»Du bringst mich aus dem Konzept! Und hier ist mein Ort. *Meine kleine Ecke.* Mein kleiner Fleck. Es stört mich, dich daneben sitzen zu sehen.

»Bringen Sie mir das Schwimmen bei.«

»Was hast du für Ideen? Ich weiß nicht, wie das geht! Ich bin Musiker und kein Schwimmlehrer …«

»Die Schwimmlehrer wissen nicht, wie man einem etwas beibringt. Sie schon.«

»Und woher weißt du das?«

»Ich weiß es eben.«

Louis-Camille stößt einen tiefen Seufzer aus, bereit seinem Ärger Luft zu machen. Doch dann ändert er plötzlich seine Meinung. Camille lässt ihn nicht aus den Augen, hält ohne zu blinzeln seinem Blick stand. Ein aufrechter Blick, tiefgründig, prägnant, von erstaunlicher Intensität. Ein Blick absoluten Vertrauens. Die Offenheit des Kindesalters. Ode an die Schönheit.

Louis-Camille schätzt die Schönheit mehr als alles andere, er sucht sie flehentlich, pausenlos. Seine himmlischen Schmetterlinge werden keinen Schaden nehmen.

»Okay, wir werden sehen … Ich bin bereit, dir die Theorie zu vermitteln. Aber, was die Praxis betrifft, kommt nicht infrage! Da musst du ohne mich zurechtkommen … Ich habe überhaupt keine Lust, mich in einen Schwimmlehrer zu verwandeln. Komm morgen wieder hierher, zur selben Zeit.«

* * *

Louis-Camille sitzt auf seinem Felsen. Es ist wunderschönes Wetter. Kleine weiße Wölkchen schmücken den Himmel über dem felsigen Kap der *Pointe du Raz* und ziehen träge über das klarblaue, ruhige Meer hin, das nur von einer leichten Sommerbrise gekräuselt wird. Über der Spitze des Kaps begegnet sich eine Vielzahl weißer Schleier. Das Meer hat seinen niedrigsten Stand erreicht, und es ist der günstigste Zeitpunkt, das Kap zu Fuß zu durchschreiten, in beiden Richtungen. An diesem Tag ist der Sommer wirklich da.

Camille ist auf die Minute pünktlich erschienen und steht ganz aufrecht am Fuße des Felsens, die Arme eng an seinem zarten Körper herabhängend, wie ein ergebener Diener vor seinem Herrn.

»Bereit? *Allora, andiamo.* Komm gehen wir ein paar Schritte den Weg entlang. Schau dich um, und du wirst es selbst verstehen. Siehst du diesen Vogel, wie er elegant ganz dicht über dem Wasser gleitet? Schau dir seinen Flug genau an. Seine ausgebreiteten Flügel spielen mit der Luft, sie stützen sich darauf ab. Bei einem Orchester ist es genau dasselbe. Die Blasinstrumente spielen mit der Luft. Ihre Kraft, ihre Raffinesse beruht auch auf ihrer Art, sich darauf zu stützen. Also, das Wichtigste beim Schwimmen ist weder die Luft noch das Wasser, das Wichtigste bist du. Das Erste, was du erlangen musst, ist, Vertrauen ins Wasser zu haben. Wenn du daran glaubst, trägt es dich. Es drückt dich hoch. Das ist wie mit dem Vogel und der Luft. Und dann musst du noch wissen, dass Schwimmen eine Frage des Rhythmus und der Atmung ist. Wie in der Musik. Dein Körper verfügt über Arme und Beine, oder? Also, das ist so, als hättest du zwei Geigen als Arme und zwei Flöten als Beine. Du musst lernen, die in Einklang miteinander zu bringen. Verstehst du?«

»Ja.«

Louis-Camille folgt mit den Augen einem Sturmvogel, dessen Flug auf einer Felsenspitze endet, die kaum aus dem Wasser ragt. Seine beiden ausgestreckten Beine landen mit absoluter Präzision auf dem feuchten Grat. »Man muss die verschiedenen Bewegungen in Einklang bringen und sich die Abfolge einprägen wie bei einer Melodie, einem Refrain, der sich wiederholt, bis man sie ganz vergisst und man in eine ganz andere Dimension vordringt. Die der Freiheit. Der Freiheit der Bewegung, der Freiheit des Ausdrucks …«

Das Kind stützt sich auf die Worte des Musikers, bietet seine ganze Fassungskraft auf, schwebt über dem Sinn seiner Worte.

Der Vogel hebt sogleich wieder ab und verschwindet aus ihrem Sichtfeld, ein verlorener Punkt am Horizont. »Und daran musst du mit Methode herangehen. Erst die Geigen … und dann die Flöten. Die Vögel lernen, ihre Flügel auszubreiten, mit ihnen zu schlagen, und erst dann hüpfen sie aus dem Nest. Erst wenn du die beiden Instrumente absolut beherrschst, kannst du sie auch in Einklang miteinander bringen. Es ist die Arbeit eines Dirigenten. Verstehst du?«

»Ja.«

»Also gut, dann ist es jetzt an dir!«

Froh und entschlossen wie ein Dirigent kehrt Camille zu seiner Mutter zurück, die ein bisschen weiter weg am Strand eingeschlafen ist.

6.

Abends in seinem Bett, als die Eichentür geschlossen und seine Mutter in ihrem Zimmer ist, schläft Camille nicht. Auf dem Bauch liegend wiederholt er endlos die Bewegungen, die er am Strand beobachtet hat. Auch wenn er sich genau an die nachzumachenden Gesten erinnert, fällt es ihm doch schwer, seinen zaudernden Körper den eigenen Ansprüchen zu unterwerfen. Der Junge müht sich ab, kämpft, leidet, schwitzt. Er will es schaffen.

Bevor er einschläft, ist er zufrieden. Jetzt beherrscht er seine Instrumente perfekt.

Was die Fensterläden angeht, die quietschen, die Mäuse, die tanzen, und das Haus, das knarrt, er hört es nicht mehr. Alles ist erfüllt von der Meeresbrandung, die bis in die Tiefe der Nacht vordringt.

* * *

Hinter der schweren Tür hat Emma das Licht gelöscht, doch sie findet keine Ruhe und dreht und wälzt sich in ihrem Bett umher. Sie wird von einer Kette von Bildern heimgesucht, die sie nicht aus ihren Gedanken verbannen kann, genauso wenig wie sie die Gefühle vertreiben kann, die diesen Gedanken auf dem Fuß folgen. Es liegen noch immer so viele Wochen vor ihr, die sie hier verbringen muss … mit der einzigen Aussicht darauf, sich abends vollkommen niedergekämpft schlafen zu legen und morgens bleischwer zu erwachen, schon vor Tagesanbruch erschöpft. »Du wirst die Insel unter keinen Umständen verlassen.« Seine Strafmaßnahme ist gnadenlos.

Emma kommt wieder auf das erste Mal zurück. Den ersten Blick, den ersten Kontakt mit diesem Physiotherapeuten. »Sie haben einen wunderschönen Körper, Madame«, hatte er zu ihr gesagt, mit dieser Stimme ohne jedes Beben, einer seltsam gelassenen Stimme, heiser, abwesend.

Und dann … waren da noch seine Geschichten gewesen, seine langen Geschichten, von einer Behandlung zur nächsten erzählt; wie ein Märchen, ein Band, das man entrollt, eine alte Filmrolle, während seine Hände ihren Zauber entfalteten, genauso betörend wie sein Geruch. Die Geschichte seiner Vorfahren, die eine Opiumhöhle an der *Waitan*-Uferpromenade von Schanghai besaßen, diesem »schlammigen Ufer« am Fluss, die sie zu diffusen Träumereien verleitete, an die sie sich nicht mehr erinnern kann. Der Masseur stimmte seine Erzählungen auf den Rhythmus seiner Hände ab, die von ihrem Rücken Besitz ergriffen hatten, der einzig entkleidete Bereich zwischen ihrer bis über die halben Pobacken heruntergezogenen Hose und ihrem bis zu den Schultern hochgeschobenen T-Shirt. Auf dem Bauch liegend hatte sie sich seinem fremden Duft überlassen, einer Mischung aus Moschus, Ambra und noch anderen Nuancen, die sie nicht bestimmen konnte.

Während der Termine hatte sie ihr *Zauberer aus Schanghai* – wie sie ihn scherzhaft nannte – in sein Universum mitgenommen. Sie hatte sich mitreißen lassen wie im Kino, wohin sie manchmal ging, um ihrem Leben und der Last, die sie mit sich herumschleppte, zu entkommen.

Ja, das erste Mal auf der Türschwelle der türkisen Praxis, als er ihr galant in die Jacke half, hätte sie sich vor einer Sache in Acht nehmen sollen: dass dieser Mann von einem unbekannten Teil von ihr Besitz ergreift, einem brachliegendem unbestimmten Terrain, um sein uneingeschränkter Besitzer zu werden. Sie erinnert sich nur zu gut, dass sie beim Verlassen der Praxis an die Wendung »in jemandes Hand sein« dachte, die ihr plötzlich verständlich geworden war.

Und unter dem wissenden Lächeln der Empfangsdame hatte sie einen weiteren Termin ausgemacht; zunächst jeden Freitag, dann zwei-, dann dreimal pro Woche und schließlich jeden Tag in seiner Praxis. Und sie war zuverlässig zu jedem Termin erschienen, pflichtgetreu zur selben Uhrzeit, bereitwillig und ergeben.

Boris hatte sich ziemlich schnell verwundert darüber gezeigt. »Was hast du heute gemacht? Diese Reha-Maßnahme zieht sich ja ganz schön lange hin …« Daraufhin hatte Emma unbeholfen versucht, ihm zu erklären: »Er probiert eine neue Methode an mir aus, die sehr viel mehr Zeit in Anspruch nimmt, aber nicht nur der Regeneration dient. Sie stärkt die angegriffenen Regionen langfristig, damit ich später, wenn ich alt bin, keine Arthrose bekomme. In gewisser Weise ist es eine Investition, wenn du verstehst, was ich meine …« Hatte Boris überhaupt zugehört? Wieder einmal hatte er das Gespräch abgebrochen, um einen »Anruf von höchster Priorität« entgegenzunehmen.

Warum hatte sie auch nicht einmal der wissende – fast

schon komplizenhafte – Blick der Sprechstundenhilfe des Masseurs alarmiert oder wenigstens verwundert? Emma wickelt die Bettlaken ganz fest um sich, um sich zu beruhigen und das unkontrollierbare Zittern ihres Oberkörpers in den Griff zu bekommen. Wenn sie wenigstens diesem Ort hier entfliehen könnte, zumindest in Gedanken, diese unerträgliche Insel verlassen und in Schanghai sein könnte, dieser zauberhaften Stadt, wie sie sie sich anhand der Berichte des Masseurs und seiner wohltuenden Glücksversprechungen ausgemalt hatte …

Sie sehnt sich plötzlich sehr danach, etwas Heißes zu trinken, etwas, das ihr die Seele wärmt, ihr die Illusion von verständnisvoller menschlicher Wärme beschert. Sie steigt aus dem Bett, macht drei Schritte, kann sich dann aber nicht dazu aufschwingen, die düstere Treppe bis in die Küche hinunterzugehen. Im Dunkeln wühlt sie in ihrer Tasche, schluckt eine Schlaftablette aus dem Röhrchen, legt sich wieder hin und vergräbt den Kopf in ihrem Kissen, das nach Schimmel riecht.

7.

Im Gastraum des Restaurants herrscht ungewöhnliche Aufregung. Armelle ist überhaupt nicht erfreut. »Wie soll ich bitte meine Arbeit machen, wenn die Leute von drüben mich nicht ordentlich beliefern?«

Sie fasst sich mit den Händen an die Wangen und betrachtet voller Verzweiflung den Haufen Konservendosen, der die gesamte Theke belegt. »Was will ich denn mit Russischem Salat? Den hatte ich noch nie auf meiner Karte, und da wird er auch nie landen. Dieses Büchsengemüse ist ekelhaft. Ich würde es mir nie erlauben, das meinen Gästen vorzusetzen. Also wirklich, es ist doch nicht so schwer, eine Bestellung zu lesen! Was ich angegeben habe, sind *Salz*gurken!«

Armelle ist eine Frau, die Großzügigkeit ausstrahlt. Das heißt, sie hat ein paar Pölsterchen an den Hüften, ein wohlwollendes Mondgesicht und strahlt diese Herzlichkeit aus, die Menschen auszeichnet, die ihr Leben der Ernährung ihrer Nächsten verschrieben haben. Sie liebt ihren Beruf leidenschaftlich, und Tag für Tag zeugt jedes Menü von ihrem Respekt für diejenigen, die an ihren Tischen Platz nehmen. »Da sehe ich nur eine Möglichkeit, Loïc. Zurück an den Absender!«

Der junge Loïc sieht bloß eine Ladung, die es auf das Schiff zurückzubringen gilt, und darüber ist er sichtlich nicht begeistert. Er wringt seine ausgeblichene Schirmmütze in den Händen. »Na, da wird er sich freuen …«

»*Wer* wird sich freuen?«

Die Hände in die Hüften gestützt ist Armelle drauf und dran, eine ihrer gefürchteten schlagfertigen Antworten zu geben, denn obwohl sie der gutmütigste Mensch der Welt ist, kann sie auch sehr aufbrausend sein, das weiß jeder hier. Der junge Loïc starrt die Dosen an und rührt sich nicht. Zu dieser Jahreszeit ist das Schiff immer voll, viel zu voll. Eine Kiste mehr wird ein Riesendrama sein. Er fragt sich, was das kleinere Übel ist, Armelles zunehmende Wut oder die schiere Verzweiflung seines Chefs. »Dann ist es eben ein Drama! Glaub mir, das kümmert mich nicht die Bohne …«

Von seinem Stuhl aus beobachtet Camille die ganze Szene interessiert. Sein Blick ist voller Mitgefühl für Armelle, die er, vollkommen solidarisch mit ihrem Verdruss, direkt verteidigt. Auch er mag keinen Russischen Salat. Und er liebt Salzgurken. Er selbst hätte da keine Missverständnisse aufkommen lassen, denn er hätte geschrieben: *Malossol*-Gurken!« Was Emma betrifft, die hört gar nicht zu, vertieft in ihr Handy, sucht sie nach dem Wetterbericht für heute.

Als Louis-Camille, der ein paar Tische weiter vor seinem Kaffee sitzt, aufsteht und auf sie zugeht, folgt Camille ihm mit respektvollem Blick. Denn er kann jetzt schwimmen, ganz ohne Schwimmreifen, zur großen Zufriedenheit seiner Mutter. Dank des wesentlichen Beitrags durch die – heimlichen – Theoriestunden, hat der Schwimmlehrer sein Ziel in wenigen Stunden erreicht. Der Aufbaukurs zur Perfektionierung würde später folgen. Emma kennt ihren Sohn und all die verlorenen Kämpfe, um ihn dazu zu zwingen, etwas zu tun, was er nicht will.

»Also, wenn sie niemand möchte, ich kann Russischen Salat gut gebrauchen … Diese Art von Salat wurde 1860 von einem gewissen Lucien Olivier erfunden, dem Koch des berühmten Restaurants *Hermitage* in Moskau, zu dessen Gästen auch Iwan Sergejewitsch Turgenjew zählte … seines Zeichens ein Freund von Jules Verne und … *Ca-mille* Saint-Saëns! Noch ein Camille, der, wie jeder weiß, die fabelhaften Stücke für *Karneval der Tiere* komponiert hat«, sagt er, dem Jungen zulächelnd.

Fasziniert von dem Gedanken, dass es einen Karneval der Tiere geben könnte, erblüht vor Camilles geistigem Auge sofort eine Abfolge fantastischer Bilder, eines bunter als das andere. Dankbar antwortet er dem Musiker mit einem wissenden Lächeln.

»Monsieur, liefern Sie mir das Ganze doch bitte nach Hause. Hier meine Adresse.« Louis-Camille kritzelt etwas auf ein Stück Papier, das er aus seiner Tasche gezogen hat, und schreitet majestätisch davon, zufrieden darüber, für eine Weile die unvermeidliche Notwendigkeit, sich zu ernähren, gelöst zu haben. Zufrieden vor allem – doch das genießt er schwelgerisch für sich – über all die Erinnerungen, die er mit den kyrillischen Wörtern, die die Weißblechdosen schmücken, verbindet. Eine glückliche Zeit, in der die Musik und er noch wie ein lebensfrohes Paar durch den musikalischen Raum galoppierten. Erinnerungen, die ihn viel mehr als dieser Salat nährten – den auch er hasste es eigentlich, wenn er aus der Dose kam.

»Großer Gott, was stellt er bloß mit fünfzig Dosen Russischem Salat an? Das reicht ihm ja für Monate! Und in dieser Zeit kommt er nicht zum Essen zu mir. Es sei denn, er lädt die komplette Inselbevölkerung zu einem Konzert ein …«, jammert Armelle scherzhaft, denn während der Saison ist ihr Restaurant sowieso immer voll.

»Er lebt hier?«, erkundigt sich Emma, die den Blick von ihrem Postfach hebt, das sie über Mobilfunkwellen mit ihrem echten Leben verbindet.

»Ja. Im ersten Stock eines Hauses hier im Ort. Er hat sich vor vier Jahren bei uns niedergelassen, eines Tages im November. An einem Tag, an dem es stürmte wie verrückt … ein Riesenereignis hier auf der Insel!«

Armelle lehnt sich unter dem Gewicht der Erinnerungen mit dem Rücken an die Theke. »Weil – halten Sie sich fest – er hat sein Klavier mitgebracht. Stellen Sie sich vor, was da im Dorf los war …«

Es war ein Algenfischer von der Côte des Abers, »Sie wissen schon, von dort oben, von der Côte des Légendes, im nördlichen Finistère …«, der war schon in Rente mit seinem geliebten Arbeitsgefährt, er wohnte in Audierne, und er hat ihn mitgenommen. Er hatte seine übliche Ladung Algen gegen dieses in Umzugsdecken gehüllte Riesenpaket eingetauscht, und sein kleiner Ladekran war nicht robust genug gewesen, so ein Gewicht zu heben, also hat es sechs Männer gebraucht, um es abzuladen. Bei dem Manöver wäre das Klavier beinahe im Wasser gelandet. »Und Louis-Camille hat seiner Sorge noch lauter Luft gemacht als unser starker Nordwestwind bei Sturm es jemals könnte! Mit dem Ergebnis, dass dann der junge Yvonnick im Meer gelandet ist … kopfüber zwischen Kai und Klavier …«

Bei dieser Erinnerung bricht Armelle in lautes, unkontrolliertes Gelächter aus. Mit dem Handrücken wischt sie sich die Tränen, die ihr in die Augen getreten sind, ab, aber nur der Form halber. In Wahrheit mag sie nichts lieber als solche spontanen Ausbrüche, die genauso wenig zu unterdrücken sind wie ein Niesen. Es sind Relikte einer kindlichen Frische, die tief in ihrem Inneren noch sehr lebendig ist. »Anschließend musste noch eine Vorrichtung gebastelt werden, um es bis zu ihm zu transportieren. Und am Ende wurde das Klavier in sein Haus bugsiert … durchs Fenster!«

Der Lachkrampf lässt nach einer Weile nach, und Armelle entschuldigt sich lässig unter dem verblüfften Blick der von diesem Gefühlsüberschwang beeindruckten Emma.

»Und …«, hakt diese irritiert nach, »dann ist er also Pianist. Professioneller Pianist?«

»Ehrlich gesagt, habe ich keine Ahnung. Man hört ihn sehr oft an seinem Klavier, wenn man unter seinen Fenstern vorbeigeht. Im Sommer bringen die Leute manchmal Stühle mit und setzen sich leise auf die Straße, um ihm zuzuhören. Sie klingen so schön, diese Töne, die der Wind davonträgt. Er mag das nicht, aber was soll er schon sagen? Die Luft gehört allen.«

Vom Wind davongetragen. Emma stellt sich die Federkronen von Löwenzahn vor, die vom hellroten Mund ihres Sohnes davongepustet werden, ein Spiel, das er liebt. Ein bisschen Raffinement würde ihr wirklich guttun … etwas Zivilisiertes, etwas anderes als die Bar, das Restaurant oder der Strand. Nicht dass sie Musik besonders mag, aber die Vorstellung einer Abendveranstaltung lockt sie ganz automatisch. Ein Konzert …?

Leider nein. Obwohl die Winterabende hier recht lang und trübselig sein können. Einmal hatte Armelle gewagt, ihn danach zu fragen, doch der Musiker hatte schroff abgelehnt und erklärt, dass er sich beim Tennisspielen das Handgelenk gebrochen habe. Für seine Begriffe – und das seien seine exakten Worte gewesen, betont sie – tauge er nichts mehr am Klavier, und die Musik sei zu schön, um durch seine Hände ruiniert zu werden. »Was sollte ich dazu noch sagen? Ich verstehe ihn nur zu gut. Was meinen Bereich angeht, bin ich auch sehr anspruchsvoll!«

Plötzlich verstummt Armelle. Ihr Blick wird vom Wasser jenseits des Kais angezogen, das heute blassgrün und sehr ruhig ist. Eine Seeschwalbe scheint einen Fischschwarm ausfindig gemacht haben. Im Schwebeflug macht sie sich bereit, sich im Sturzflug auf ihre Beute zu stürzen. Armelle liebt den Moment, in dem eine Fontäne emporschießt, wenn der Vogel mit der Leichtigkeit und Präzision eines Messers ins Wasser dringt.

»Jedenfalls hat er die Insel seit seiner Ankunft nicht mehr verlassen … Also ist er seit vier Jahren auch nirgendwo anders mehr aufgetreten … Wovon er lebt? Ein Rätsel. Vielleicht hat er Vermögen. Aber er führt hier im Dorf auch kein besonders luxuriöses Leben und gibt sich mit ziemlich wenig zufrieden.« Während Armelle Emma antwortet trocknet sie nachdenklich ein Glas ab, eine Geste, in die sie sich hinter ihrer Theke oft flüchtet, wie andere sich eine Haarsträhne aus dem Gesicht streichen oder ihren Pullover zurechtzupfen. Eigentlich weiß sie nicht wirklich, was er hier macht.

»Der Mann ist immer ganz alleine, und er bekommt niemals Besuch. Er scheint die Einsamkeit nicht zu fürchten!

Wir Inselbewohner sind da anders. Wir sind an die Ruhe und die Abgeschiedenheit gewöhnt, wir empfinden sie sogar als Luxus. Aber wir halten zusammen, wir helfen uns in allem, mehr als anderswo, und wir finden immer einen guten Grund, mit den anderen die Köpfe zusammenzustecken. Genau deshalb haben wir es auf dem Festland auch nicht leicht ... wir hier sind Gleichgültigkeit einfach nicht gewöhnt, verstehen Sie? Aber er ... man könnte meinen, er lebe auf einem anderen Planeten ...« Dieses Rätsel, das ihr, die ihre Tage umgeben von ihresgleichen verbrachte, vollkommen unverständlich war, ließ sie verwundert die Augenbrauen hochziehen.

»Und unter uns, wir nennen ihn hier den Prinzen. Weil er immer diese etwas hochmütige Art hat, diesen abwesenden Blick, dieses eindrucksvolle Gebaren. Gleichzeitig ist er ein ganz reizender Mann von seltener Höflichkeit ... falls er einen bemerkt und nicht in seine Träumereien vertieft ist! Er hat Format, wie man so schön sagt. Sie werden nie erleben, dass er geht, ohne ein Wort des Dankes an mich zu richten und seinen Stuhl unter den Tisch zurückgeschoben zu haben. Kleinigkeiten, ja, aber bitte, das ist es doch, was zählt und was einen freut. Es gibt so viele Leute mit schlechten Manieren. Besonders die Städter, die einen gerne wie Untergebene behandeln ...«

Armelle sieht sich voller Zärtlichkeit in dem Gastraum um, in dem sich ihr ganzes Leben abspielt und wo sie die ganze Gefühlspalette durchlebt – Freude, Wut, Stolz und Enttäuschung stellen die Hauptzutaten ihres Theaters der zwischenmenschlichen Beziehungen dar ... wobei die Freude und der Stolz deutlich überwiegen. Hier ist ihr Schloss, das Versuchslabor für ihre kulinarischen Meisterwerke, ohne das sie nicht einen Tag auskommen würde. »Und die Schlimmsten … die Schlimmsten von allen, das sind die Pariser!«

Armelle beißt sich auf die Lippe. Zu spät, es ist ihr einfach so rausgerutscht. Emma zieht ein Gesicht, und Armelle bricht erneut in lautes Gelächter aus. Zur Entschuldigung lächelt sie verlegen: »Es gibt natürlich Ausnahmen. Hin und wieder … wie hier die Sonnenstrahlen zwischen den Wolken!«

Auf den Musiker zurückzukommen ist ihre sicherste Hintertür. »Sie werden ihn oft hier antreffen. Er kommt mindestens einmal am Tag zum Kaffeetrinken vorbei, aber eher am späten Vormittag, so wie heute. Sie werden ihm auch sonst auf der Insel begegnen, in seinem Seemannspulli und der alten Cabanjacke. Er spaziert hier die ganze Zeit herum. Sogar und vor allem nachts. Wenn Sie ihm also im Morgengrauen begegnen, keine Panik, er wird Sie nicht mal bemerken!«

Camille nähert sich unauffällig dem Tresen und liest Louis-Camilles Adresse von dem kleinen elfenbeinfarbenen Karton ab, der Visitenkarte, geschmückt mit einer anmutigen, harmonischen Schrift, die der Musiker hinterlassen hatte, bevor er gegangen war.

»Und außerdem betrachtet er das Meer«, sagt er.

8.

Nach den drei Wochen, die sie nun schon auf der Insel leben, haben Emma und Camille ein Art Tagesrhythmus gefunden, eine Routine, die ihrem Aufenthalt den Anschein einer beruhigenden Gewohnheit gibt.

Camille steht früh auf und holt sich ganz alleine – ohne Lärm zu machen, und das ist das Schwierigste daran –, was er für sein Frühstück braucht aus der Küche. Dann setzt er sich auf sein Bett und fängt an zu lesen. Bücher, die seine Mutter mitgebracht hat, aber auch eine ganze Reihe von alten Büchern voller Eselsohren, bei denen es sich um Leihgaben von Armelle handelt, die sie sorgsam noch von ihren Kindern aufgehoben hat, die schon lange fortgegangen sind, um ihr Leben auf dem Festland zu leben. Und noch andere, deren Herkunft sie selbst nicht mehr genau kennt, seien es Familienerbstücke oder Geschenke von Gästen. Bücher über die Natur, das Leben im Meer, die Bretagne und natürlich über die Insel: ihre Tier- und Pflanzenwelt, ihre Geschichte, ihre abenteuerlichen Ereignisse, ihre Legenden …

Camille verliert sich staunend darin, mal als Kapitän auf hoher See, Admiral, Fischer oder Leuchtturmwächter. Er reist stundenlang umher, gleitet übers Wasser, treibt in den Wolken und vergisst darüber alles Uninteressante, vor allem die Vorschriften seiner Mutter. Wenn sie schließlich die Tür öffnet, mit einem Gähnen noch versunken in ihre Träume, die es zu vergessen gilt, dann stürzt er sich mit vom Westwind zerzausten Haaren, aufgepeitscht von Abenteuern in ihre Arme.

Emma taucht aus einem dichten, breiigen Nebel auf und sehnt sich nur nach einem: sanft zu erwachen unter einer unermüdlich strahlenden Sonne, wo ein stets einladender, in gleichbleibende Temperatur gebadeter Strand wartet – etwas, das sie auf dieser zugigen Insel nie finden wird, das weiß sie nur zu gut.

Stattdessen flüchtet sie sich genussvoll in ein schönes dampfendes Bad, aber auch dort kann sie sich nichts vormachen, auf dieser Insel, auf der alles zählt und alles gezählt ist. Das Essen, die Energie, der Abfall, alles. Und vor allem, zynisches Paradoxon in dieser Meereswelt: das Wasser. Sie, die sich so oft sie kann in ihre Badewanne stürzt, kann bloß einmal mehr ihr Unglück, hier zu sein, bedauern, in diesem hinterletzten Winkel der Welt, wo Aushänge auf den Toiletten darauf hinweisen, dass man die Spülung nur benutzen solle, »wenn es unbedingt nötig« sei.

Hier aufzuwachen stellt also ihre erste Prüfung des Tages dar, und Camille muss es ausbaden. Er weiß es, noch bevor sie ein Wort mit ihm wechselt.

* * *

Nachdem die dicke Luft des Morgens und die ersten Enttäuschungen der beiden verflogen sind, beginnt ihr Tag wirklich.

Der Auftakt ihrer Rundreise findet unweigerlich bei einem Kaffee im *Chez Armelle* statt – wo die Wirtin, die sie beide ins Herz geschlossen hat, sie mit ihrer gleichbleibend guten Laune und besonders netten Worten empfängt.

Dann erklärt sie ihnen von der Theke aus in allen Details das Tagesmenü … was Camille sehr interessiert – nicht so sehr aus Lust aufs Essen, sondern weil er verstehen will, wie sie vorgeht, um zu ihren Resultaten zu kommen.

Eindeutig weniger begeistert hört Emma kaum zu und flüchtet sich auf Nachrichtenfang in ihr Handy. »Es fällt mir morgens immer ein bisschen schwer, munter zu werden«, entschuldigt sie sich.

Emma erwartet sich nichts von ihrem Vormittag und ist erleichtert, dass ihr Sohn etwas zu tun hat und sie nicht mit seiner Langeweile behelligt. Sie versinkt auf ihrem Stuhl sitzend tief in sich selbst und trinkt genüsslich ihren Kaffee. Ihre Zigarette verströmt Rauchspiralen so flüchtig wie ihre Gedanken … Elf Uhr hier, das bedeutet siebzehn Uhr in Schanghai, genau die Uhrzeit, zu der sie normalerweise immer in die Massagepraxis in Paris ging. Und auch genau die Uhrzeit, zu der ihr Masseur ihr nach seiner Abreise nach China jeden Tag eine SMS schickte. Aber kein Wort mehr, seit sie ihm eine Mail geschickt hatte, in der sie sich bei ihm entschuldigte und im letzten Moment ihre Reise nach Schanghai »aus Gründen, die nicht in meiner Hand liegen« absagte. Warum antwortet er nicht? Ist er so verärgert über ihren Rückzieher in letzter Minute? Oder gibt es einfach nur ein Verbindungsproblem mit Schanghai? Diese Unsicherheit wühlt sie sehr auf. Irgendetwas an dieser abgebrochenen Verbindung ängstigt sie, erfüllt sie mit einem seltsamen Gefühl der Enttäuschung.

Und was Camille betrifft … seit er die drei Voraussetzungen aus seinem Freiheitsvertrag erfüllt hat – die Uhr lesen zu können, schwimmen zu können und die Grenzen des festgelegten Gebiets zu respektieren – folgt er unbekümmert, flatterhaft und unberechenbar seinen Launen. Die einzige Regel für den ersten Teil des Tages lautet: um Punkt dreizehn Uhr zum Mittagessen im Restaurant zurück sein. Für ihn bedeutet das zwei Stunden absolute Freiheit, die er damit verbringt, das Dorf zu erkunden und keines seiner Gässchen und keinen seiner versteckten Hinterhöfe auszulassen, geheime Zufluchtsorte, die ihm zuverlässigen Windschutz bieten.

Denn die Langeweile, die ihn ständig quält, schafft es nicht, ihn hierhin zu verfolgen, so sehr nimmt alles seine Aufmerksamkeit in Anspruch, seine Erinnerung, seine blühende Fantasie. Wie könnte man da nicht mit vor Staunen offenem Mund stehen bleiben, einer Kinderstatue gleich, der die Erwachsenen vor dem Seerettungsmuseum schweigend ausweichen.

Große schwarze Tafeln an der Wand des ehemaligen Rettungsbootshauses zählen alle Ausfahrten seit 1886 auf und halten für jede – in weißen Buchstaben, wie mit Kreide geschrieben – die Daten, die Namen der geretteten Schiffe und die Anzahl der dem Meer entrissenen Leben fest.

Wie viele Menschen wurden gerettet? Camille fängt an zu zählen, doch die alten Fotos, die den Mut der Retter zeigen, unterbrechen ihn in seiner Rechnung.

Eingehend betrachtet das Kind die zerfurchten Gesichter dieser Männer aus Eisen, Helden, die nichts aufhält, mit dem aufrechten sicheren Blick derer, die sich keine Fragen stellen, wenn es darum geht, Hilfe zu leisten. Ihre lächerlichen Jacken aus dicker Baumwolle und ihre notdürftig zugeschnittenen Rettungsringe aus Kork sind bloß ein schwacher Schutz. Camille ist wie gebannt.

Die aus den Schiffswracks geborgenen Gegenstände dagegen – alte Kupfermünzen, Glocken, Steuerruder, Schiffsteile – interessieren ihn überhaupt nicht.

Darin sieht er keine Schätze.

* * *

Die Nachmittage gestalten sich abhängig vom Wetter. Wenn es nicht regnet, bleibt Camille noch draußen, und Emma verbringt sie je nach Temperatur am Strand, im Café oder in ihrem Haus. Um die Zeit totzuschlagen und ihre Ängste zu vertreiben, spielt sie, unfähig, sich zu konzentrieren, stupide Handyspiele, blättert gelangweilt in Zeitschriften, macht sich die Nägel und schläft, der Nachtruhe nachjagend, oftmals ein. *Madame Bovary* liegt vergessen auf ihrem Nachttisch, sie hat überhaupt keine Lust zu lesen.

Wenn es regnet, steht für beide Fernsehen auf dem Programm, Verdummung garantiert. Der Bildschirm direkt unterm Fenster überschwemmt das Zimmer mit seiner Flut aus bläulichem Unsinn, den sie beide aus Mangel an besserer Ablenkung träge auf dem kleinen Sofa aufsaugen.

Emma und Camille brauchen beide Luft in ihren Köpfen, und diese stickige Atmosphäre bringt sie dazu, sich noch mehr in sich selbst zu verschließen. Doch die Regentropfen, die gegen die Fensterscheibe hämmernd ihre Unruhe und ihre Sehnsucht nach einem anderen Ort wiedergeben, bieten mindestens ein ebenso abwechslungsreiches Spektakel wie der Fernseher: für denjenigen, der genau hinsieht, spiegelt jeder von ihnen ein Stückchen des perlgrauen Himmels über ihren Köpfen wider, ein unendlicher Vorrat an Tagträumen.

Doch dazu müssten sie den Blick heben.

Gegen siebzehn Uhr folgt der obligatorische Termin zum Nachmittagsimbiss bei Armelle, der auch das Ende von Camilles Freiraum markiert. Die paar Stunden, die sie dann noch vom Abendessen trennen, sind ihren Haushaltspflichten gewidmet: Einkauf, Wäsche, grobes Saubermachen, Kochen auf die Schnelle. Emma weiß nichts mit alltäglichen Pflichten anzufangen, und wenn das Kind in geschlossenen Räumen eingesperrt ist, löst das bei ihm eine Welle schlechter Laune aus, die auf seine Mutter überschwappt. Dann verlangt er ganz plötzlich ein Crêpe bei Armelle, einen Spaziergang mit ihr durchs Dorf, eine Partie Ballspielen am Strand … zerfressen von seiner verheerenden Ungeduld, unfähig zu ertragen, dass seine Wünsche nicht sofort befriedigt werden. Geschrei, Tränen und Wut sind ihr übliches Los, was Camille schrecklich mitnimmt und Emma all ihrer Energie beraubt.

Das Abendessen wird vor dem Fernseher eingenommen, erneute Verdummung. Und zu guter Letzt neigt sich ein endloser Tag seinem Ende. Wieder einer für Emma, die vor dem Schlafengehen ein Kreuz auf den mit Reißzwecken neben ihrem Bett befestigten Kalender macht und die noch verbleibenden Tage bis zum Datum ihrer Befreiung zählt.

* * *

Während Emma sich jedes Mal ein bisschen mehr über die Länge der Tage beklagt, kostet Camille entzückt das Glück der Freiheit aus. Und jeden Tag riskiert er ein bisschen mehr. Glücklicherweise ahnt seine Mutter nichts davon. Doch als er es einmal wagte, in einen auf Grund gelaufenen, an einer Boje befestigten Kahn zu klettern, hatte er wirklich Glück.

Er wollte wissen, wie es ist, wenn bei Flut wieder Wasser unter den Bug kommt und wo das Boot dann hintreibt. Würde es weiter auf den Strand gespült oder aufs Meer hinaus gezogen? Das Einfachste war es also, den Kahn loszumachen, hineinzusteigen und abzuwarten. Bloß dass das Meer viel schneller anschwoll als gedacht und die Wellen ihn ohne Vorwarnung rasch vom Ufer wegzogen. Kahn und Kind, die immer wieder an den Roc'h Piquet-Damm stoßend abtrieben, steuerten auf die Hafenmündung zu. Trotzdem war Camille nicht beunruhigt. Doch das Boot fing an, ein bisschen zu kräftig zu schwanken, der Wind noch heftiger zu fegen, und der Damm war fast zu Ende. Das Kind hatte wirklich großes Glück – das Glück, einem Fischer zu begegnen, der gerade in den Hafen zurückkehrte und es rasch in Schlepptau nahm … und das Glück, auch noch pünktlich zum Nachmittagsimbiss zu erscheinen, mit tropfenden Hosenbeinen und Tennisschuhen voller Wasser. »Eine große Welle hat meine Füße nass gemacht«, gab er seiner Mutter zur Erklärung, und sein gefasstes Gesicht stellte absolute Ehrlichkeit zur Schau.

Was den Fischer betraf, der hatte andere Sorgen, als einem kleinen Draufgänger Vorhaltungen zu machen, da sein Fangkorb vor schillernden Fischen nur so überquoll, denen er sich dringend widmen musste.

* * *

»Ich hab dich gesehen, Camille.«

»Was hast du gesehen?« Camille weiß sehr wohl um den Gebrauch des »Sie«, und er riskiert mit voller Absicht, Louis-Camille zu duzen.

Louis-Camille reagiert nicht darauf, und das Kind hat

überglücklich das Gefühl, einen großen Sieg davongetragen zu haben.

»Ich habe dich in dem Boot gesehen. Reiner Wahnsinn. Das war vollkommen idiotisch von dir.«

Camilles Freude erlischt unvermittelt. »Aber nein, das war überhaupt nicht idiotisch! Warum sagst du das?«

»Du bist ein kleiner Junge. Und das Meer rächt sich, wenn man es nicht mit Respekt behandelt.«

»Nein, ich bin kein kleiner Junge. Ich bin schon groß. Und das Meer ist kein Mensch. Nur Menschen können sich rächen. Oder Monster. Das Meer ist das Meer. Du redest Unsinn. *Du* bist vollkommen idiotisch. Und überhaupt hast du kein Recht, so mit mir zu reden! Du musst mich mit *Respekt* behandeln.«

Mit blitzenden Augen springt Camille von seinem Felsen und marschiert mit erhobenem Kopf und in die Ferne schweifendem Blick davon.

Der Musiker sieht das Kind davongehen und lächelt. Auch er hatte, als er klein war, immer diese Formulierung angewendet.

Du redest Unsinn war sogar der Spitzname, den ihm sein Vater gegeben hatte. Sein verehrter Vater … steif wie seine unerschütterliche Gewissheit, was sein darf und was nicht. Nüchtern wie eine chemische Formel. Anspruchsvoll wie ein Mann, der will, dass sein Sprössling ihm in allen Punkten ähnelt und denselben Weg einschlägt wie er: in der Schule gut abschneiden, ein naturwissenschaftliches Studium absolvieren, das Leben der Pflicht widmen und voller Anstand die Stufen des Lebens erklimmen, eine nach der anderen.

Doch Louis-Camille hatte die Stufen des Lebens nicht so erklommen, wie es sein Vater wollte. Er hatte viele übersprungen, einige flüchtig gestreift, andere vollkommen ignoriert. Aber in großen Sprüngen und in der falschen Reihenfolge war er diejenigen hinaufgeeilt, die ihm gefielen, und war entgegen allen Erwartungen in die höchsten Höhen vorgedrungen.

Und auch wieder hinuntergestürzt.

* * *

Um sich die Langeweile zu vertreiben, ist Emma bis zur Anlegestelle gegangen und hat sich dort auf die Brüstung gesetzt, um den Urlaubern dabei zuzusehen, wie sie an Land gehen.

Das ist ihre neueste Beschäftigung: zuzusehen, wie die Ladungen aus Urlaubern auf die Insel strömen und unter diesen bunten Menschen einige Stadtexemplare ausfindig zu machen, die sich wie sie an diesen gnadenlosen Ort verirrt haben. Für sie eine Möglichkeit, sich dem Festland zu nähern, als würde im Kielwasser der *Heol Sun* ein bisschen Zivilisation mitsegeln. Die verbannte Emma verspürt ein zunehmendes Bedürfnis, ihresgleichen zu treffen, selbst wenn es nur die Silhouette eines Unbekannten war, der dem ähnelte.

Doch niemand findet vor ihren Augen Gnade, und ihr Blick wandert von Kappe zu Mütze, von Bob zu Kopftuch. Die Männer beachtet sie gar nicht, aber sie mustert die jungen Mädchen und Frauen, ihre Aufmachung, ihre Figur, ihr Aussehen. Es ist, als lerne sie eine fremde Sprache und mache erst dieselben Farbtöne ausfindig, dann die Formen, Materialien, Marken und schließlich die Accessoires. Die hiesige

Mode. Die sommerliche Grammatik, das Badeortvokabular einer Saison in der Bretagne. Viele Wiederholungen.

»Das amüsiert Sie, was, meine Touristenhorde?«

Emma zuckt zusammen. Sie hat diesen bulligen, kräftigen Mann nicht kommen sehen, mit seinen erstaunlich lebhaften schieferschwarzen Augen, in denen ein Funken Licht tanzt. »Bei jeder Überfahrt sind Sie hier ... Sie sind mir schon aufgefallen, wissen Sie?!«

»Oh!« Sie weiß nicht, was sie sonst sagen soll. Ihr Studium der fremden Sprache dieses Ortes ist nicht über die Betrachtung der weiblichen Aufmachungen hinausgegangen. Wie sie mit einem Seemann reden soll, weiß sie nicht. Abgesehen von Armelle und der Dame aus dem Lebensmittelladen unterhält sie sich hier mit niemandem und begnügt sich damit zu beobachten. Umgekehrt halten es die anderen übrigens genauso.

»Tja!«, fährt der Herr mit der Schirmmütze fort, der es auch nicht gewöhnt ist, ein Gespräch mit einer so schönen, zarten Frau zu führen. »Ein kleiner Urlaub auf der Insel? Bleiben Sie lange hier?«

»Bis dritten September«, seufzt sie.

»Das scheint sie nicht gerade zu freuen.«

»In der Tat. Ich hab es mir nicht ausgesucht, hier zu sein.«

Der Mann mit der Mütze macht einen Schritt zurück, verliert die Fassung. Normalerweise begegnen ihm nie Urlauber, die von ihrem Aufenthalt hier nicht begeistert sind.

Unter dem Vorwand eines dringenden Manövers kehrt er verwirrt an Bord seines Schiffes zurück.

* * *

»Immer noch da?«

Die Nacht hat dem Mann mit der Mütze neuen Auftrieb gegeben. Vor dieser schönen Fremden wird er sich doch wohl nicht verstecken! Er, der es mit Stürmen und heftigen Böen aufnimmt, weigert sich, sich einschüchtern zu lassen. Außerdem mag er widerspenstige Wesen lieber als andere. Seine Stimme klingt ruhig wie ein schöner Sommerhimmel, und die junge Frau am Kai signalisiert Gesprächsbereitschaft mit dem ersten echten Lächeln, das sie seit ihrer Ankunft auf ihre Lippen lässt.

»Ja.«

Die Urlauber strömen aus dem Bauch des Schiffs wie eine lange Reihe Ameisen im Gänsemarsch auf den Kai. Ein Besatzungsmitglied reicht denjenigen, die auf dem Steg zögern, eine helfende Hand. Normalerweise hilft der Mann mit der Mütze auch. Aber heute lehnt er an der Mauer, die Emma erklommen hat, deren schlanke, zarte Beine einen starken Kontrast zu den harten Steinen der Mauer bilden.

»Möchten Sie eine Zigarette?«, bietet sie an, denn sie ist sich durchaus im Klaren, dass ihr »Ja« ein wenig spröde geklungen und verraten hat, dass auch sie bemüht war, nett zu sein. Sie geht davon aus, dass alle Schiffskapitäne rauchen, wie in den alten amerikanischen Filmen, an denen sie sich gar nicht sattsehen konnte. Tatsächlich hat der schwarzhaarige Mann etwas von Humphrey Bogart in *Haben und Nichthaben*, sagt sie sich.

»Nein danke, ich rauche nicht. Ganz schlecht für die Gesundheit. Auch für Sie, wissen Sie?«

»Ach, meine Gesundheit …«

»Wie, ihre Gesundheit? Die erste Pflicht eines Menschen ist, auf sich selbst zu achten, wissen Sie das nicht?«

Emma ist verdutzt. Sie hatte eine plumpe Reaktion erwartet, keine Lektion in Philosophie. Um ihre Verlegenheit zu verbergen, tut sie so, als sei sie vollkommen in die Betrachtung des Schiffs versunken und hätte es nicht gehört. Robust und einfach wie sie ist, passt die blau-weiße metallische Gestalt der *Heol Sun* gut zu ihrem Kapitän.

»Sie … machen Sie diese Überfahrten schon lange?«

»Schon immer. Mein Vater hat sie schon gemacht.«

»Wohnen Sie hier?«

»Nein. In Audierne.«

Audierne. Dieser Name von anderswo, dort drüben auf dem Festland, klingt in Emmas Ohren wie ein Versprechen. »Sie haben Glück, dass Sie nicht hier auf *Sein* wohnen. Ich nehme an, da drüben ist alles viel komfortabler und angenehmer.«

»Ich habe Wasser, so viel ich will und die Vorzüge einer Stadt. Aber was ich nicht habe, ist die Schönheit dieses Juwels im Meer. Es gibt Dinge, die unbezahlbar und alle Opfer wert sind. Die Schönheit eben …«

Der Mann hätte gerne kühn hinzugefügt »wie Ihre«, doch sein Anstand verbietet es ihm. Was jedoch nicht ins Gewicht fällt, denn sie hat einen milden Windhauch verspürt, der ihre Seele streift. Diese Schmeichelei ist das erste Geschenk, das sie auf dieser Insel bekommt und das ihr eine vergessene Freude bereitet.

»Warum sind Sie denn hier, wenn sie es eigentlich gar nicht wollen?«

»Das ist eine zu lange Geschichte«, antwortet sie ausweichend und unterstreicht ihren Satz mit einer kleinen anmutigen Geste, der der Mann mit der Mütze, der es gewohnt ist, den Flug der Vögel zu bewundern, mit den Augen folgt.

Emma sagt nichts weiter und begnügt sich mit einem Lächeln. Sie hätte ihm sagen können, welches Kreuz sie zu tragen hat, in der Stille ihrer Isolation. Manchmal begegnet man Unbekannten, denen man sofort die intimsten Dinge erzählen möchte. Ihr Humphrey Bogart ist einer von ihnen.

Doch gekränkt von ihrer lapidaren Antwort setzt der zuvor strahlende Mann sofort eine unergründliche Miene auf, als würde seine Laune sich wie das Klima der Region verändern und ließe ihn alle Gemütszustände an einem Tag durchleben.

»Und ich habe zu tun«, sagt er betont lässig und schiebt mit dem Zeigefinger seine Mütze zurück, bevor er an Deck springt und in der Bootskabine verschwindet.

9.

Emma stößt die Tür des *Chez Armelle* auf, um ihren allmorgendlichen Kaffee zu trinken. Camille folgt zwei Schritte hinter ihr. Mit ihnen strömt eine ordentliche Windböe herein, die niemanden einschüchtert, aber die Blütenkronen der Strand-Grasnelken deutlich neigt. Das kleine getrocknete Sträußchen hat schon Schlimmeres erlebt, doch es meldet auf der Theke ein paar gräserne Protestbekundungen.

»Wissen Sie, im Leben gibt es zwei Typen von Menschen: die Interessanten und die anderen. Ich habe ja eher ein weites Herz. Sicher durch das Leben auf der Insel. Um uns herum gibt es nichts als offenes Meer. Also, wenn ich sage, dass jemand der zweiten Kategorie angehört, dann muss er wirklich langweilig sein. Die, die da gerade rausgehen, tut mir leid, das sind solche Exemplare!«

Armelle saust geschäftig hin und her, schrubbt und poliert die Tische und die Theke. Das ist ihre Art, die schlechte Laune zu vertreiben, wenn sie etwas stört. Denn jetzt, da sich eine Vertrautheit zwischen ihnen einstellt, jeden Tag ein bisschen mehr, teilt sie mit Emma und Camille all ihre Sorgen: die Menüideen natürlich, aber auch den Tagesumsatz und ihre Kommentare über die Gäste. »Ich weiß nicht, was sie haben, aber man könnte meinen auf dem Festland leben sie umgeben von Sklaven … und es macht ihnen einen Heidenspaß, sie ihren Launen zu unterwerfen! Die da drüben zum Beispiel …«, sie zeigt auf ein Paar, das, ihnen den Rücken zugewandt, zum Kai hinuntergeht. »Die haben einen *café noisette* bei mir bestellt. Ich bringe ihnen einen *café noisette*, aber Madame ist nicht zufrieden. Madame meint, es sei kein *noisette*, sondern ein *café au lait*. Ich beteure, dass es sehr wohl einer ist. Und? Sie weigert sich, ihn zu trinken. Und ich weigere mich, ihr einen anderen zu bringen. Ich dachte schon, sie würde ihn mir ins Gesicht schütten, ihren *café*. Und, unter uns, das hätte ich gern gesehen. Sie hätten mich verteidigt, nicht wahr?«

»Natürlich!«, meint Camille, der sich bereits als edler Ritter im Kampf gegen den Drachen sieht.

Camille mag den Geruch von Armelles Seife, aber vor allem die Schätze, die sie ihm offenbart. Gestern sind sie zusammen zum Fischhändler gegangen, um lebende Hummer für ein Galadinner auszusuchen: »Zum Hundertjährigen von Annaïg, der reichsten alten Schachtel der Insel! Du wirst sehen, das werden wir würdig feiern. Ich suche die Hummer aus, ich koche sie, und ich mache die Mayonnaise dazu, und du schüttest sie mir dann in die kleinen Auflaufförmchen. Ohne dass es überläuft, okay?«

Der Kleine ist natürlich mit allem einverstanden. Erstens, weil er die lebenden Hummer sehen will, und zweitens liebt er Mayonnaise. Und obwohl er sich normalerweise dagegen sträubt, an die Hand genommen zu werden, lässt er aus diesen Gründen, und nur aus diesen, zu, dass seine Hand in der recht drallen von Armelle verschwindet, die ganz glücklich darüber ist, das Dorf mit einem so hübschen Kind zu durchqueren.

* * *

In der Zinkspüle von Armelle machen die Hummer einen höllischen Radau. Ihre von einem großen Gummiband umwickelten Zangen hindern sie nicht daran, harte Schläge mit ihren Schwänzen abzugeben. Für Camille hat dieses Spektakel der Gegenwehr vor dem Kopfsprung in den riesigen sprudelnden Kochtopf etwas Beängstigendes und Aufregendes zugleich. Er weiß, dass Hummer kein Schmerzempfinden haben, das hat er gelesen. Ohne ein komplexes Nervensystem wie unseres verfügen die Krustentiere nur über hunderttausend Neuronen im Gegensatz zu hundert Milliarden beim Menschen. Aber… wenn es nun nicht stimmte? Wenn die Hummer nun genauso litten wie die Menschen? Wie erlebten sie dann ihre letzten Augenblicke in dem brodelnden Wasser? An was dächten sie? Camille sieht wieder Fotos aus dem Seerettungsmuseum vor sich. Ist das Meer bei Sturm genauso wütend wie diese dicke Brühe?

Der Appetit holt ihn auf den Boden zurück. Die Mayonnaise ist fertig. Die Auflaufförmchen aus Steingut stehen in einer Reihe auf der Theke, und Camille denkt mit einem großen Löffel in der Hand auf einem Hocker sitzend nach. Dann füllt er gewissenhaft jedes Schälchen, ohne dass auch nur ein Tropfen danebengeht. Da es niemand sieht, hindert ihn auch niemand daran, der Versuchung zu unterliegen, unbemerkt einen Finger in die Schale zu tauchen und ihn genüsslich abzulecken. Der liebliche Geschmack der Mixtur, der mit diesem heimlichen, vielleicht nicht verbotenen, aber dennoch vor Armelles Augen verborgenen Genuss verbunden ist, bereitet ihm eine helle Freude.

Als er die zehnte Schale füllt, entgleitet sie ihm und zerspringt am Boden. Camille klettert schnell von seinem Hocker, stößt einen Schrei aus und tritt kräftig gegen den Rest der halb vollen Auflaufform, die in ihrem Flug einen gewaltigen Strahl Mayonnaise verspritzt hat.

»Daran bist wieder mal du schuld!«, wettert er Emma ins Gesicht, die friedlich vor ihrem digitalen Lieblingsspielzeug sitzt. Ein heftiger Blitz aus heiterem Himmel. »Du bist schuld, dass ich es verpatzt habe! Ich hab genau gesehen, dass du mich beobachtet hast, das hat mich aus dem Konzept gebracht …«

Enttäuschung und verletzter Stolz lassen ihn ganz bleich im Gesicht werden, überrollt vom Ärger darüber, die Aufgabe, die ihm anvertraut worden war, vermasselt zu haben. Seine kleinen Fäuste hämmern gehässig auf die Schultern seiner Mutter ein. Außer sich erhebt sich Emma drohend: »Du hörst sofort damit auf, sonst sperre ich dich in dein Zimmer ein.«

Aber es hilft nichts, die Spirale dreht sich weiter wie ein Wolkenbruch, der Mutter und Kind in einem zunehmend unkontrollierten Schwall fortreißt. Camille bekommt keine Luft mehr, und seine Mutter ist hochrot vor Wut.

»Moment, Moment …« Armelle weiß nicht, was sie sagen oder machen soll. »Camille! So was passiert mir auch … erst gestern wieder habe ich …«

Die Worte bleiben ihr im Halse stecken, denn die Eingangstür wird erneut zugeknallt und die Strand-Grasnelken lassen ihre Köpfe wieder traurig auf die Theke hängen.

Armelle verfolgt die Szene draußen mit der Stirn an die Glastür gepresst: eine ohnmächtige Mutter und ein nicht mehr zu bändigendes Kind, das sie mit Gewalt unter den Arm geklemmt hat. Die beiden Gestalten, die sich über den noch immer vom gerade vorübergezogenen Regenschauer glänzenden Kai entfernen, trüben ihre legendäre gute Laune.

* * *

Camille hat viel geweint. Emma hat ihm ein großes Glas Wasser gegeben, das er austrank, und schließlich hat er sich beruhigt. Und dann ist er, kleinlaut und liebesdurstig, auf der Suche nach Zärtlichkeit, verängstigt vom Schwindelgefühl der Einsamkeit angekommen. »Entschuldigung, Maman. Es tut mir leid …«

Doch sie ist zu gekränkt. Das anhaltende Geschrei von Camille ist in sie eingedrungen wie Rasierklingen, und sie hat weder die Kraft, ihn zu trösten, noch die Fähigkeit, ihm zu geben, was er erwartet: die ganze Welt – eine wundervolle Welt, geordnet und vorhersehbar, die all seinen Wünschen entspricht.

Und wieder einmal, wie an so vielen anderen Abenden, hat sich Camille, das Elend der Welt schwer auf seinen Schultern, in seinen winzigen Wandschrank zurückgezogen zu seinem kalten Bett und den Büchern … und auf seinen eigenen Planeten, auf dem die Mütter alles verstehen, ohne dass man ihnen etwas erklären muss.

* * *

Heute ist Louis-Camille nicht zufrieden. Juli und August sind die Monate, die er am wenigsten mag. Zu viele Touristen, zu viel Lärm, zu viel Hässlichkeit. Aus dem Haus zu gehen und sich mit der Mittelmäßigkeit der Welt zu konfrontieren, schmerzt ihn zutiefst, verletzt ihn in seiner Überempfindlichkeit. Am liebsten würde er nie aus seinen reinen Gefilden herabsteigen, wo die Ordnung der Natur sich seinen musikalischen Gedanken anpassen muss. Während der anderen Monate, wenn die Insel nach ihrem wahren Rhythmus lebt, herrscht Harmonie bis ins kleinste Detail. Die hiesige Atmosphäre formt alles, ziseliert die Hände und die Launen, dämpft die lebhaften Farben der Vorhänge und Fensterläden, patiniert die neuen Mauern und die wahnwitzigen Hoffnungen.

Und genau aus diesem Grund hat er sich vor vier Jahren, nach der großen Katastrophe, hier niedergelassen. Zwischen der unendlichen Winzigkeit dieser Insel und der unendlichen Weite des Meeres, das sich bis nach Amerika erstreckt, konnte er darauf hoffen, wieder Atem zu schöpfen. In seiner von Unendlichkeiten bevölkerten Einsamkeit hätte ihm kein anderer Ort der Welt diese Zufluchtsstätte geboten.

Bloß dass er trotzdem das Bedürfnis hat, menschliche Schwingungen zu spüren. Doch sobald er sein Refugium verlässt und er in das zu grelle Licht tritt, bereut er es schon wieder. Niemals wird er sich an diese lächerlichen, schrillen Aufmachungen gewöhnen, an diese lärmenden Herumtreiber, die er als Horde von Eindringlingen betrachtet. Beim Anblick der beiden Jugendlichen, die auf seinem Brunnenrand sitzen – genauso ordinär aus der Form geraten wie die leeren Bierdosen um sie herum –, konnte er sich nicht zurückhalten. Mit wütendem Fuß schleuderte er eine der Dosen aus dem Weg, mit einer Rohheit, die seinem Abscheu entsprach. Dass es nicht noch schlimmer kam, war bloß der unerträglichen Hitze der Sonne geschuldet, zusammen mit der des Alkohols und seiner stattlichen Größe, die beeindruckt.

Doch diese Momente der Brutalität erschüttern ihn tief. Und er fühlt sich wie in tausend Stücke zersprungen, als er zum Briefkasten geht, um ein paar Seiten seiner jüngsten Partitur an einen befreundeten Pianisten abzuschicken, einem renommierten Komponisten, dessen Sinfonie er einst in Wien dirigiert hat. Ein Freund, der die Höflichkeit besaß, ihm zu antworten und sich sogar – aber ist das bloß einfache Höflichkeit? – an seiner Arbeit interessiert zeigt.

Eine unentschlossene Sonne spielt Verstecken hinter flauschigen weißen Wolken. Während er durch die düsteren Gässchen geht, denkt Louis-Camille an sein fröhliches Intro, so strahlend wie dieser Sonnenfleck, der plötzlich aus seinem Versteck heraustritt und die Insel mit seiner Wärme überflutet. Die Musik ist da, er hat sie diese Nacht gehört, sie klingt schön, sehr schön. Doch nach dem Aufwachen hat sie sich ihm wieder verweigert. Vielleicht muss er den ganzen Tag oder sogar wochenlang warten, bis sie sich wieder zeigt – wenn sie überhaupt wieder aufzutauchen gedenkt.

Resigniert hält der Musiker Ausschau, als er Camille in seiner hübschen roten Jacke auf sich zurennen sieht. Dieses freudestrahlende Gesicht, dieses schöne Kindergesicht, das Intelligenz und Neugier verströmt, bedeutet für Louis-Camille ein unbeschreibliches Glück …

Und ein perfektes Intro.

Da klingt es endlich wieder in seinen Ohren!

10.

Emma ist mitten in der stillen Nacht aus dem Schlaf hochgeschreckt, in der nur die regelmäßige Atmung eines ruhigen Meeres den Takt der verstreichenden Zeit vorgibt. Ein Albtraum, wieder einer, immer derselbe: Sie ist ein Kind, in Camilles Alter. Ein Unbekannter reicht ihr eine Tüte Eis, eine prächtige, beachtliche Tüte, Vanille und Erdbeere, die Sorten, die sie von allen am liebsten mag. Sie streckt den Arm aus, das Wasser läuft ihr im Munde zusammen, zwar eingeschüchtert von der Aussicht auf solche Genüsse, entscheidet sie sich dennoch, sie entgegenzunehmen. Eine eiserne Hand greift ein, packt ihr Handgelenk, dreht die Tüte mit gezielter Geste um und lässt sie zu Boden fallen. Dann wird sie in ein winziges türkises Zimmer gedrängt, ohne Fenster, ohne Luft. Sie erstickt. Am Ende der eisernen Hand ein allzu vertrautes Gesicht: Boris.

In der Vertiefung ihres Bettes, wieder einmal schweißgebadet, fragt sie sich erneut, was sie *wirklich* Schlimmes getan hat?

Ja, ein außergewöhnliches Wohlbefinden erfüllte sie nach jeder ihrer »stärkenden Behandlungen«. Doch sie gestand niemandem diesen Trancezustand, in den sie sich jedes Mal versetzt fühlte, und auch nicht das suchtartige Bedürfnis, das daraus erwuchs. Wer außer ihr selbst hätte es auch verstehen können? Ihrem Ehemann gegenüber hatte sie sich in das ehrbare Verhalten einer Frau geflüchtet, die auf ihren Körper achtete, bereit, die Zeit zu investieren, die dafür vonnöten war. Darin lag nichts Schlechtes, und Boris hätte mehr als jeder andere dafür Verständnis haben müssen.

In Gedanken findet sich Emma wieder auf dem weißen Behandlungstisch und seinem Tuch aus Einmalpapier wieder, raschelnde Berührung, leicht kalt, wenn sie sich darauf ausstreckte. Während der Behandlung tilgten die fremden Hände, die von ihr Besitz ergriffen, ihre Gewissensbisse. Und wenn sie spürte, wie ihre Jeans wieder bis auf die Taille hochgezogen wurde, und sie »Das war's, Madame« hörte, mied ihr Blick gewissenhaft den des, wenn auch vollkommen gleichgültigen, Masseurs. Eine Art rätselhafte Scham überkam sie, und sie ging schnell, als hätte sie sich schuldig gemacht. Erst wenn sie um die Straßenecke gebogen war, überströmte sie ein Glücksgefühl. Dann hüllte sie die wohltuende Wirkung vollkommen ein, ließ sie über der weltmännischen Gleichgültigkeit ihres Mannes schweben oder der verzehrenden Präsenz von Camille. Ein zu kurzes Intermezzo, bevor sie der brennende Wunsch danach, wieder dorthin zurückzukehren, erneut beherrschte.

Und dann war der Masseur nach China aufgebrochen. Erst in diesem Moment fing sie an zu begreifen, wie sehr sie den Boden unter den Füßen verloren hatte. Der Gedanke an die unterbrochene Behandlung ließ ihr keine Ruhe, und nichts in ihrem Tagesablauf fesselte sie so sehr, dass es sie von dieser fixen Idee ablenken konnte.

Ihr Hausarzt tat, was er konnte. Angesichts ihrer Verzweiflung, ihrer Angstzustände, für die sie keinerlei Erklärung hatte, schlug er den klassischen Weg ein: Antidepressiva, Beruhigungsmittel und Schlaftabletten. Und gab ihr die Adresse eines Psychoanalytikers, den zu besuchen, sie aber nicht die Zeit gehabt hatte – die Zeit oder die Lust … von allem, was mit *Psy* beginnt, hatte sie schon mehr als genug mit ihrem Sohn. Dann passierte alles viel zu schnell … das Angebot des Masseurs, ihre geplante Abreise nach Schanghai, das Flugticket. Und Boris' Entscheidung.

Und nun … die Sehnsucht. Die Sehnsucht, die sie quält. Schanghai.

Nervös dreht sich Emma zum Fenster, dessen Läden sie vergessen hatte zu schließen. Draußen bricht der Tag an, in einer prächtigen rosa, blasslila, perlmuttweißen Aufmachung, der Farben, die das Innere der schönsten Muscheln schmückt. Die Hauptinsel tritt aus der Nacht und die *Pointe du Raz* taucht zwischen Nebelfetzen auf, die an ihren Felswänden hängen wie unvollendete Träume.

Mit der Helligkeit wird der Wind stärker, und das Meer bearbeitet den Strand. Mittlerweile erkennt sie an den Geräuschen, ob Ebbe oder Flut ist und in welchem Zustand sich das Wasser befindet: Heute Morgen ist es unruhig, es herrscht ordentlicher Seegang und Flut.

Zum ersten Mal beruhigt und tröstet sie diese herrische Atmung des Ozeans.

Es gibt Mächtigeres als ihre Ängste: das Meer.

* * *

Hoch oben auf ihrem Mäuerchen, ein Kopftuch um ihr blondes Haar gebunden, beobachtet Emma nachdenklich, wie die

Heol Sun sich nähert. Der Wind brennt auf ihren Wangen. Ihr ist kalt.

Das stürmische Meer vom Ende der Nacht hat sich noch immer nicht beruhigt. Die Gischtschäfchen bilden kleine weiße Kommata, Zeichensetzung ihrer Tagesform, halb streitlustig, halb verführerisch. Wie der Spiegel eines unbeständigen Himmels trägt die wechselnde Farbe des Wassers – zwischen Dunkelblau und Jadegrün – zur Wechselhaftigkeit der Atmosphäre bei: kommende Schönwetterfront oder vorübergehende Aufheiterung?

Der Mann mit der Mütze erkennt sie, springt wie eine Katze auf den Kai. »Aber … Sie sind ja noch da! Ich werde Sie noch anheuern. Vielleicht um meine wertvolle Schiffsladung auszuladen.«

Emma kommt von ihrem hohen Sitz herunter. Um ihre Unsicherheit zu verbergen, verkriecht sie sich in ihrer Jacke, schlingt die offenen Seiten um sich, wie um ihre Zartheit vor jeglichen Angriffen zu schützen. »Frieren Sie nicht … so?« Trotz des recht frischen Wetters an diesem Morgen, scheint der Mann im leichten T-Shirt unempfindlich für die Temperaturen.

»Aber es ist doch gar nicht kalt! Ach, diese Städter … Sie sollten anfangen, sich daran zu gewöhnen. Wissen Sie, das Temperaturempfinden ist etwas sehr Subjektives. Los, helfen Sie mir mal …« Er lässt dem Gesagten einen Handgriff folgen und reicht ihr behutsam ein kleines Paket, adressiert an den Arzt der Insel. Seine gedrungene Hand, abgehärtet von den Stunden auf See, steht in Kontrast zu der Präzision seiner Geste. »Seit sechsundzwanzig Jahren haben wir auf der Insel keinen Bäcker mehr, aber einen Arzt, doch, immer… und zum Glück! In der kalten Jahreszeit ist die Insel manchmal tagelang von der Welt abgeschnitten. Sie sollten mal im Winter herkommen, wenn es hier wirklich eisig und nass ist, dann würden sie den Unterschied merken. Man kann sich ganz schön allein fühlen, wenn der Körper verrücktspielt, fern von allem… Natürlich gibt es noch den Hubschrauber oder das Boot der Seerettung, aber die behelligt man nur, wenn es wirklich unvermeidlich ist.« Der Seemann redet viel, was sonst gar nicht seine Art ist. Emma lächelt, was auch nicht mehr häufig vorkommt, seit sie auf der Insel ist. »Das ganze Jahr über hier zu leben, erfordert echte Charakterstärke, wissen Sie? Nicht zu vergleichen mit der Sommersaison. Natürlich ist es leichter, wenn man hier geboren wurde. Obwohl… nicht immer… manche gehen jetzt im Winter fort, sie spielen Zugvögel. Die Insel wird immer leerer…« Der Mann seufzt. »Nun ja… so ist das. Aber jetzt, an die Arbeit! In diesem Paket befinden sich gefährliche pharmazeutische Mittel, die ungeduldig erwartet werden. Nur persönlich zu übergeben. Sie sehen… ein Kurierschiffskapitän trägt große Verantwortung!«

Emma nimmt das Frachtstück wie ein rohes Ei entgegen: mit der flachen Hand zum Himmel gedreht.

»Halten Sie es bloß gut fest! Es ist leicht, und heute bläst der Wind ordentlich. Es darf auf keinen Fall ins Wasser fallen. Es dauert nicht lange, ich komme gleich wieder.« Der Mann verschwindet in aller Eile und erklimmt das Deck des Schiffes, das sich, obwohl es sich am Anleger befindet, schwankend hin und her wiegt. Heute gehen wenige Leute an Land, da die

Wetteraussichten nicht besonders mild sind. Eine alte, in mehrere Schichten schwarze Kleidung eingemummelte Einheimische sitzt auf dem Achterdeck. Rund und verschrumpelt wie ein Winterapfel wartet sie brav ab. Ihr ängstlicher Blick lässt darauf schließen, dass sie sich wegen einer heiklen Angelegenheit von der Insel hatte entfernen müssen – Notar, Bank, Steuern oder andere für sie schwer verständliche Sachverhalte. Verstockt starrt sie auf den Kai, um zu bedeuten, dass ihre Sorge erst verflogen sein wird, wenn sie den Fuß wieder auf ihre vertrauten Kiesel gesetzt hat. Der Mann mit der Mütze nähert sich ihr, sagt ihr etwas ins Ohr und hebt sie wie einen Strohhalm hoch, um sie dann behutsam in ihrem Rollstuhl auf den Quai des Français-Libres zu schieben. Zwei Gestalten, die ihr ähneln, nehmen sie düster in Empfang.

Wieder auf Emmas Höhe angekommen, nickt der Kapitän den an Land gegangenen Passagieren höflich zu, die sichtlich beeindruckt von der Überfahrt und seiner Rolle als Steuermann unter diesen Umständen sind. An seiner Seite betrachtet Emma ihn mit Stolz und einem besitzergreifenden Gefühl. Er ist mein Kapitän, denkt sie sich, mehr als von all den anderen Leuten hier, die respektvoll von seinem Schiff kommen. Es ist genauso wie man sagt: *mein* Arzt oder *mein* Blumenhändler.

Oder *mein* Masseur. Emma unterdrückt, was in ihr aufkommt, diese Erinnerung bringt sie durcheinander. Der Wind bläst zu sehr, um wirren Gedanken Raum zu lassen, und sie beobachtet den Seemann umso aufmerksamer. Er kämpft mit ganz konkreten Elementen, dem Meer, dem Wind, dem Wellengang.

»Begleiten Sie mich zum Doktor?«

»Warum nicht!«, sagt sie, selbst überrascht, dass sie Lust darauf hat.

Sie gehen schnellen Schrittes, ein bisschen zu eilig für sie. Der Seemann ist es nicht gewöhnt, seine Gangart abzustimmen auf die Schritte von zögerlichen, an glatten und langweilig vorhersehbaren Asphalt gewöhnten Füßen.

»Ich bin Ronan. Und Sie?«

»Ich heiße Emma. Und mein Sohn Camille. Sie haben ihn noch nicht kennengelernt, er kommt nicht so gern mit mir bis zum Kai. Er bleibt lieber bei Armelle in der Küche … Sie wissen schon, die Wirtin des *Chez Armelle*. Kennen Sie sie?«

»Ja, ich kenne sie! Wen auf der Insel könnte ich nicht kennen? Und sie vor allem … ihr Restaurant ist unser aller Zufluchtsort, wenn das Wetter schlecht ist oder uns schwer ums Herz ist. Sie ist die moderne Version eines Rettungsboothauses, seit das alte zu einem Museum wurde. Und bei ihr bekommt man die besten bretonischen Hummer am ganzen Nordatlantik.«

»Stellen Sie sich vor, mein Sohn hat seine Leidenschaft fürs Kochen entdeckt. Armelle hat eine Engelsgeduld mit ihm. Nicht wie ich. Sie lässt ihm alles durchgehen … Ronan ist ein schöner Name.«

Sie gehen am Restaurant vorbei, ohne auch nur einen Blick hineinzuwerfen. Armelle kämpft gerade mit einer Kasserolle mit Salzkaramell und lässt ihr Geschirrtuch fallen. »Na so was … Ronan und deine Mutter!« Doch Camille blickt gar nicht zu ihnen auf, denn er ist viel zu vertieft ins Champignonschneiden, als dass er sich für etwas anderes interessieren könnte. Armelle ist sich nicht einmal sicher, ob er sie überhaupt gehört hat. Wenn er mit Eifer bei einer Sache ist, scheint dieses Kind vollkommen unerreichbar zu sein. Sie weiß nicht, dass er alles sieht, alles hört und alles registriert. Und noch viel mehr ahnt.

»Ich weiß nichts über die Insel, rein gar nichts, außer dass sie winzig ist, schmal wie ein Band aus Stein und Kiesel, aus Sand und Heideland, wie von Weitem ins Meer geworfen … und flach wie ein Teller.«

»Nicht schlecht. Wenn man genau sein will, beträgt die Länge zwei Komma acht Kilometer und die schmalste Stelle fünfundzwanzig Meter; die durchschnittliche Höhe ist eineinhalb Meter und der höchste Punkt neun Meter.«

»Oh, das sind ja nicht gerade die Alpen!«

»Stört sie das?«

»Ja. Mir gefällt die Vorstellung nicht, dass uns schon eine große Welle verschlingen könnte.«

»Sie haben nicht unrecht. Die Insel wurde bereits vollkommen überschwemmt. Einmal während des Monats *kerzu*, was in der hiesigen Mundart so viel bedeutet wie ›sehr dunkel‹ … also im Dezember 1896 wurde die Insel von einer Flutwelle erfasst, die das gesamte Land unter Wasser setzte, den Leuchtturm zum Erlöschen brachte und zweiundzwanzig Häuser zerstörte! Die Insel war sechzehn Tage lang vom Festland abgeschnitten, und die Bewohner wären beinahe verhungert.

Aber, wie Sie feststellen können, hat das die Inselbewohner von *Sein* nie davon abgehalten hierzubleiben. Wie auch die Sizilianer nie die Hänge des Etnas verlassen haben trotz der Lava, oder die Isländer, die an ihren Gehöften zu Füßen des Vulkans hängen, auch wenn er ihnen Steine so groß wie Lastwagen auf den Kopf regnen lässt!«

Die Hände in den Taschen blickt Ronan aufs Meer hinaus, das heute besonders unruhig und bedrohlich ist. »Was will man machen, wenn man dem hier mit Haut und Haar verfallen ist… Es macht einem das Leben schwer, und man kehrt doch zu ihm zurück. Besonders hier, wo man ihm nicht näher sein könnte. Außer auf einem Boot natürlich.«

»Das ist interessant…« Emma sieht sich um. Das Meer ist überall. Heute kommt es ihr etwas weniger aufdringlich vor. Zumindest ein bisschen.

»Aber ja, das ist interessant, Sie sagen es! Sie werden sehen, ich bringe Ihnen schon noch bei, ihn zu lieben, diesen kleinen Haufen Kiesel. Er ist zerbrechlich, verwundbar, das stimmt. Aber wie alles, was wirklich ungewöhnlich ist, ist er nahe am Göttlichen. Ein Geschenk des Himmels. Von den Göttern und vom Universum beschützt. Geliebt von den Menschen. Von so manchem verehrt…«

»Stammen diese schönen Worte von Ihnen?«

Er widerspricht nicht.

»Übrigens hatte *Sein* schon immer einen Sonderstatus. Stellen Sie sich vor, dass Ludwig XIV. es von Steuern befreit hat, weil er fand, dass auf der Insel bereits alle Steuern der Natur lasten. Das wäre, als wolle man das Meer, die Stürme und die Felsen besteuern, sagte er. In der Schule ließ uns unser Lehrer diesen Satz auswendig lernen. Alle Leute auf *Sein* kennen ihn.«

»Sie können sich gut ausdrücken. Und Sie wissen so viele Sachen! Das ist merkwürdig, ich dachte Seeleute wären…«

»… wilde, ungebildete Kerle und Alkoholiker, was?« Zufrieden mit seiner Wirkung, lächelt Ronan amüsiert.

Emma erwidert nichts.

»Also, wenn ich nach Hause komme, ist mein Arbeitstag noch nicht beendet.« Er wirft einen Blick auf den blauen, düsteren Strich hinter den Häusern. Das Meer, sein Hauptarbeitgeber. Zwischen seinen halb geschlossenen Lidern, Schlitze, die es gewöhnt sind, sich vor dem Wind zu schützen, färbt sich sein Blick mit Respekt. »Abends, wenn die *Heol Sun* für die Nacht festgemacht ist, bin ich öffentlicher Schreiber. Anfangs war es als Hilfe für die Leute von der Insel gedacht, die nicht die richtigen Worte für den Austausch mit Behörden finden. Dann, mit dem Internet, habe ich meinen Kundenstamm erweitert, und heute gehe ich allen möglichen Leuten zur Hand, die Schwierigkeiten haben, aber nicht in der Lage sind, sich selbst daraus zu befreien. Das geht vom Bewerbungsschreiben bis zu Beschwerdebriefen aller Art, aber auch Hochzeitsanzeigen, Dankesbriefe … und so weiter!«

Für einen kurzen Moment dreht er sich zu ihr, nimmt die Hände aus den großen Taschen seiner Leinenhose, um seine Schirmmütze zurechtzuschieben, und lächelt. »Ein Seemann, der im Internet surft, das beeindruckt Sie, was?!«

Der Wind erschüttert die Insel, schüttelt alles durch, was sich bewegen kann, Fensterläden, Rollos, Blumentöpfe. Pflanzliche Überreste, von der Sonne getrocknet, fegen über den Boden. Plötzlich verspürt Emma einen kindlichen Trieb, sie fühlt sich wie die kleine Seeschwalbe, die gegen den Wind ankämpft und die gut einen ruhigen Hafen gebrauchen könnte, geschützt vor allem Treiben. Zumindest glaubt sie das, denn sie weiß nicht, dass der Vogel selbst es liebt, mit den Launen der Luft zu spielen.

Plötzlich ernster macht Ronan mit der Hand eine ausladende Bewegung über das Stück Land um sie herum. »Sehen

Sie, ich hatte schon immer eine Schwäche für alle, die unter schwierigen Bedingungen leben und sich daraus befreien wollen. *Sein* ist sicher exemplarisch dafür. Die Insel prägt das Wesen der Leute und lehrt einen, sich mit dem zufriedenzugeben, was man hat. Besser noch: das Beste daraus zu machen. Selbst wenn man bloß sehr wenig hat. Vor gar nicht so langer Zeit, stellte hier schon das kleinste Stück Treibholz ein Vermögen dar …«

Emma senkt den Blick und starrt auf ihre nagelneuen Schuhe. Sie hat Dutzende davon. Einige davon hat sie noch nie getragen. Sie hat den Eindruck, dass Ronan sie denken hört. »Aber wissen Sie«, fügt er freundlich hinzu, »das Wichtigste ist nicht, ob man Dinge verschwendet oder nicht … sondern dass man sein Glück nicht vergeudet, die Chance, man selbst zu sein.«

Sie schweigen einen Moment lang. Seine Worte heben sich über sie hinweg und lassen sich sanft in Emmas Gedanken nieder. Sie saugt den Ton von Ronans ruhiger Stimme auf wie der trockene Dünensand die Gischt. »Und … und …«, sagt sie zögernd und wechselt das Thema, »trotzdem fahren Sie weiterhin zwischen *Sein* und Audierne hin und her? Ohne dass Sie es sattkriegen?«

Sie kommen am Dorfrand vor der Arztpraxis an. An der Fassade schmiegen blaue Schmucklilien ihre sternförmigen Köpfe aneinander und tragen den gelassenen Stolz von Wachposten zur Schau.

Ronan nimmt Emma das kleine Paket aus den Händen. »Warten Sie hier auf mich, ich brauche nur eine Minute …« Er schickt sich an, durch die Tür zu gehen, nachdem er seine Mütze abgenommen hat, die er an sich drückt, als würde er ein religiöses Gebäude betreten. Doch bevor er im Haus verschwindet, macht er schnell noch einmal kehrt und sagt aus tiefstem Herzen: »Das Meer, es packt einen, und man lässt es nicht mehr los. Niemals.«

Und nach einem kurzen Zögern, fügt er mit Demut hinzu: »Eher bekommt das Meer einen satt.«

11.

Von seinem erhöhten Beobachtungsposten aus Granit aus, lässt Louis-Camille seine Gedanken frei treiben. Je nach Tagesform rasten die Rädchen anders ein, die Fragen ändern ihren Kurs mit dem Wind und die Begründungen der Antworten variieren je nach seiner Laune und der der Jahreszeiten … Doch er kommt immer wieder zum selben Ausgangspunkt zurück, auf diesen Fluch, der alles erklärt: *zu einfach.*

Seine Liebe zur Musik hatte ihn auf eine Zukunft als Astronom verzichten lassen, und er hatte sich nach Beendigung seines Studiums in den Beruf eines Orchesterdirigenten gestürzt. Aber mit welch erschreckender Leichtigkeit! Er saugte alles auf, durchschaute alles, behielt alles. Die Seiten, die er überflog, leisteten ihm keinerlei Widerstand, und er dirigierte alles, absolut alles, auswendig. Die geringste Taktabweichung eines Instruments sprang ihm sofort ins Ohr, und die Gesten, um es zu führen, kamen ganz natürlich, ohne dass er sie erst hätte lernen müssen … Ja, die Dinge waren zu einfach gewesen, viel zu einfach für ihn. Zumal ihn eine unsichtbare Hand auch noch vor den Leiden der Welt beschützte.

Aus alldem hatte sich eine verheerende Leichtfertigkeit ergeben, eine zerstörerische Sorglosigkeit, besonders was seine Karriere betraf … Seine Karriere, die er zerstörte, eines

Abends in Wien vor vier Jahren, wie man eben eine Sache zerstört, die man ohne Mühe bekommen hat. Nachdem er auf die Insel geflüchtet war, hatte es ihn Monate gekostet, all die angehäuften Anzeichen aus seinem Gedächtnis zu verbannen, zu verscheuchen und herauszuschneiden, die an diesem verhängnisvollen Abend zu seiner wahnwitzigen Fahnenflucht geführt hatten. Wie er sie da beneidet hatte, während seiner finstersten Tage, all jene, die sich anstrengen, sich abmühen mussten, um ihre Ziele zu erreichen, und ihre Errungenschaften dann, stolz auf ihren Erfolg, eifersüchtig verteidigten. Sie riskierten wenigstens kein Debakel.

Denn schnell, sehr schnell hatte ihm alles, was er mit solcher Gleichgültigkeit aufgegeben hatte, schmerzlich gefehlt. Er vermisste das Publikum. Vermisste den Konzertsaal. Die Scheinwerfer, das unterdrückte Raunen, den aus der Dunkelheit hervorquellenden Applaus, all das suchte ihn des Nachts und in seinen Erinnerungen heim. Was hätte er nun für diese aufmerksamen Blicke gegeben, diese Tausende von Augenpaaren, die ihm den Rücken wärmten … und dafür, wieder in die unzähligen Noten einzutauchen, die unter seinem Taktstock vom Orchester aufstiegen.

Glücklicherweise war während dieser hoffnungslosen Tage das graue Meer für ihn da. Wenn seine Verzweiflung zu groß wurde, genügte es ihm, sich dem Meer zu nähern, die Augen zu schließen und dem Branden der Wellen zu lauschen, die auf dem Felsen in tausend Stücke zerbarsten. Je größer sein Schmerz war, desto mehr beruhigte ihn die Heftigkeit des Getöses. Und je mehr der Wind in seinen Ohren heulte, desto weniger nahm er die Stille seiner Einsamkeit wahr.

Und nach und nach zerstreuten sich diese aufdringlichen Bezugspunkte – all die Opern, Sinfonien und Konzerte, die sich in seiner Erinnerung auftürmten.

Bis zu dem Tag – oder vielmehr der glasklaren Nacht – mitten im eisigen Winter, als die gesamte Natur sich verbündete, um der Insel einen unverhofft milden Frühlingstag zu bescheren und an dem zwei Noten ihn retteten. Zwei, nicht mehr. Ein wunderbares Intervall, das ihn eine aus dem Nichts auftauchende Musik erahnen ließ. Ein winziges Intervall zwischen Dis-Dur und F-Dur, ein Nichts. Aber unendlich. Der Astronom, der er hätte sein können, kannte sie gut, diese Himmelsräume, schwarze Unendlichkeiten, zum Klingen gebracht, wie von Diamantnadeln geschliffen, von Gemeinsamkeiten angezogen, so wie Noten sich gegenseitig anziehen und zu Musik werden.

Ja, an jenem Tag tauchte *seine* Musik in ihm auf, *seine eigene Musik*. Bloß … jedes Mal wenn er sich ihr näherte und er sie auf einem Blatt festhalten wollte, verflüchtigte sie sich. Eine Woche lang war es ihm, deprimiert über diesen Widerstand, unmöglich gewesen, sie wiederzufinden.

Doch er hatte nicht lockergelassen, hartnäckig, verbissen war er gegen diese undurchdringliche Mauer angerannt. Und Louis-Camille hatte das Intervall aufgefüllt. Erst nur mit ein paar neuen Noten, dann mit anderen und noch weiteren, unendlich vielen anderen. Wie der Reisende, der eine Bucht überfliegt, sich erst die Felsen vorstellt, dann die Kieselsteine und schließlich die unendlichen Sandkörner, die sie umgeben.

Nach mühevoller Arbeit gelang es ihm schließlich, in sein

geheimstes Inneres vorzudringen und sein erstes Stück zu vollenden. Erschöpft aber glücklich.

Endlich glücklich.

Und noch immer glücklich.

Denn heute, auf seinem Felsen, weiß er, dass es nichts nützt zu wollen, zu hoffen. Die Musik verweigert sich ihm wieder einmal. Und wieder einmal sucht er ganz zufrieden nach dem Takt, der ihm fehlt und der sich ihm entzieht.

* * *

Camille lässt sich auf dem Nachbarfelsen nieder, zögernd. Normalerweise zieht er die Aufmerksamkeit auf sich, wirkt wie ein Magnet. Wohin er auch geht, drängen die Erwachsenen sich um ihn, reden mit ihm, machen ihm jede Menge Komplimente, sagen ihm, dass er ein hübscher, sehr schöner kleiner Junge sei und versuchen, ihn mit allen Mitteln für sich zu gewinnen. Anfangs gefällt ihm das immer gut. Doch schnell fühlt er sich davon erdrückt, dann braucht er Luft, muss sich aus diesem Gefühlsleim lösen. Das sind dann oft die Momente, falls nichts sein Interesse weckt, in denen die Dinge eine schlechte Wendung nehmen …

Doch das Kind erträgt es auch nicht besser, wenn man es ignoriert. »Hallo Louis-Camille …«

Louis-Camille reagiert nicht. Ein Akkord spukt ihm im Kopf herum, da ist er endlich, entfaltet sich langsam wie ein pudriger Sonnenaufgang über einem spiegelglatten Meer.

»Louis-Camille …«

Louis-Camille ist abwesend.

Das Kind nähert sich seinem Felsen, beobachtet ihn vom Strand aus eingehend. Er wagt es nicht, ihn noch einmal zu rufen, und schweigt. Noch nie hat er einen so reglosen Erwachsenen gesehen. So undurchdringlich. So ausgefüllt.

Also zieht sich Camille langsam zurück – was er eigentlich niemals tut –, geräuschlos, um den Musiker nicht zu stören. Er stiehlt sich ganz unauffällig davon, kehrt leise ins Dorf zurück und stellt sein Bedürfnis, in den Augen des Musikers zu existieren, in den Hintergrund.

* * *

Camille trödelt in dem kleinen Gässchen herum. Mit der Spitze seiner nagelneuen Gummistiefel – auch sie rot – kickt er eine vom Meer polierte Austernschale von einer Seite des engen Durchgangs zur anderen. Der Weg der Muschel wirkt zufällig, doch das Kind weiß sehr wohl, wo es sie hinsteuert. Hier endet dar Radius seiner Freiheit, und Louis-Camilles Haus befindet sich einige Dutzend Meter weiter. Ohne auch nur eine Sekunde zu zögern, überschreitet Camille die heilige Grenze und nähert sich der Klangquelle, die das Viertel erfüllt.

Vor dem Granitkasten, einem nüchternen und schmucklosen Klotz, reckt das Kind den Hals in Richtung des einen Spaltbreit geöffneten Fensters. Mit offenem Mund saugt er Louis-Camilles Musik auf.

Und die Zeit zieht über die beiden Wesen hinweg, ohne dass eines von ihnen spürt, wie die Minuten verstreichen. Und sogar die Stunden.

* * *

Emma zündet sich noch eine Zigarette an. Sie werden ihr bald ausgehen, ihre Stange neigt sich dem Ende zu, und hier gibt es ihre Marke natürlich nicht. Die Aussicht auf eine zusätzliche Frustration lässt ihre Laune, um die es heute Morgen sowieso schon nicht besonders gut bestellt ist, zusätzlich sinken.

Seit gestern ist Camille unerträglich. Eine Krise reiht sich an die andere, jede Ursache ist recht, und kein Mittel hilft. In Paris lässt sie ihn, wenn er so außer Kontrolle gerät, für gewöhnlich bei dem jungen Mädchen, das ihn betreut, geht einkaufen und kommt erst nach Hause, wenn er schon im Bett ist. Sie nimmt es sich übel, hat schreckliche Schuldgefühle, weiß sich jedoch nicht anders zu helfen. Doch hier gibt es keine Atempause. Die Schroffheit, die in ihr aufsteigt, ihr ihre eigene Ohnmacht vor Augen führt und ihre Widerstandskraft schwächt, macht es natürlich auch nicht besser. Nach und nach schwindet ihre Selbstachtung, so wie ein brüchiger Felsen immer kleiner wird, an dem das Meer knabbert, ihn zerfrisst.

War das der Grund, warum sie so ein Bedürfnis danach gehabt hatte, die Sanftheit beruhigender Hände auf sich zu spüren? Magische Hände, die die Knoten in ihrem Herzen lösten, ihr Freude ohne Gegenleistung schenkten, ohne sie zu verurteilen oder Dank von ihr zu fordern?

Tränen rinnen langsam über ihre Wangen.

Sie weiß nicht, wo Camille ist. Der Zeitpunkt ihres verpflichtenden Treffens, ist schon bald eine halbe Stunde verstrichen, doch sie hat weder die Kraft, ihm entgegenzugehen, noch sich gegen ihn aufzulehnen.

* * *

»Armelle, könnte ich bitte eine *Île flottante* bekommen?« Camille ist charmant, reizend, liebenswürdig. Er sitzt auf dem Barhocker und hat die beiden leeren Teller selbst zurückgebracht, wobei er sehr darauf geachtet hat, das Besteck nicht fallen zu lassen, und sie vorsichtig auf der Theke abgestellt. »Siehst du, ich helfe dir …«

Nach den Turbulenzen der letzten Tage, ist er heute Morgen schnell zu Emma ins Bett geschlüpft, sobald er gehört hatte, dass sie die Fensterläden aufmachte, um den prachtvollen blauen Himmel eines echten Sommertages hereinzulassen: »Maman, ich habe beschlossen, brav zu sein. Ich werde von jetzt an *alles* machen, was du sagst. Ich verspreche es dir …« Dann legte er den Kopf auf ihren Bauch, wie eine kleine Kugel aus Zärtlichkeit schmiegt er sich an das Einzige, das ihn beruhigen kann: die bedingungslose Liebe seiner Mutter.

Sie würde es so gerne glauben, ihrer Zärtlichkeit freien Lauf lassen, die nur danach verlangt, sich einwickeln zu lassen. Doch sie ist wie die Insel nach einem Sturm, auch wenn die Sonne lacht und das Versprechen auf Glück mit sich bringt. »Wir werden sehen …«, sagt sie, ohne wirklich zu wagen, darauf zu hoffen.

Der an die Wand gepinnte Kalender zeigt an, dass in drei Tagen der August anbricht. Die Halbzeit ihrer Strafe.

Und natürlich keine Nachricht von Boris, der sie über seine Absichten im Dunkeln lässt. Wo ist er? Was macht er? Wie wird er entscheiden? Emma darf ihn nicht anrufen, bloß auf seine SMS antworten, wenn er es wünscht.

* * *

Emma hat eine Verabredung auf dem Kai. Sie hat eine Verabredung mit der Kühle, der kristallklaren Luft, der leichten Brise. Ein Treffen mit dem einfachen Leben, das sie von ihren Ängsten reinwäscht, so wie ein schöner Sommerregen die Blätter von erstickendem Staub befreit. In ihrem kurzen hellen Kleid, dessen Puffärmel von jedem Windhauch aufgebauscht werden, sucht sie mit den Augen den Horizont ab wie jeden Morgen. Als der weiße Punkt schließlich auftaucht und der Bug des Schiffes sich immer deutlicher gegen das schimmernde Blau des Meeres abzeichnet, überkommt sie eine kindliche Freude.

»Was für ein herrlicher Tag!« Ronan ist auf den Anleger gesprungen, und er sieht sie auf ihrem erhöhten Sitz.

Die Laderampe des Schiffs ist voll mit gerade ankommendem Gepäck, gezwängt in große Container, aus denen sich jeder Passagier sein Stück heraussuchen muss. Dieses wirre und chaotische Ballett amüsiert Emma, die von ihrem Posten aus neugierig beobachtet, wie die Reisenden findig ihre kleinen Metallkarren beladen, die einzigen Fahrzeuge, die auf der Insel erlaubt sind. Die entladene Fracht, die vom Festland mitgebracht wurde, verrät die Sorgen der Inselbewohner: Gartenstühle, Dachrinnenablaufrohre, Zementsäcke, Großpackungen Mineralwasser oder Weinkisten …

Was den Matrosen auf dem Landungssteg angeht, der beobachtet Ronan mit streng forschendem Blick, so sehr scheint ihn das ungewöhnliche Verhalten seines Kapitäns zu erstaunen.

»Sie haben Glück. Sonne eine ganze Woche am Stück, in diesen Genuss kommt *Sein* nicht oft, wissen Sie … Für uns ist das ein seltener Genuss. Sehr selten.« Ronan hat sich schön gemacht. Er hat ein makellos weißes Poloshirt angezogen und alles getan, um es sauber zu halten, was bei seinem Job ganz und gar nicht selbstverständlich ist. Ein paar dunkle Spuren, sicher Teer, sind ihm trotz allem nicht erspart geblieben, sie bilden Streifen auf seinem Rücken, das lässt Emma innerlich schmunzeln. Sie findet diese Flecken eher sympathisch, denn makelloses Weiß passt nicht zu diesem energiegeladenen Mann. Doch es bringt seinen Sommerteint zur Geltung und sein aufrichtiges Lächeln, das genauso gewinnend ist wie der Tag, der sich ankündigt. »Ich dachte mir ... bei diesem schönen Wetter ... Wenn Sie wollen, nehme ich sie auf einen kleinen Ausflug aufs Meer hinaus mit.«

Einen Ausflug aufs Meer? »Striktes Verbot die Insel zu verlassen, egal aus welchem Grund.« Boris ist zu allem fähig. Er ortet bereits ihr Handy, um sie ständig aus der Ferne verfolgen zu können. Hat er noch weitere Vorkehrungen getroffen, um sie zu überwachen? Einen Spitzel bezahlt, der ihr überallhin folgt?

»Ich nehme Sie mit in den *Raz de Sein*, für Seefahrer eine der gefährlichsten Passagen der Welt, die mit ihrem heftigen Wellengang schon ganze Besatzungen hat sinken lassen.«

Vor ihnen zeichnet sich das Festland klar ab, und vor der *Pointe de Raz* herrscht völlige Windstille. Auf dem höchsten Punkt wacht der Mast mit dem Flügelsignal zum Anzeigen der Windstärke in einer so reinen, klaren Luft, dass man sie trinken könnte.

»Wir kommen auf offener See am *Ar Groac'h* – oder, wenn Sie wollen, am Leuchtturm *La Vieille* – vorbei, und an der *Tourelle de la Plate*, den beiden tapferen Wächterinnen dieser engen Hafenzufahrt, die tödlich sein kann, wenn das Meer es so will. Dann fahren wir an der *Baie des Trépassés* entlang, der Bucht der Verstorbenen – ein Name, der für sich spricht. Sie werden sehen, wie diese Bucht bei schönem Wetter mit verdeckten Karten spielt. Wir warten den Moment zwischen Ebbe und Flut ab und fahren dann in aller Ruhe zur Insel zurück. Dann können Sie schon von Weiten die *Chaussée de Sein* erkennen, gepflastert von Tausenden von heimtückischen Riffen. Nicht umsonst gibt es das Sprichwort: ›Wer *Sein* erblickt, sieht seinem Ende ins Auge.‹ In schlechten Zeiten entzündeten die Bewohner von *Sein* Feuer auf ihrer Insel, um Schiffe anzulocken und sie auf Grund laufen zu lassen! Also … Was halten Sie von meinem dantischen Programm?«

Ronan ist ganz stolz auf seinen Monolog, doch angesichts des Bildes, das er vor ihren Augen hat entstehen lassen, verzieht Emma das Gesicht. Der bloße Gedanke an ein Unwetter missfällt ihr.

»Hören Sie, haben Sie keine Angst, das Meer ist wunderbar! Die Strömungen gehen in die richtige Richtung, und es gibt praktisch keinen Wind. Bloß genug, dass es einem nicht zu heiß wird. Sie werden nicht seekrank werden, und Sie bekommen eine absolut sagenhafte Landschaft zu sehen, unvergesslich … Und bei mir sind sie vollkommen sicher. Ich kenne dieses kleine hysterische Stück der Welt in- und auswendig. Ich weiß, wie man es nehmen muss, sogar an den stürmischsten Winterabenden. Aber heute haben Sie rein gar nichts zu befürchten. Glauben Sie mir.«

Emma will es gerne glauben, zieht sogar die Augenbraue hoch, ein offenkundiges Zeichen ihrer Bewunderung vor so viel Mut. Aber …

»Es tut mir leid, ich kann nicht.«

»Aber warum denn nicht? Habe ich Ihnen Angst gemacht mit meinen apokalyptischen Schilderungen? Das ist nun mal die Wahrheit. Aber nicht immer. Heute und jetzt ist es ein wahres Paradies da draußen. Das versichere ich Ihnen.«

»Ich kann nicht…« Traurig senkt sie den Kopf.

Ronan startet einen neuen Angriff. Ein tapferer Seemann wie er lässt sich doch nicht von der ersten Welle aufhalten. »Und warum bitte? Sie haben kein Vertrauen, ist es das?«

»Ja, das ist es.« Plötzlich herrscht bedrückendes Schweigen, genauso schwer wie der Herbstnebel, wenn er sich über das Dorf legt, und trübt Ronans gute Laune sofort.

»Es ist nicht so, dass ich kein Vertrauen in Sie hätte…«

»Wem misstrauen Sie denn dann? Wenn es mein Schiff ist, dafür verbürge ich mich wie für mich selbst!«

»Nein, nein…« Emma schwankt hin und her, sie könnte schweigen… oder alles herauslassen, alles sagen. Es würde ihr so guttun.

Das Meer vor ihr, erinnert sie heute an das, was sie kennt. Ein kräftiges, tiefes Blau und dieser leichte Wind, der das Leben wie durch Zauberhand fröhlich und sorglos macht. Alles scheint so natürlich, so einfach, so wahr neben diesem Mann, den sie jedoch kaum kennt. Ronan wartet, an ihren Lippen hängend, ab.

»Ich…« Emma vergräbt die Hände nervös in ihren Taschen. »Ich habe keine Zigaretten mehr, und das ist die einzige Marke, die ich mag. Würde es Ihnen etwas ausmachen, mir bei Ihrer nächsten Überfahrt eine oder zwei Stangen aus Audierne mitzubringen?«

Gekränkt und aus dem Konzept gebracht faucht Ronan:

»Ja, das macht mir etwas aus. Erwarten Sie nicht, dass ich etwas zu ihrer langsamen Selbstzerstörung beitrage. Ich ziehe die offenen Bedrohungen der Existenz ihren schleichenden Provokationen vor.«

Und er verschwindet eilig im Laderaum und lässt Emma sprachlos zurück.

12.

Armelle bereitet mit Camilles Hilfe den Crêpeteig zu. »Wenn du es schaffst, den Teig schön zu rühren und kein Klümpchen drin ist, dann bekommst du sechs Crêpes. Vier für dich und zwei für deine Maman. Aber Vorsicht, diesmal konzentrierst du dich gut, ja? Das letzte Mal hast du nicht gemacht, was ich dir gesagt habe, und dann mussten wir alles wegwerfen. Das ist Verschwendung, und das kann ich mir nicht leisten. Also … ich zähl auf dich, einverstanden? Und ich wiederhole: Fang auf keinen Fall an, das Mehl und die Eier zu vermischen, *bevor* ich die Milch hinzugebe, klar?«

»Ja, klar.«

Camille braucht diese einfachen Orientierungspunkte, bestimmt und ruhig ausgesprochen. Das schafft Ordnung in seinem Kopf, der so übervoll mit Informationen ist, dass sie miteinander kollidieren, ein weites Feld der zu entdeckenden Möglichkeiten, eine überwältigende Ali-Baba-Höhle, ein riesiges Lager an Fragen, Träumen, Erfahrungen und anderen im Laufe seiner Tage gesammelten Attraktionen.

Außerdem sind sechs Crêpes ein Gewinneinsatz ganz und gar nach seinem Geschmack. Also wartet er ganz gewissenhaft den Moment ab, in dem er eingreifen kann. »Bravo, Camille. So ist es genau richtig! Ich bin sehr stolz auf dich. Bald bist du ein perfekter Koch.«

Camille stützt den Kopf auf Armelles bequemen Arm, der sich anfühlt wie ein Luftkissen. »Armelle, ich hab dich lieb. Du bist die Allernetteste von allen. Du bist nicht wie Maman. Maman schimpft immer mit mir, sie ist nie mit mir zufrieden. Wenn wir die Crêpes fertig haben, will ich sie mit dir verspeisen … und bei dir übernachten. Ich will nicht nach Hause.«

»Verspeisen! Also, über was für ein Vokabular du verfügst! Da wird deine Maman aber sehr traurig sein, weißt du, wenn du nicht nach Hause kommst.«

»Nein. Maman hat mich nicht lieb wie du. Sie sagt, ich bin unerträglich und dass ich nur Dummheiten mache, dass ich nicht auf sie höre. Dabei versuche ich, brav zu sein und alles zu machen, was sie sagt. Aber das Problem ist, dass es nicht geht. Ich schaffe es einfach nicht, lange brav zu sein.«

Armelle drückt ihn mit Tränen in den Augen an sich. Zu oft erlebt sie die heftigen Auseinandersetzungen mit, die das Verhältnis zwischen Mutter und Sohn erschüttern. Zu oft möchte sie eingreifen, wagt es aber nicht. Sie findet, dass Emma ziemlich streng mit dem Kleinen ist, und hält sich in ihrer Gegenwart doch zurück, Camille zu Hilfe zu eilen.

Und wenn sie ihn heute Nacht bei sich behielte?

* * *

Emma ist allein. Allein zu Hause. Allein in ihrem Bett. Allein mit ihren Träumereien. Camilles Abwesenheit schafft eine schwer erträgliche Atmosphäre. Sie fühlt sich zugleich von einem erdrückenden Gewicht befreit und vollkommen verzweifelt. Diesmal hat sie die Tür ihres Zimmers vor dem Schlafengehen offen gelassen.

Doch der Anblick von Camilles verlassenem Zimmer hat ihr ein so großes Unbehagen bereitet, dass sie noch einmal aufgestanden ist, um sich einzuschließen. Nachts muss sie ihn nah bei sich wissen. Wenn seine Augen geschlossen sind und sein Geist ruht, sind das die einzigen Momente, in denen sie ihn ohne Vorbehalte lieben kann. Oft tritt sie, wenn er schläft, an sein Bett, streicht ihm übers Haar und betrachtet lange dieses schöne, so friedliche, stille Kindergesicht. Beide haben sie die gleiche kleine Nase, die gleichen bebenden Nasenflügel, die gleichen roten Lippen, röter als gewöhnlich. Und sehr oft legt sie sich neben diesen kleinen Körper, sucht seine Wärme und döst einen Moment lang ein, bevor sie wieder von ihrem unruhigen Schlaf geweckt wird.

Es ist spät, sehr spät, und wieder einmal findet Emma keine Ruhe. Das Schlafmittel wirkt nicht mehr, und ihr ist zu heiß. Diese ungewöhnliche Hitzewelle hält sich zu lange, sogar nachts wird es nicht kühler. Die Einheimischen haben so etwas noch nicht erlebt. Und keine einzige Zigarette mehr, die diesem Namen gerecht würde.

Sie geht zum Fenster und macht es weit auf. Der Himmel ist von einer makellosen Klarheit, und unzählige Sterne funkeln mit unglaublichem Glanz, wie es nur Sommernächte bieten können. Eine Sternschnuppe! Spontan kommt ihr ein Wunsch in den Sinn: dass der Masseur sein Schweigen bricht, nach Paris zurückkehrt und sie sich wieder auf den Tisch in seiner Praxis legen kann, bäuchlings, in dem kleinen blauen Zimmer. Doch sie verbessert sich sogleich. Nein. Nein, was sie will, ist ein Kind wie alle anderen, ein Kind, das ihr Freude macht, und ein ganz einfaches Mutterglück, ohne Stress, ohne Ängste.

Stattdessen bekommt sie nur Traurigkeit, Enttäuschung und kränkende Missbilligung. Wie gestern mit Armelle. Sie kann noch so nett und verständnisvoll sein, Armelle ist wie die anderen, bereit, sich mit allen Waffen des reinen Gewissens auf sie zu stürzen. Dieser kritikschwere Blick, schonungslos, sie kennt ihn nur zu gut. Dieser Blick, in dessen Netzen sie sich verfängt, der sie mundtot macht, der Mund gestopft von Schuldgefühlen, nicht die perfekte Mutter zu sein, die Mutter, die sie sein *müsste*. Unfähig, sich zu verteidigen, sich verständlich zu machen, sich zu erklären, ihren Kummer zu teilen, kann die geknebelte Emma die Schläge bloß einstecken.

Unten am Strand taucht plötzlich eine Gestalt auf, nähert sich. Sie sieht auf die Uhr, drei Uhr morgens. Die Silhouette wird im Mondschein immer deutlicher. Louis-Camille. Gleichgültig seiner Umgebung gegenüber, kommt er schnell und gleichmäßig mit dem Schritt eines Metronoms dahergestapft, die Arme leicht vom Körper abgespreizt. Man könnte meinen er folgt, er verfolgt etwas. Sein ein Stück weit aufgeknöpftes Hemd und die bläuliche Krone seiner Haare verleihen ihm ein leicht gespenstisches Aussehen. Er macht den Eindruck, als schwebe er über dem Dasein. Was tut er? Wohin geht er?

Drauf und dran, ihn zu rufen, ihm ein Zeichen zugeben, beugt sie sich vor. Sie fühlt sich so allein … Und in der Tiefe der Nacht bringt allein die Tatsache, wach zu sein, diejenigen einander näher, die nicht ins Jenseits hinübergegangen sind. Doch im letzten Moment, hält sie sich zurück. Dieser Mann hatte etwas an sich, das sie aus tiefster Seele abschreckt, etwas, das ihr Angst macht. Sie kann unmöglich sagen, was es ist, aber wenn sie ihn so einsam in seinem Universum wandeln sieht, erinnert es sie vielleicht zu sehr an die unerreichbaren Blasen, in die sich ihr Sohn so oft zurückzieht.

Emma zündet sich eine unbefriedigende Zigarette an und lässt ihn am Haus vorbeigehen. Ohne das geringste Geräusch von sich zu geben, gleitet er vorbei und verschwindet wieder in der Dunkelheit auf der anderen Seite des Uferstreifens.

Ohne die Fensterläden zu schließen, legt sie sich wieder hin. Das mit Sternen übersäte Himmelsgewölbe ist wirklich wunderschön. Morgen wird es sicher wieder schön … schön und heiß. Und bei Sonnenschein ist diese Insel eigentlich gar nicht so unerträglich.

Doch trotz ihrer positiven Gedanken macht sich der Schlaf noch immer rar. Also schaltet sie ihre Lampe an, streckt den Arm aus und greift nach dem Buch von Armelle auf dem Nachttisch.

* * *

Emma sitzt auf der Brüstung und raucht.

Und als das Schiff fest vertäut ist, tritt Ronan aufs Deck, ohne sie auch nur anzusehen. Dann schreitet er über den Landungssteg und geht schnellen Schrittes Richtung Dorf davon.

»Ronan!«

Sie rennt ihm hinterher. Als sie ihn eingeholt hat, bleibt er einen Moment stehen und sieht sie an, als hätte er sie noch nie gesehen.

»Ja?«

»Na … Hallo«, sagt sie aus der Fassung gebracht.

»Hallo.«

Und sichtlich in Eile setzt er seinen Weg fort.

Emma versucht erst gar nicht, ihn einzuholen, und tut so, als hätte auch sie zu tun. Sie geht stur geradeaus weiter, in ihrem Tempo und führt ihre zarte, gebräunte Gestalt ziellos spazieren. Sie bummelt durch die Gässchen entlang des Meeres und merkt, dass sie konzentrische Kreise zieht, die sie immer wieder an die Anlegestelle zurückführen.

Hinter einer Hausecke läuft sie ihm unumgänglich über den Weg. »Oh!« Ihr Schrei zeugt von mehr als bloßer Überraschung. Es ist ein Schrei der Verzweiflung.

Ronan hört es.

»Ich drehe gerne eine kleine Runde zu Fuß mit Ihnen unter einer Bedingung: dass Sie mir sagen, warum Sie das letzte Mal nicht mit mir auf dem Schiff mitfahren wollten.«

Seite an Seite spazieren sie langsam weiter.

Emma würde es ihm gerne erklären, aber sie kann nicht. Die Worte wollen nicht über die Schwelle ihres Herzens kommen, wie große verklumpte Gefühlsgerinnsel, die all ihre Gedanken durcheinanderbringen. Genau in dem Moment, als sich ihr eine hilfreiche, starke Hand entgegenstreckt, bekommt sie Panik, und sie spürt das Schwindelgefühl eines Abgrunds unter sich, obwohl sie sich auf festem Boden befindet … auch wenn es sich nur um ein kleines Stück Boden handelt, umgeben von wogendem Wasser.

Sie hält inne, klammert sich mit besorgtem Blick am Meer fest, plötzlich sehr müde und ihrer selbst so überdrüssig. Auch der Horizont ist hoffnungslos weiß wie der Nebel, der zeitweise schwer auf der Insel lastet.

Und plötzlich gerät alles ins Wanken, sie torkelt einen Moment lang und sinkt dann schwer auf den Kai.

Sofort formiert sich eine kleine Ansammlung von Schaulustigen um sie herum, die Ronan dazu zwingt aufzubegehren: »Gehen Sie weg! Lassen Sie sie mich doch hinlegen, also wirklich.« Als guter Ersthelfer fühlt er ihren Puls – schwach aber gleichmäßig. Er weiß, was zu tun ist: den Kopf auf ein Kleidungsstück betten, die Füße hochlegen. Emma öffnet die Augen, blass. »Bleiben Sie ruhig liegen, das wird schon wieder …«

Auf den ersten Blick ist es nichts Schlimmes, sicher bloß die Hitze, vielleicht Flüssigkeitsmangel oder zu viel Sonne. Diese Frau macht keinen besonders robusten Eindruck. Man muss sie nach Hause bringen, ihr etwas zu trinken geben. Aber er hat sie noch nie in Begleitung gesehen, abgesehen von ihrem kleinen Sohn, und weiß aucch nicht, wo sie wohnt.

»Wo sind sie untergebracht?« Sie antwortet nicht.

Ronan blickt auf die Uhr. Sein Schiff muss schon sehr bald wieder nach Audierne zurückfahren. Fahrplan ist Fahrplan, und er legt großen Wert darauf, ihn peinlich genau einzuhalten, auf die Minute genau, komme, was wolle. Aber er kann sie unmöglich hier liegen lassen, allein auf der Uferpromenade! Seine Augen suchen nach einer Lösung in der Menge, nach einem bekannten Gesicht, dem er sie anvertrauen kann, ohne recht dran zu glauben und ohne es wirklich zu wollen. Doch unnötig. Emma erholt sich, murmelt ein »Entschuldigung« und versucht, unbeholfen sich aufzurappeln. »Das ist diese Hitze … Alles hier ist so extrem.«

Ihr blasses Lächeln ermutigt Ronan, der ihr geschickt hilft, sich auf die Brüstung zu setzen. Plötzlich ist ihm der Schiffsfahrplan ganz gleichgültig. »Ich werde Sie nach Hause bringen … Sagen Sie, wo wohnen Sie?«

»Danke. Ich werde erst mal ins *Chez Armelle* gehen, gleich da drüben. Das wird schon wieder. Aber … das Schiff legt ja schon bald ab. Verspäten Sie sich bloß nicht wegen mir. Ich werde mich noch ein wenig ausruhen, und ich kann alleine gehen, das sind bloß hundert Meter, machen Sie sich keine Sorgen.«

Armelle! Natürlich. »Warten Sie hier auf mich.« Ronan rennt zum Café und kehrt umgehend mit Armelle zurück, die ihm außer Atem folgt. »Na, na, meine arme Emma, was ist denn mit Ihnen? Haben Sie etwa meine hervorragende *Terrine de Coquilles Saint-Jacques* nicht vertragen? Kommen Sie, nehmen Sie meinen Arm … Wir gehen ganz langsam zurück.«

Unschlüssig sieht Ronan zu, wie sie, geführt von Armelles sicherer Hand, aufsteht. Er ist Frauen nicht gewöhnt, die in Ohnmacht fallen, weil man ihnen eine Erklärung abverlangt hat. Die Frauen hier sind Felsen, ziemlich starke Charaktere, die die Anstürme des Lebens genauso aushalten wie die des Meeres auf die Küste in der kalten Jahreszeit: indem sie sich das Rückgrat verbiegen und einen Buckel machen. »Sie sollten zum Arzt gehen. Das wäre vernünftiger. Dann wüsste man sicher, dass es nichts Ernstes ist. Wenn Sie wollen, rufe ich ihn an und mache einen Termin für Sie aus …« In aller Eile notiert Emma ihre Handynummer auf ein Stück Papier, das ihr gereicht wird. »Und wenn Sie zur Behandlung aufs Festland müssen, kein Problem, ich hole Sie ab.«

Auf dem Weg zurück zum Schiff, spürt Ronan noch immer diesen geschmeidigen, straffen Körper in seinen Armen und entfernt sich mit dem Gefühl, ein Stück ihres Geheimnisses mit sich zu nehmen, auch wenn es unerklärlich bleibt.

* * *

Die Gewitterwolken sind über die Insel gezogen, und es haben sich solche Wassermassen vom Himmel über die Insel ergossen, wie Emma es in so kurzer Zeit gar nicht für möglich gehalten hätte. Die Rinnsale haben sich neue Wege ins Heideland gegraben und fließen unkontrolliert, unruhig in Richtung Meer. Die Schmucklilien lassen ihre blauen Köpfe fast bis zum Boden hängen. Sie werden den ganzen Tag brauchen, um langsam wieder ihre unerschütterliche Widerstandskraft zu erlangen. Und das Meer liegt flach und unbewegt da, als hätten die unzähligen Nadelstiche, die die Wasseroberfläche unter dem prasselnden Regen plagen, es so erzürnt, dass es wie betäubt ist.

Von ihrem Zimmer aus beobachtete sie, wie der Himmel sich leerte. Sie war so zufrieden, dass sie sich über sich selbst wunderte. Das Geräusch des Regens verschaffte ihr eine unerwartete Entspannung, als würde es ihre Nerven beruhigen, ein schallendes Echo ihrer inneren Anspannung. Einziges Ärgernis: Nach diesem Toben ist es zu einem plötzlichen Temperatursturz gekommen, der für ihren Geschmack viel zu heftig ist.

»Nichts Besorgniserregendes«, hatte der Doktor festgestellt, »bloß eine übermäßige Empfindsamkeit. Ruhen Sie sich aus, essen Sie gesund, nutzen Sie die Wohltaten der Insel, nicht zu viel Aufregung oder Sonne, und alles renkt sich wieder ein.« Emma hatte nichts anderes erwartet. Ihre ständige Nervosität, die fortwährenden Spannungen mit ihrem Sohn, die Nächte ohne Schlaf und die möglichen Folgen ihrer Cocktails aus Beruhigungs- und Schlafmitteln hatte sie gar nicht erst erwähnt. Wozu sollte es gut sein, wenn er sich da einmischt und ihr die einzige Sache nimmt, die ihr ein wenig Frieden verschafft.

Sie hat Camille auch nichts von ihrem Besuch bei dem Arzt erzählt, der dennoch ein Problem wittert. Dieses Kind hat einen sechsten Sinn, sagt sie sich. »Du siehst müde aus, Maman. Leg dich hin, und ich mach dir eine Suppe warm, ja?« Seit wann interessierte es ihn, wie sie aussah? Und wer hat ihm beigebracht, wie man eine Suppe aufwärmt? Doch er weiß es tatsächlich, und sie lässt sich von ihm verwöhnen wie ein Kind.

Wieder einmal sind die Rollen vertauscht, ja, heute Abend beschützt er sie, was ihm unheimlich guttut. »Bei Armelle haben wir wieder Crêpes gemacht. Ich hab auch welche für dich, ich werde dir eins machen … mit ganz viel Honig, so wie du es magst. Und in der Zwischenzeit rührst du dich nicht vom Fleck und bleibst ruhig im Bett liegen. Einverstanden?« Das Tablett mit dem Essen wird ihr direkt ans Bett gebracht, getragen von einem gewissenhaften Camille, der sich seiner wichtigen Rolle als Krankenpfleger bewusst ist. Und an diesem Abend sagt sie nichts, sie dankt ihm sogar herzlich, als die Schale auf dem Tablett ein bisschen zu sehr schwankt und reichlich Suppe auf die Laken und über Camilles Pulli spritzt.

»Und jetzt ist Schlafenszeit, Maman.«

Unter der Decke im Dunkeln schreibt sie eine SMS … auf die Schnelle wie ein ungehorsames Kind, nachdem Camille das Licht ausgemacht und mit Bestimmtheit die Tür geschlossen hat.

Alles o.k. Frische Luft empfohlen … Bin versorgt!

Und ein paar Sekunden später erhält sie die Antwort:

Kein Rezept nötig. Ich weiß, was zu tun ist.

13.

Mit großer, entschlossener Geste klappt Louis-Camille die Lamellenholzläden gegen die sonnenüberflutete Fassade. Von dort aus sieht er ein Stück Meer, zu klein für seinen Geschmack, aber ausreichend, um sich ein Bild von seinem Tageszustand zu machen. Jeden Morgen ist es ein anderes Schauspiel, jeder Morgen birgt eine Überraschung. Heute huschen die übermütigen Köpfe der Schaumkronenschäfchen wie das, das er für Camille gezeichnet hat, stürmisch über die Wellenkämme und lösen sich hübsch vom kräftigen Blau des Wassers. Ein Blau, das er allen anderen vorzieht, zwischen kobalt- und saphirblau. Es wird nicht lange halten, sagt er sich, als er am Horizont eine Reihe von dichten dunklen Wolken aufziehen sieht, die die Farbe des Meeres bald in ein Silbergrau verwandeln werden.

»Was machst du da vor meinem Fenster, Camille?

»Ich … nichts.«

»Wie nichts?«

Die kurzen, gebräunten Beine leicht ausgestellt, gibt sich Camille, eine Hand in der Tasche seiner kurzen Hose, recht bemüht, als suche er etwas auf ihrem Grund.

»Und du denkst, das nehme ich dir ab?«

Das Kind befördert tatsächlich eine Muschel heraus, die er mit ganzer Aufmerksamkeit betrachtet.

»Also, was machst du hier? Sag es mir …« Aber der Kleine, vertieft in seine Betrachtung, antwortet nicht.

Wie es Louis-Camille vorausgesehen hat, verdunkelt sich die Sonne hinter einer dicken schwarzen Wolke, und die Tropfen fangen an, um den Jungen herum zu trommeln. »Also komm rein! Du wirst ja klatschnass!« Ohne auch nur einen Augenblick an das Versprechen zu denken, das er seiner Mutter gegeben hat, stürmt Camille in Richtung Tür und stürzt die Stufen hinauf. Erst auf der Schwelle angelangt zögert er einen ganz kurzen Moment lang. Doch seine Neugier trägt ihn weiter, und das Versprechen gilt ohnehin nicht hier bei Louis-Camille. Er hat sein Wort gegeben, nicht zu »irgendwelchen Leuten« zu gehen, die er nicht kennt. Aber Louis-Camille hat ihm beigebracht, die Uhrzeit zu lesen und wie man schwimmt. Also ist er alles andere als ein Unbekannter für ihn.

»Ist das dein Klavier?« Camille lässt den Blick über das mehr als spärliche Mobiliar schweifen, die nackten Wände, die Fenster ohne Vorhänge, das einzige Regal voller Partituren und den Computer auf einem Schreibtisch. Ohne zu antworten, setzt sich Louis-Camille auf seinen Hocker vor dem Klavier und spielt für den Jungen eine altmodische, aber hübsche Melodie, zeitlos aufgrund ihrer einfachen Schönheit. Camille kommt langsam näher und sieht zu, wie die Finger des Musikers über die weißen und schwarzen Tasten gleiten, deren strenge Anordnung in nichts auf die Reihe von subtilen Emotionen verweist, die er empfindet. Ein Geheimnis, dessen Zauber er voll und ganz Louis-Camille zuschreibt, den er mit bewunderndem Blick anstarrt.

»Das ist schön! Mir gefällt, wenn du spielst. Weißt du …

das habe ich gemacht, unten … Ich habe darauf gewartet, dass du anfängst zu spielen.«

»Ich freue mich, dass es dir gefällt. Das ist ein sehr hübsches kleines Stück. *Die Glocke von Ys* von einem bretonischen Dichter namens Théodore Botrel. Hast du schon mal was von der Sage von der Stadt Ys gehört?«

»Natürlich kenne ich die! König Gradlon und seine Tochter Dahut … Die versunkene Stadt, die schönste Stadt der Welt. Und ihre Kirche … Das war hier ganz in der Nähe. Dahut lebt noch immer, aber sie hat sich in eine Sirene verwandelt und heißt heute Marie-Morgane.«

»Bravo, Camille! Woher weißt du all das?«

»Das weiß doch jeder«, antwortet der Junge eingeschnappt, der nicht für offensichtliche Dinge gelobt werden will. »Das steht in Armelles Büchern. Und … hast du keine anderen Instrumente? Einen Kontrabass?«

»Und warum sollte ich einen Kontrabass haben?«

»Ich kenne alle Instrumente, und ich kann sie alle unterscheiden … aber der Kontrabass ist mein Lieblingsinstrument.«

»Ich verstehe dich. Ich habe einmal gelernt, wie man den Kontrabass spielt. Aber das ist schon ziemlich lange her …«

Plötzlich strömt die Vergangenheit des Musikers in den Raum, als würde ein nachlässig geschlossenes Fenster durch einen Luftzug geöffnet. Wie sehr hatte auch er den Kontrabass geliebt! »Ein sehr schönes Instrument, das Fundament des Universums der Klangfarben. Es ist, wie soll ich dir das erklären … der Felsen, auf den sich die Klangkathedralen aufbauten, die ich früher einmal errichtet habe … mit dem Orchester.«

»Eine Klangkathedrale … Wie die Kirche von Ys?«, fragt Camille, der kein Problem hat, sie sich vorzustellen, verschlungen von den Fluten.

»Ja, Camille! Ja! Genau so. Eine *versunkene Kathedrale* … Man könnte es nicht besser sagen. Und wenn es ganz windstill ist, scheint es, als könne man die Glocken noch läuten hören …« Der Musiker hängt diesem Gedanken noch einen Moment lang nach. »Eine ewige Stadt. Ein Geschenk, eine Opfergabe an die Hoffnung. Eine fantastische Stadt, die immer wieder aus der Dämmerung auftaucht … Und die, allein durch die Vorstellung, dass sie existiert, unzählige Seelen gerettet hat, die in unserer Welt der Gewissheiten einfach ihren Platz nicht fanden …«

Der Junge schweigt, wartet darauf, dass er zurückkommt.

»Und weißt du, Camille«, fährt der Musiker fort, »dass Lutetia Paris genannt wurde – so sagt man hier –, weil ›Par Ys‹ auf bretonisch ›wie Ys‹ bedeutet? Damit Paris der Pracht von Ys in nichts nachsteht.«

»Oh! Also, jetzt verstehe ich alles. Aber ja … natürlich!« Diesmal ist es Camille, der sich einen Moment lang aus dem Gespräch ausklinkt, um seine Informationsbasis auf den neuesten Stand zu bringen. Das grün-orange Schiff, *die Ville de Paris*. Alles macht auf einmal Sinn. Er will Louis-Camille schon seine glücklichen Erkenntnisse mitteilen, doch der hat bereits das Thema gewechselt.

»Und du, Camille, spielst du ein Instrument?«

Camille antwortet nicht. Er nähert sich dem Klavier und lässt die Finger in einer flüchtigen Berührung über die Tasten gleiten. »Ich möchte so spielen können wie du.«

»Ach, ich … ich komme zurecht, das ist alles. Mit meinem kaputten Handgelenk geht es nicht besser. Aber du, wenn du es möchtest, dann musst du es ernsthaft lernen. Weißt du, die Musik ist das Schönste im Leben.« Louis-Camille stimmt ein neues Stück an, Chopin. Ein Walzer, sein Walzer. Seine erste Begegnung mit der Musik … mit kaum zwei Jahren und schon davon überwältigt.

Er ist weit weg, weit weg in seine Musik vertieft, er spielt aus ganzer Seele. Der Junge lässt sich sachte auf dem Parkett nieder, setzt sich im Schneidersitz hin und hört fasziniert, wie sich ein durchsichtiger Strom in ihm ausbreitet. Das Gefühl, das er empfindet, trägt ihn in eine andere Welt, das perfekte Glück. »Man möchte meinen ein Fluss … Bitte spiel weiter.«

»Du hast eine schöne Stimme, Camille. Einen Sinn für Schönheit, das weiß ich bereits. Dem Gehör des Musikers entgeht nichts, weißt du.«

»Spiel weiter!«

»Nein, für heute ist es genug. Jetzt lass mich, ich muss noch arbeiten.«

»Was arbeitest du denn?«

»Ich schreibe Musik.«

Enttäuscht und schrecklich frustriert darüber, dass sein Vergnügen so schnell endet, verzieht Camille schmollend den Mund. Doch er weiß instinktiv, dass er auf Louis-Camille keinerlei Einfluss hat, und besteht nicht weiter darauf. Er traut sich nicht einmal mehr, ihn zu fragen, was »Musik schreiben« bedeutet.

Ohne sich zu widersetzen, bewegt er sich folgsam in Richtung Ausgang. Als er dicht am Klavier vorbeikommt, wühlt er in seiner Tasche herum: »Diese Venusmuschel ist kleiner als vier Zentimeter, das habe ich mit dem Lineal für Gezeitenfischer nachgemessen, das Armelle mir gegeben hat. Jemand hat sie gegessen, obwohl er es nicht durfte. Armelle meint, wenn die Leute machen, was sie wollen, dann gibt es auf der Insel bald keine einzige mehr.« Und als er sie ihm in die Hand drückt, fügt er hinzu: »Da … ich schenk sie dir, sie ist für dich. Ich hab sie vorhin auf dem Weg zu dir am Strand gefunden. Jetzt kann man für die Arme sowieso nichts mehr tun, außer sie zu bestaunen. Wenn du magst, kannst du etwas hineintun. Salz zum Beispiel.«

Mit feierlicher Haltung verbeugt sich Louis-Camille wie vor einem Parkett voller Bewunderer: »Der Maestro dankt dir für deine Aufmerksamkeit, junger Freund. Und für dieses großzügige Geschenk.«

Er weiß das Geschenk wirklich zu schätzen. Die Rillen der Muschel breiten sich aus wie ein Fächer. Louis-Camille berührt sie flüchtig mit den Fingern, schließt die Augen und lauscht der friedlichen Harmonie, die von ihr verströmt wird.

* * *

Während Emma am Fenster ihres Zimmers eine Zigarette raucht, verloren in Gedanken, die Camille nicht kennt, blättert er systematisch in dem Wörterbuch, das er von Armelle geliehen hat. Ah … da haben wir's!

»Maestro: Substantiv maskulin (italienisch *maestro*) 1. Großer Musiker, Komponist; 2. Dirigent«

Camille überlegt: Ist Louis-Camille nun Dirigent oder Komponist?

»Morgen gehe ich noch mal zu ihm. Er wird es mir sagen.«

Auf seinem Fensterbrett legt die Silbermöwe erneut eine Pause ein. »Oh, Ment! Schön dich zu sehen! He, schau mich an. Bald werde auch ich ein Maestro sein. Und dann tröste ich Marie-Morgane, weil sie ihre schönste Stadt der Welt verloren hat.«

* * *

»Sagen Sie, Armelle … kennen Sie Ronan? Sie wissen schon, den Kapitän des Kurierschiffs …« Mit betont gleichgültiger Miene wischt Emma mit der Fingerspitze den frischen Beschlag von ihrem kleinen Weißweinglas. Draußen lässt der Wind die zum Zerreißen gespannten Fahnen an den Masten knallen. Heute sind nicht viele Menschen auf dem Wasser trotz des schönen goldenen Lichts und einem glatten Meer.

»Na klar, kenne ich den! Er ist zehn Jahre jünger als ich, und wir haben zusammen die Schulbank gedrückt … Wissen Sie, hier gab es nur eine Klasse für alle Schüler. Und außerdem hat sich meine Mutter viel um ihn gekümmert. Ein lieber Junge … der nicht viel Glück hatte.«

»Ach ja?«

Emma gibt sich ganz beiläufig, was Armelle amüsiert. Am Hafen wissen schon alle, dass sie einen Großteil des Vormittags auf dem Kai hockt und sich mit ihm unterhält. Armelle lässt sie ein wenig schmoren, um zu sehen, wie sie darauf reagiert …

»Ja.« Armelle vertieft sich demonstrativ in ihr Rezeptbuch und murmelt vor sich hin: »Was soll ich bloß morgen kochen? Bei den Temperaturen brauche ich eine kleine frische Vorspeise. Wieso nicht ein paar Kaiserhummer mit Mayonnaise? Die Saison dafür ist bald vorbei, das muss man noch ausnutzen … Hätten sie morgen Mittag Lust auf ein paar Kaiserhummer?«

»O ja! Sehr gute Idee. Das ist lecker, frisch und leicht. Werden sie hier in der Ecke gefangen?«

»Nicht wirklich, nein. Aber Taschenkrebse schon. Die könnte ich auch machen … als Flan auf einem Salatbett. Auch nicht schlecht …«

»Und … werden Sie von den Fischern der Insel damit beliefert?«

»Natürlich.«

»… Ist Ronan auch Fischer?«

Da haben wir ihn wieder!

»Von Zeit zu Zeit, ja, wenn er nicht arbeitet. Manchmal bringt er mir Fische mit. Gut, also dann … Taschenkrebsflan. Es gibt doch nichts Besseres als die Produkte der Insel. Und danach …« Armelle setzt ihre Lesebrille wieder auf und blättert mit dem Eifer eines Kindes die Seiten um, wobei sie jedes Mal den Finger befeuchtet. Ihre Kochschürze sitzt fest um ihre trotz ihrer Rundungen betonte Taille, und ein Stift hält ihre im Nacken aufgedrehten Haare zusammen. »Und danach? Hätten Sie auf etwas Bestimmtes Lust?«

Emma hat Lust zu erfahren, warum Ronan nicht viel Glück gehabt hat. Was auf ihren Teller kommt, ist ihr vollkommen egal. »Na ja … Fisch zum Beispiel.« Eine weitere Gelegenheit, ihre Gesprächspartnerin auszuquetschen – zumindest glaubt sie das –, indem sie von den Fischarten der Insel auf die Wichtigkeit dieser Tätigkeit für die Einheimischen kommt und dann ganz allmählich auf die Notwenigkeit, sich auf dem Festland mit Lebensmitteln zu versorgen, dank … der *Heol*

Sun! »Und wenn das Kurierschiff ein Problem hat, was machen Sie dann?«

»Das Schiff macht keine Probleme. Und sein Kapitän auch nicht. Er ist immer pünktlich. Wie schon sein Vater. Sein armer Vater …«

Emma bittet sie um ein weiteres Glas Weißwein und hält es nicht länger aus: »Erzählen Sie … Ich liebe Dorfgeschichten!«

Armelle hat Mitleid mit ihr, und vor allem ist sie sehr redselig. Auch sie liebt es, Dorfgeschichten zu erzählen. Also erfährt Emma, dass Ronan der einzige Sohn eines einheimischen Vaters »aus einer der ältesten Familien von *Sein*« und einer Mutter vom Festland ist, »einer tüchtigen, anständigen Frau, sehr kultiviert, nicht wie wir«. Seine Mutter war Grundschullehrerin in Audierne und hatte den angesehenen Le Gall, der noch immer Junggeselle und durchaus charmant war, während seiner Aufenthalte auf dem Kontinent kennengelernt. Was geschehen musste, geschah, und der Bund der Ehe krönte das Paar, als sich der Bauch der Frau schon mehr rundete, als es der Anstand erlaubte. Sie ließen sich im Haus der Familie auf der Insel in der Rue Abbé-Le-Borgne nieder, und seine Mutter gab ihren Beruf auf. Doch die junge Lehrerin gewöhnte sich nie an das Inselleben, und sie schleppte ihre zunehmende Wehmut mit sich herum inmitten der kleinen Gemeinschaft, die diese Fremde mit dem leicht verletzlichen Charakter aus ihrem Zirkel ausgeschlossen hatte. »Sie wirkte stets ein wenig abwesend und las die ganze Zeit … Ronan war ungefähr zwölf, als sie eines Morgens verschwand. Niemand wusste, ob sie geflüchtet war oder ob sie in den Schoß des Meeres zurückgekehrt war, um ihrer Melancholie ein

Ende zu setzen. Sie wurde nie mehr gesehen. Für den alten Le Gall war das das Ende. Er hörte auf, mit dem Schiff hin und her zu pendeln, verkroch sich zu Hause und starb vor Kummer. Der kleine Ronan wurde von seiner Tante aufgezogen, die im Nachbarhaus lebte … und von meiner Mutter! Die hatte selbst schon elf Kinder, also machte sich eins mehr am Tisch nicht weiter bemerkbar. So, jetzt wissen Sie alles! Und Sie Emma, haben Sie Geschwister?«

Emma wandte sich nur ungern von Ronan und seiner Jugend ab. »Leider nein. Ich bin Einzelkind.«

»Wie traurig das sein muss, ein leeres Haus … Und Ihre Eltern? Was machen sie?«

»Meine Mutter ist vor zwei Jahren gestorben. Sie war Schneiderin bei einer Theatertruppe in Nizza.«

»Oh, das tut mir leid …« Armelle hüstelt, um die finsteren Gedanken zu vertreiben und wieder auf erfreulichere Dinge zu kommen. »Und … sie hat also die Kostüme für die Schauspieler gemacht?«

»Ja. Meine Mutter war eine Frau, die immer ein wenig traurig und verschlossen wirkte. Das Gegenteil von Ihnen! Aber wie Sie liebte auch meine Mutter ihre Arbeit. Sie war immer für die Schauspieler verfügbar … Selbst mitten in der Nacht ist sie ins Theater geeilt, um noch eine Änderung vorzunehmen. Mir gefiel das nicht wirklich, alleine zu Hause bleiben und auf sie warten zu müssen … Ich begleitete sie oft hinter die Kulissen. Ich mochte es, ihr bei der Arbeit zuzusehen. Auf ihre Art war sie eine Bildhauerin für Stoffe. Dank ihr lebten die Schauspieler ihre Kostüme …«

Bei diesen Worten erinnerte sich Emma an ihre ersten Skizzen. *Macbeth* hatte ihrer Mutter so viel Arbeit beschert, dass die kleine Emma den ganzen Mai über im Schneidersitz hinter der Bühne verbrachte. Dort hatte sie ihre erste Zeichnung gemacht, auf einer Seite ihres Mathehefts …

Ihre Skizzen, ihre Zeichnungen … ihre Leidenschaft. Unauffällig umschließt Emma ihren Turmalin und dreht ihn nervös um den Finger. Wie hatte sie all das seit ihrer Hochzeit verleugnen können? Warum hatte sie niemals unter Beweis gestellt, was sie so gern tun wollte? Niemals auch nur *gewagt*, Boris davon zu erzählen?

»Schön haben Sie das gesagt *ihre Kostüme leben* … Da haben Sie ja bestimmt viele schöne Sachen gesehen! Und Ihr Papa?« Armelles Neugier ist nicht zu bändigen.

Ihr Vater … Da bittet Armelle sie, über etwas zu sprechen, an das sie sich nicht erinnern will. Doch plötzlich überkommt sie eine große Einsamkeit, und sie wappnet sich zu antworten: »Ich habe keinen Vater. Ein russischer Schauspieler, eine Wandertruppe. Ein sehr schöner Mann, hat mir meine Mutter immer versichert. Von ihm habe ich meine hohen Wangenknochen, meinen hellen Teint und meine blonden Haare … Halb russisch, halb nizzaisch, ein komischer Salat, nicht wahr?«

Doch da geht die Tür zum Restaurant auf, und sie werden von einer kleinen roten Jacke unterbrochen. »Ach, da ist ja Camille! Was hast du denn da in deinem Eimer, mein *Aelig*?

Camille zieht seine Jacke aus und wirft sich Armelle in die Arme. »Ja, ich weiß, ich bin dein *kleiner Engel* … Siehst du, ich spreche auch schon Bretonisch! Und du bist die beste Köchin! Schau … Miesmuscheln … Kochst du sie mir?«

Emma steht auf und stellt sich hinaus in den kräftigen Wind, um ihre Kindheit abzuschütteln.

Sie ist ohnehin überflüssig. Wenn Camille da ist, hat Armelle keine Augen mehr für irgendjemand anderen.

Ohne recht zu wissen, wohin sie geht, schlendert sie über den Kai und nimmt die Straße in Richtung Leuchtturm. Am Ende des Dorfes schweift ihr Blick über das Heideland zum Meer. Auf dem Strand glaubt sie, eine Gestalt mit schwarzer Haube zu erkennen, eine Gestalt aus einer anderen Zeit, die langsam davonschreitet und dann ins Meer eintaucht, mechanisch, bis sie komplett verschwunden ist. Eine Gestalt, die ihre verlorenen Hoffnungen mit sich nimmt, ihre Bücher und das schöne Lächeln eines Kindes mit Schieferaugen.

Sein, der größte Seemannsfriedhof der Welt.

14.

Emma hat es sich auf ihrem Strandhandtuch bequem gemacht. Dieser weiße Sandstrand dem Dorf gegenüber ist ihr unbestrittener Favorit. Es ist noch nicht so heiß, dass sie ihr Poloshirt auszieht, aber genug, dass sie ihre Füße der Luft aussetzt und die Jeans bis unters Knie hochkrempelt. An die Düne gelehnt, taucht sie die Hand in ihre Tasche und holt voll Ungeduld das Buch heraus, das sie sich von Armelle ausgeliehen hat. Doch in dem Moment, als sie es gefunden hat, klingelt das Handy in ihrer Hosentasche.

Die lang ersehnte Nachricht ist da, vor ihren Augen. Sie beißt sich auf die Lippen, ihr Finger schwebt über der Mail von der Massagepraxis.

Schanghai ist ein Paradies. Wir erwarten Sie. Remember…

Sie spürt, wie sie von Kopf bis Fuß errötet. Im Bruchteil einer Sekunde fällt ihr die türkise Praxis wieder ein, und nichts sonst existiert mehr um sie herum. Weder das Meer und sein unerschütterliches Getöse noch Camille und seine unablässigen Exkurse oder Armelle und ihr bedingungsloser Optimismus. Nicht einmal der schöne Ronan und seine traurige Kindheit. Sie ist allein mit ihren Erinnerungen, und sie schwebt weit über ihrer Situation als abgeschiedene Insulanerin.

Doch dann richtet sie sich plötzlich besorgt auf. Warum

schickt ihr Masseur ihr *jetzt* eine Mail? Nach Wochen des Schweigens? Und wenn es eine gefälschte Nachricht wäre? Ein Köder, damit sie in die Falle tappt? Eine Machenschaft von Boris?

Sie hat plötzlich Angst, fühlt sich von Finten umgeben und zündet sich nervös eine Zigarette an.

Weiter weg am Ufer durchkämmt Camille sorgfältig die Umgebung. Er sucht die Opfer der Gezeitenfischer, die sich nicht an die Regeln halten. Seine Taschen sind schon voll von ihren Missetaten. Und als Armelle, die mit ihm den Küstenstreifen abgeht, die Idee aufwirft, dass vielleicht das Meer selbst diese kleinen Kreaturen verstoßen und sie ihrer Zukunft beraubt hat, widerspricht er vehement: »Ich sage dir, das waren die Gezeitenfischer. Nicht das Meer. Das Meer tut nie absichtlich etwas Böses.«

Emma sieht die beiden, mischt sich aber nicht ein. Die beiden sollen ruhig allein zurechtkommen. Camille mit seinen Gewissheiten und Armelle mit ihrer unendlichen Geduld. Emma streckt sich wieder aus, schließt die Augen, um sich auszuklinken und zum x-ten Mal das Geschehene Revue passieren zu lassen.

Nach etwa zwanzig Behandlungen in aller Heimlichkeit hatte der Masseur ihr verraten, dass er als Massageöl eine eigene Mischung verwendet, eine auserlesene Komposition, ein altes Rezept seiner Vorfahren, das nur ausgewählten Patienten vorbehalten ist, die er dessen für würdig befand. »Ich bin Masseur, ja, aber ich behandle nicht nur funktionelle Einschränkungen des Körpers. Dieses Öl kam in meinem Land auch früher schon denjenigen zugute, die ihr inneres Gleichgewicht nicht finden können. Bei Ihnen ist es nicht der Körper, der beeinträchtigt ist … Ganz im Gegenteil, er schützt Sie sogar. Aber Sie bedürfen einer tiefgreifenden Rehabilitation. Ihre Seele schläft schon seit viel zu langer Zeit … seit sie begriffen haben, dass das Leben nicht so ist, wie Sie geglaubt haben.« Und die Worte drangen in sie ein wie eine quälende Melodie, während das Öl sich in ihrer Haut ausbreitete. Sie verstand nicht alles, was er sagte, doch in einer Art Schwerelosigkeit, tanzten weibliche Silhouetten, jede Skizze anmutiger als die andere, zarte, lebendige Aquarelle, in ihrem Kopf. Und jedes Mal entspannte sie sich ein bisschen mehr. Einmal war sie sogar auf dem Behandlungstisch eingeschlafen. Ihre kaum geöffneten Augen hatten das Gesicht des Masseurs gefunden, der sich mit geheimnisvoll zufriedenem Lächeln über sie beugte. »Das ist ein Anzeichen für eine beginnende Heilung«, hatte er ihr gesagt. »Es wird Zeit für die nächste Stufe.«

Sie hätte gerne noch mehr darüber erfahren, doch die Wanduhr rief sie dringend zu Camilles Schule, wo er bereits seit zwei Stunden auf sie wartete. Emma war den bohrenden Fragen ihres Sohnes ausgewichen und hatte dafür gesorgt, dass Camille bei Boris' Rückkehr bereits im Bett war. Doch sie und ihr Mann hatten ihn spätabends noch einmal hellwach im Esszimmer auftauchen sehen. Er war auf den Schoß seine Vaters geklettert und hatte erklärt: »Maman ist heute zu spät zur Schule gekommen. Ich habe sehr lange auf sie gewartet … Und sie hat mir nicht gesagt, warum.« Dann war er genauso schnell wieder verschwunden, wie er aufgetaucht war.

Ihr »Er übertreibt, wie immer. Nicht mal eine halbe Stunde, Probleme mit dem Wagen …« hatte Boris ganz und gar nicht überzeugt. Er hatte nichts dazu gesagt und war in unerbittliches Schweigen verfallen.

Mit dem jetzigen Abstand erschien ihr all das nun ganz klar. Seit diesem Tag hatte ihr Mann ihr keine Fragen mehr gestellt. Was Boris alarmiert hatte, dessen ist sie sich sicher, war Camilles vorwurfsvoller Ton gewesen. Ein erwachsener Ton, der sie verurteilte. Ein Ton, der durch sie hindurch drang, alles verstand, alles ahnte.

Nachdenklich lässt Emma den Blick über die ebene, durchsichtige Fläche vor sich schweifen, ein echter See, der das Dorf in seinem ruhigen Wasser widerspiegelt. Camille und Armelle sind jetzt weit weg, rot-weiße Gestalten fast am Ende des Strandes, die Seite an Seite laufen, den Rücken über den Sand gebeugt. Verschwimmende Umrisse, beinahe unwirklich.

Unwirklich … Hat sie richtig gelesen? Emma überfliegt die Nachricht noch einmal *Remember …*

In Paris war sie zu allem bereit gewesen, um die nächste Stufe zu erklimmen. »Sie werden sehen, in Schanghai werden Sie in einem prächtigen fernöstlichen Palast wohnen, umgeben von herrlich duftenden Blumengärten. Vierzehn Tage, der Zeit entflohen, um Kraft zu schöpfen, sich wieder zu vertrauen. Sie werden lange Behandlungen bekommen, die unerlässlich sind, um die Knoten zu lösen, die durch ihren Verzicht entstanden sind. Zwei Frauen werden ihren mit einer lauwarmen Salbe eingeriebenen Körper massieren. Von beiden Seiten werden sie das Öl mit langsamen, großen, perfekt aufeinander abgestimmten Bewegungen einarbeiten, das Ballett ihrer Arme ist ein pures Wunder. Und das Öl wird Ihre Sehnsucht stillen …«

Ihre Sehnsucht … diese beiden Worte bohren schmerzlich in ihr. Doch heute kann ihr nichts dabei helfen, zwischen einer Falle von Boris und einem echten Zeichen des Masseurs zu unterscheiden. Trotz ihres intensiven Bedürfnisses, antwortet sie nicht auf die Nachricht.

* * *

»Also?«

Auf dem Kai macht Ronan das Gesicht von jemandem, der weiß, was er will und nicht lockerlassen wird.

Und er will sie mit aufs Meer hinaus nehmen.

Doch seine Entschlossenheit muss genauso biegsam sein wie die Halme des Samtgrases, das mit unglaublicher Hartnäckigkeit auf der Heide wächst, aber widerstandslos seine kleinen pelzigen Köpfchen beugt. Emma weicht erneut aus. »Ich werde so leicht seekrank. Und heute fühle ich mich nicht so gut. Ein andermal.«

Die E-Mail ihres Zauberers von Schanghai hat seine Wirkung getan. Seitdem ist sie so aufgewühlt, dass sie wieder alles von der Insel ablehnt und sich nur eines wünscht: das wiederzufinden, dessen sie so grausam beraubt worden war. Selbst Ronan und sein aufrichtiges Lächeln berühren sie nicht mehr so sehr. Es ist bloß ihr Bild als begehrte Frau – wie könnte man das nicht durchschauen? –, das sie vor ihm aufrechterhält.

»Wir könnten … einen kleinen Spaziergang machen. Bis zum Leuchtturm zum Beispiel. Ich war noch nie dort.«

»Sie waren noch nie beim Leuchtturm?! Auf einer Insel so groß wie ein Taschentuch? Sie sind wirklich nicht wie alle anderen.«

»Ich mag Leuchttürme nicht. Ich habe Angst davor. Sie erinnern mich an Schiffbruch und Stürme … Und ich habe immer das Gefühl, dass sie von einer Schar ruhelose Geister umlagert werden.«

»Ganz im Gegenteil, Emma! Leuchttürme sind das Licht. Orientierungspunkte. Die Rettung der Seeleute. Ohne sie könnte man nicht navigieren.«

»Ich weiß. Aber das ist nicht meine Welt. Ihre, ja. Wahrscheinlich will ich deshalb mit Ihnen dorthin gehen.«

Entwaffnet beharrt Ronan nicht weiter darauf. Der beste Weg, sie zu überzeugen, ist, sie dorthin zu führen. »Also, gut … gehen wir hin!«

* * *

Vor ihnen brechen die Wellen, sanft, fast mit Behutsamkeit. Der Schatten des Leuchtturms, unter dem sie Platz genommen haben, zeichnet einen großen dunklen Strich ins Meer. Und das Meer zieht sich langsam zurück und lässt die unzähligen Kuppen der *Chaussée de Sein* erkennen, ein riesiges gefährliches Klippenfeld. Vor ihnen, in der Mitte aufgebaut wie ein Friedenswächter in einem stürmischen Gewühl, der *Ar-Men*-Leuchtturm.

Emma ist schwer beeindruckt. So sehr, dass sie die blühenden Gärten von Schanghai ganz vergisst. Hier packt einen die Unaufschiebbarkeit des Lebens im Innersten.

»Sehen Sie ihn sich an …«, sagt Ronan und zeigt mit dem Finger auf den Turm mit seinen dreiunddreißig Metern Höhe.

»Alle zwanzig Sekunden blitzt er dreimal auf. Er hat unzählige Leben gerettet, viel mehr als Sie sich vorstellen können. Und er ist so wichtig, dass er der erste Leuchtturm im Küstengebiet von Finistère war, der automatisiert wurde. Wenn man den Männern zuhört, die dort gearbeitet haben, dann kann man sagen, dass es kein Vergnügen war ... Wissen Sie, wie die Leuchttürme von ihren Wächtern getauft wurden?«

»Nein! Woher sollte ich das wissen?«

»Die Leuchttürme im Meer wurden *Höllen* genannt, die auf den Inseln *Fegefeuer*. Und die auf dem Festland waren das *Paradies*. Wenn man weiß, dass sie den *Ar-Men*-Leuchtturm *die Hölle der Höllen* nannten, ist wohl alles gesagt. Bei stürmischer See lässt der Wellengang den kompletten Turm erzittern, und man tat gut daran, sich nicht vorzustellen, dass er von einer Woge fortgerissen werden konnte. Sie sehen ... Sie sind nicht die Einzige, die Leuchttürme nicht besonders ansprechend findet ... Aber nicht aus denselben Gründen!«

»Wie entsetzlich. Und wie lange blieben sie dort, die Armen, als Gefangene des Meeres?«

»Normalerweise so ungefähr vierzehn Tage, zumindest in den letzten Jahren. Aber einige mussten länger dort bleiben, weil das Wetter es nicht anders zuließ, das heißt, die Ablöse war unmöglich. Stellen Sie sich vor, manche mussten länger als hundert Tage am Stück dort ausharren! Und natürlich ohne Heizung, nur mit Öllampen und nur mit den Vorräten, die ihnen noch blieben. Also im Grunde mit so gut wie nichts.«

»Da konnte man ja nur wahnsinnig werden ...«

»Und man hatte natürlich nur ein Minimum an Komfort. Eine Küche, zwei Zimmer, kein Bad. Und das Lampenhaus ganz oben. Die Wärter verrichteten ihren Dienst in Zweiergruppen und teilten sich die Aufgaben, die Feuer zu entzünden und zu löschen, das Meer zu beobachten, das Nebelhorn zu betätigen, Alarm zu schlagen … Ich bin mir nicht sicher, ob Ihnen das besonders gefallen hätte.«

»Ich sehe, Sie kennen mich langsam!«

»Nur während des Zweiten Weltkriegs waren es mehr Leute. Die Deutschen hatten die Auslöschung aller französischen Leuchttürme befohlen. Aber auf *Ar Men* lebten drei deutsche Soldaten mit den beiden französischen Wärtern, damit diese die Feuer entzündeten, wenn die deutsche Marine in der Nähe der *Chaussée de Sein* vorbeifuhr. Es ist nicht damit zu spaßen, wenn man zweitausend Felsen auf einem Gebiet von sechzehn Meilen umschiffen muss. Aber, sehen Sie, die Wärter sind deswegen nicht wahnsinnig geworden. Die Elemente härteten die Charaktere ab, die dem Schicksal trotzten, dem Risiko, dem Unvorhergesehenen … aber auch dem beschwerlichen Leben, den Entbehrungen … allen möglichen Gefahren. Da ist man weit weg von den armseligen kleinen Unannehmlichkeiten, die das moderne Leben so mit sich bringt, und von denen, die beim geringsten Ärgernis gleich verkümmern. Keine Antidepressiva bei den Leuchtturmwächtern. Und trotzdem …!«

Emma fühlt sich getroffen. Obwohl sie ihm nichts erzählt hat, absolut gar nichts über sich. »Das sagen Sie meinetwegen.«

»Ja. Man kann sich dafür entscheiden, sich dem Leben zu stellen. Oder davor zu fliehen. Aber um sich ihm zu stellen, muss man sich selbst vertrauen.«

Sie versammelt Kieselsteine um sich, wie Krümel auf einer zu sauberen Tischdecke. Sich selbst vertrauen. »Wissen Sie eigentlich, wie das ist, wenn man einen Sohn hat, der jeden ruhigen Augenblick torpediert? Der Sie leben lässt, als könne jeden Moment eine Katastrophe geschehen? Der Sie verächtlich mustert und Sie übertrifft mit seinem scharfen, zerstörerischen Verstand? Sich selbst vertrauen … das sagt sich so leicht!« Ihr kommen die Tränen.

Großes Schweigen macht sich zwischen ihnen breit. »Tut mir leid. Das hätte ich nicht sagen sollen. Das sind Worte, die eigentlich nicht aus dem Munde einer Mutter kommen dürften, ich weiß. Aber mein Sohn ist ein Maserati, und ich weiß nicht, wie ich ihn fahren soll. Wir kommen beide sehr oft von der Fahrbahn ab. Wir haben blaue Flecken auf der Seele. Und wir gehen schon recht verbeult durchs Leben …«

Überrascht steht Ronan auf, macht drei Schritte auf dem Pfad, die Hände in den Taschen. Das hatte er nicht erwartet. Im Geiste hatte er sich alles andere ausgemalt, Liebeskummer, Jungmädchensorgen. Er schämt sich seines schlechten Urteilsvermögens.

Emma putzt sich die Nase, versucht, die Tränen zu unterdrücken, und blickt übers Meer hinaus in die Ferne. Das Meer und der *Ar-Men*-Leuchtturm, so selbstbewusst, dessen Unnachgiebigkeit die armen Kreaturen, die sich an ihm reiben, auf die Probe stellt. Eine Herausforderung für die Welt. Wie ihr Sohn.

»Entschuldigen Sie, Ronan. Ich habe eine Nachricht erhalten. Eine E-Mail. Ich bin ein weinig angespannt. Sie können nichts dafür, Sie sind sehr nett zu mir, und jetzt bekommen Sie alles ab. Das ist nicht fair.«

Ronan entschuldigt alles. Er will sie vor ihrem inneren Aufruhr bewahren; sich dem in den Weg stellen, was ihren so blauen, klaren Blick trübt. Dieses Grau vertreiben, von dem sie umgeben ist wie von einem dichten Nebel.

Diese gefährliche Schwermut hatte ihm schon einmal eine Frau geraubt. Eine Frau mit schwarzem Haar, die ihn mit zwölf Jahren verlassen hat und die auch viel zu blaue, klare Augen hatte.

Er begnügt sich damit, seine Jacke auszuziehen und sie um Emmas zitternde Schultern zu legen. »Sie erkälten sich noch. Hier windet es ziemlich. Kommen Sie, wir gehen zurück …«

* * *

Auf dem Kai nimmt Ronan seine Jacke wieder an sich und springt mit einem Satz an Bord der *Heol Sun* zurück. Doch er begibt sich nicht sofort ans Steuer, sondern überlässt es dem jungen Yann. Er bleibt noch an Deck und holt die Leinen ein.

»Bis morgen.«

Emma beobachtet das geschäftige Herumhantieren des Seemanns. Während ihres Spaziergangs zum Leuchtturm konnte sie ihn nicht betrachten, bloß diese beruhigende Präsenz eines schnörkellosen Mannes aus einem Guss spüren; eines Mannes, wie sie ihn überhaupt nicht gewöhnt ist. Die paar Meter zwischen dem Kai und der Reling verleihen ihm eine andere Dimension. Von Weitem wirkt er unruhig. Vielleicht sogar besorgt.

Die junge Frau gräbt in ihrer Tasche, sucht nach einer Zigarette, ändert jedoch ihre Meinung und holt nicht einmal die Packung hervor. »Sagen Sie …« Ihre Stimme wird übertönt vom Brummen des Motors. Das Schiff entfernt sich langsam von der Anlegestelle.

»Ja?« Ronan hat nicht gehört, was sie gesagt hat, hat aber anhand ihres Verhaltens gesehen, dass sie ein Anliegen hat.

Die Hände wie einen Trichter vor dem Mund ruft sie Ronan zu: »Sagen Sie ... in Audierne bekommt man das vielleicht ... Könnten Sie mir einen kleinen Kasten Aquarellfarben mitbringen und einen Block Zeichenpapier?«

Ronans Lächeln ist mindestens genauso strahlend wie das, das er bei Sonnenaufgang draußen auf dem Meer mit seiner *Folie douce* aufsetzt: wenn sich das dunkle Wasser in einen silbrig rosa See verwandelt, bevor es im nächsten Moment von einer Wolke aus goldenen Pailletten überzogen wird.

15.

»Ich bin Dirigent *und* Komponist. So.«

Louis-Camille setzt sich auf seinen Klavierhocker. Vor ihm die Blätter mit seinem neuesten Gekritzel, Früchte seines vorgestrigen nächtlichen Herumgeisterns. In der Nacht legte er sich sehr spät schlafen, so spät, dass es ihm den ganzen Tagesrhythmus durcheinanderbrachte. So sehr, dass er gegen drei Uhr nachmittags, als er das leise Husten hört, das ihm das Ankommen des Kindes vor seinem Fenster verkündet, gerade erst aus der Dusche kommt. »Das ist doch verrückt… am Ende bekomme ich noch einen Jetlag!«

»Was heißt *Jetleg*, Louis-Camille?«, erkundigt sich Camille höflich mit gespitztem Mund und ergötzt sich am Klang der Silben, die er von sich gibt. Am liebsten spricht der Junge den Vornamen des Musikers aus.

»Ein Jetlag?« Das weiß man doch! Das ist die Störung des biologischen Rhythmus durch den Zeitunterschied bei Flugreisen… auf Englisch.« Gekränkt senkt Camille den Kopf. Er hat kein englisches Wörterbuch. Louis-Camille bemerkt es nicht. »Als ich für meine Konzerte noch kreuz und quer durch die Welt flog, hab ich auf so was wie Jetlag noch gepfiffen. Eine Garnitur Kleidung, eine Zahnbürste, eine Kreditkarte… schon saß ich im Flieger! Für die Musik bin ich immer bereit.«

Diesmal fragt Camille nicht, was eine Garnitur Kleidung bedeutet. Da er das Gefühl hat, dass es eine andere Bedeutung hat als die allgemein übliche, will er es lieber heute Abend in Armelles Wörterbuch nachschlagen. Doch er zieht die Augenbrauen hoch. »Warum sagst du ›*saß* ich im Flieger‹ und ›*bin* ich immer bereit‹?«

Louis-Camille lächelt ihn liebevoll an. »Das stimmt, man mischt nicht Gegenwart und Imperfekt. Wenn du wüsstest, wie recht du hast … vor allem wenn die Gegenwart imperfekt ist …« Das Gesicht des Jungen verfinstert sich, es graut ihm davor, wenn man sich über ihn lustig macht. »Aber nein! Gegenwart ist Gegenwart. Und Imperfekt ist Imperfekt! Du redest Unsinn.«

Du redest Unsinn. Er zieht Camille zu sich auf den Hocker und zerzaust ihm die Haare. »Ja, du hast recht. Gegenwart ist Gegenwart, in der Tat. Auch wenn ich mir von Zeit zu Zeit die Vergangenheit zurückwünschte. Ich habe kein Orchester mehr dirigiert seit … seit vier Jahren.«

»Und ich würde dich gerne ein Orchester dirigieren sehen.«

»Das ist nett, kleiner Mann. Und es wird dich nicht überraschen: ich auch.«

»Ich bin kein kleiner Mann, ich bin Camille!«

»Ja, *Camille.*«

Camille betrachtet die Partituren im Regal. »Und das kannst du alles lesen?«

Louis-Camilles Gesicht verschließt sich plötzlich, er verspannt sich und antwortet nicht. Der Junge beobachtet ihn besorgt, fürchtet, etwas Unpassendes gesagt, den Musiker, ohne es zu wollen, gekränkt zu haben. Camille ist es so sehr gewöhnt, die Erwartungen anderer an ihn nicht zu erfüllen.

Doch Louis-Camille ist ganz woanders. Er ist in Wien, wo er an einem Winterabend, als dichte Nebelschwaden seit Tagen die Stadt einhüllen, seinen Taktstock niederlegt und das Dirigentenpult des Konzertsaals verlässt, getrost, zu getrost.

Sein letztes Konzert.

Seitdem liegt der Taktstock sinnlos im Regal und ist wieder zu einem einfachen unnützen Holzstock geworden, verschlossen in seinem Etui. In seinem Sarg.

Ja, er hatte sie alle dort sitzen lassen. Auch er hatte so fest er konnte gegen sein Mayonnaise-Schälchen getreten.

* * *

Hoch oben auf ihrer Trittleiter müht sich Armelle mit kräftigen Handgriffen, die Salzränder zu beseitigen, die die Gischt, die über den Kai hereinschwappt und ihre großen Glasfenster verschmutzt, hinterlassen hat. Von seinem Hocker am Tresen aus, wo er sich mit dem Ellenbogen aufstützt, beobachtet Camille die ganze Operation und leitet sie an: »Da, rechts, weiter oben, da ist noch ein Fleck! Los, schrubb fester!«

Sie liebt diese innigen Momente mit Camille, der ihr in allem, was sie macht, folgt und sich als Mann aufspielt, um ihr tausend Ratschläge zu erteilen, die auszuführen sie natürlich bemüht ist. »Und nun, Camille? Ist es dir sauber genug?«

Der Junge liebt es, ausnahmsweise den unbestrittenen Hausherrn zu spielen. Zumal es keine Konkurrenz gibt: Armelle hat keinen Mann um sich …

»Hast du keinen Ehemann, Armelle?«

»Aber nein, habe ich nicht.«

»Und warum? Hat dich keiner gewollt?«

»Ich stelle fest, dass du weißt, wie du mit Frauen reden musst, Camille. Du findest immer die richtigen, ausgesprochen charmanten Formulierungen! Nein, ich habe keinen Ehemann … Oder vielmehr habe ich keinen mehr. Sonst würde ich jetzt nicht hier auf dem Hocker stehen und mich beim Putzen der Fenster zum Hanswurst machen.«

»Und warum hast du keinen mehr? Ist er weggegangen?«

»Camille, du verschlimmerst deine Lage! Auch wenn ich nicht gerade die Sirene bin, von der jedermann träumt, bin ich trotzdem auch kein Ungeheuer! Gut, in Ordnung, ich habe ein paar Rundungen, aber manche mögen das ja … Und ich habe ein Gemüt aus Gold, das weiß jeder. Der Beweis: Mein Restaurant ist immer voll!«

»Gut, also …«, hakt er ungeduldig nach, »erklär mir, warum du keinen Mann mehr hast.«

»Ganz einfach. Er ist vor langer Zeit gestorben. Da war unsere fünfte Tochter gerade mal so alt wie du …«

»Oh!«

»Und auf der Insel gibt es so viele Männer auch wieder nicht … Wenn man einen hat, behält man ihn! Ich hätte vielleicht auf dem Festland wieder einen finden können … aber … dazu hatte ich keine Zeit. Und, ich glaube, auch nicht die Lust.«

Camille ist fasziniert von allem, was mit dem Tod und dem Jenseits zu tun hat. Die Witwe Armelle interessiert ihn noch mehr. »Und woran ist er gestorben, dein Mann?«

»Wie viele Leute hier auf der Insel, hat ihn das Meer geholt …«

Er versteht es nicht.

»Wie meinst du das? Das Meer holt doch nichts. Das Meer ist das Meer, das ist alles.«

»Das sagt man nur so, Camille. Er war Fischer, und eines Abends ist er nass bis auf die Knochen zurückgekommen. Das Meer war sehr garstig an diesem Tag, und der eisige Nordwind kannte kein Pardon. Mein armer Mann hat das Übel auf sich gezogen… Obwohl viele den Heiligen Corentinus um Hilfe angefleht haben in seiner kleinen Kapelle am Ende der Insel. Weißt du, wo die ist? In der Nähe des Leuchtturms *Goulenez*, so hübsch, ganz allein mitten auf dem Feld, umgeben von ihren Trockensteinmäuerchen… Und Corentinus ist ein guter Heiliger, er hilft uns oft. Mit dem Wind zum Beispiel. Willst du wissen, wie wir das machen? Also, angenommen man will, dass er nach Westen weht, dann muss man nur seinen Bischofsstab Richtung Westen drehen! Normalerweise hört er auf uns. Und das ist übrigens auch besser so… denn wenn er unsere Wünsche nicht erhört, dann drehen wir seine Statue mit dem Gesicht zur Wand, damit er weiß, dass wir überhaupt nicht zufrieden mit ihm sind! Aber gerade an diesem Tag hat er unsere Bitten nicht erhört… Der eisige Wind ist meinem Mann in die Knochen gefahren und hat allen möglichen Krankheiten die Tür geöffnet. Und er ist nie wieder aus dem Bett aufgestanden…«

Der Junge ist ehrlich bewegt. Das Übel auf sich ziehen… Er stellt sich eine Vielzahl von Bakterien aller Art vor, die zum Angriff übergehen und einen wehrlosen Körper heimsuchen. Er sieht einen gnadenlosen Kampf im Inneren dieses niedergestreckten Mannes; einen furchtbaren Kampf, der eines Tages seinen Atem endgültig ausgelöscht hat, so dass Armelle allein mit ihren fünf Töchtern, dem Restaurant und all ihren Gästen zurückblieb. Er ist böse auf den Heiligen Corentinus.

»Und was machst du, wenn dir etwas wirklich zu schwer ist?« Ich weiß auch nicht, zum Beispiel, wenn du für etwas Kraft brauchst, um etwas an einen anderen Platz zu stellen … wie den Kühlschrank.«

»Wie ich das mache? Ich frage Ronan. Er ist immer für mich da.«

* * *

»Ich weiß es jetzt.«

»Was ist denn das Tolles? Du wirkst ja heute so vergnügt, Camille …«

»Ich weiß jetzt, wie du wieder ein Orchester dirigieren kannst.«

»Ach ja?«

»Ganz einfach: Du legst eine CD ein und stellst dir vor, dass du vor einem Orchester stehst. Und ich schaue dir dabei zu. Und du bringst es mir bei.«

Eine Anwandlung von Zärtlichkeit erfüllt Louis-Camilles Herz. »Aber, mein Junge … Aber Camille, so funktioniert das nicht … ganz und gar nicht! Wenn man dirigiert, hat man Musiker vor sich. Menschen, echte, die ein Instrument spielen. Menschliche Wesen wie du und ich. Der Dirigent … seine Rolle besteht darin, sie anzuleiten, nicht bloß den Takt vorzugeben oder zur Musik herumzutanzen!«

Camille zieht ein langes Gesicht, seine Idee hat dem Musiker nicht gefallen. Griesgrämig und lustlos lauscht er den Erklärungen, die ihm gegeben werden: »Er muss die Noten nachahmen, damit all die Strömungen der Musik … zu einem Fluss werden. Einem einzigen und schönen Fluss, der die Klänge aller Instrumente zusammenbringt.«

Plötzlich ist die schlechte Laune des Jungen verflogen. All die Bilder des Musikers sprechen zu ihm wie Armelles Bücher. Er hebt den Kopf, so dass er Louis-Camilles leuchtenden Blick kreuzt, und lässt ihn nicht mehr aus den Augen.

»Und dafür muss der Dirigent die Musik vorwegnehmen. Weißt du, was ich meine?«

Camille antwortet nicht, denn er will nicht noch einmal dumm erscheinen, und wartet die Aufklärung ab. »Mit seinem Taktstock, aber auch mit den Augen, den Händen, seinem Gesichtsausdruck. Das ist wie … ach, jetzt weiß ich's: Wie wenn du beschließt, etwas zu tun. Zum Beispiel vom Stuhl aufzustehen … und dein Gehirn erteilt den Befehl an den Körper einen Bruchteil einer Sekunde, bevor du dich erhebst. Mit dem Dirigenten ist es ebenso. Er ist der Musik den Bruchteil einer Sekunde voraus, damit die Instrumente eines nach dem anderen – oder alle zusammen – zu spielen anfangen, und das hängt natürlich von den Anweisungen des Komponisten ab, die auf der Partitur vermerkt sind. Schau …«

Louis-Camille holt eine der Partituren aus dem Regal und schlägt wahllos eine Seite auf. »Hier steht alles. Wenn man dirigiert, muss man jedes einzelne Instrument im Kopf haben. Aber das reicht nicht. Es braucht darüber hinaus dieses …«, der Musiker zögert, sucht die richtigen Worte, um sich ihm verständlich zu machen, »… dieses gewisse Unerklärliche, das sich nicht beschreiben lässt. Die großen Dirigenten haben alle diese Art …« Er hält erneut inne. Wie schwer es ist, Worte zu finden, die einem Kind zugänglich sind! Als es ihm nicht gelingt, fährt er für sich fort: »… fast übernatürliche Autorität, außergewöhnlich, die alle Quellen zusammenführt … und die die Musiker dazu motiviert, das Beste aus sich herauszuholen.« Er redet mit den Händen, mitgerissen von seinem Strudel an Worten. Er steht vor dem Orchester. Dirigiert es.

Alles im Kopf zu haben, ist kein Problem für Camille. Das, was sich nicht erklären lässt, ist das Übernatürliche, das Wundersame, das ihn entzückt die Augen aufreißen lässt. »Aber … dann ist ein Dirigent ja ein … Zauberer?«

Der Musiker lächelt amüsiert. »Das sagt man manchmal! Aber ich denke, dass vielmehr die Musik selbst, die Zauberin ist. Sie ist die wahre Magierin. Sie, die uns Musiker zu dem macht, was wir sind, einfache Sterbliche, die ihr glücklich und demutsvoll zu Diensten sein dürfen …«

Camille schweigt und denkt lange nach. »Louis-Camille, ich will auch Dirigent werden. Bring es mir bei.«

»Ich kann es dir nicht beibringen. Ein Orchester zu dirigieren lässt sich nicht erlernen, das muss man spüren. Ich habe es nie gelernt.«

»Du redest Unsinn …«

Camille rennt schrecklich enttäuscht die Treppe hinunter, der Blick tränenverschleiert.

* * *

Das Kind hat seine Neugier verloren. Es möchte nicht mehr essen, es interessiert sich nicht mehr für die Muschelschalen, und die Venusmuscheln haben keinen aufmerksamen Beschützer mehr, der über ihre gute Reproduktion wacht. Er verschmäht sogar Armelles Crêpes, das Wörterbuch und verbringt mehr und mehr Zeit damit, still und düster aufs Meer hinauszustarren.

Nur Ment interessiert ihn noch und entlockt ihm ein paar Seufzer. »Du hast wirklich Glück, dass du eine Silbermöwe bist. Du musst das, was du tun willst, nicht erst lernen, du kannst es schon von Geburt an. Du kannst so lange herumfliegen, wie du willst. Über dem Meer herumschweben. Fische fangen … Aber ich, immer wenn ich etwas tun will, werde ich daran gehindert. Oder man lügt mich an. Sogar Louis-Camille hat mich angelogen. Weil er mir nichts beibringen will. Er will der einzige Zauberer sein.«

Mit seinen starren Augen hält Ment Camilles traurigem Blick stand. Er breitet seine Flügel halb aus, macht sich für den Abflug bereit, faltet sie dann aber genauso schnell wieder zusammen. Der Vogel trippelt langsam über die Steinmauer und nähert sich dem Jungen in der roten Jacke.

»Louis-Camille mag mich auch nicht …«

* * *

»Komm, Camille … komm rauf!«

»Nein.«

»Aber warum denn nicht? Du hast mich schon seit Tagen nicht mehr besucht.«

»Keine Lust.«

»O.k. Dann bleib eben da. Und hör zu …«

Louis-Camille setzt sich ans Klavier und spielt. Er spielt diesen Akkord, der ihn letzte Nacht überwältigt und sich in unzählige Themen entfaltet hat, seltsame Voluten, die man noch nie irgendwo gehört hat. Nach all den Stunden, die er woanders verbracht hat, in sich selbst versunken, die Musik verfolgend, die ihm ständig voraus war – genau das Gegenteil, wie wenn er ein Orchester dirigierte –, ist er erschöpft, ausgepowert, aber erfüllt von einem unbeschreiblichen Glücksgefühl.

Seine Hände zittern vor Müdigkeit, aber seine Finger auf dem Klavier sind so sicher wie sie nur können, zumindest diejenigen, die nichts von ihrer Gelenkigkeit eingebüßt haben. Die Musik fließt mit der Kraft eines Sturzbaches auf die Straße hinaus. Camille ist im Innersten ergriffen. Sein kleiner Körper biegt sich, als die Musik ihn erfasst, und er vergräbt sein Gesicht in den Händen, als wolle er sich vor einem heftigen Hagelschauer schützen.

Als wieder Stille eingekehrt ist, erscheint das gerötete Gesicht des Musikers am Fenster. »Das ist für dich, Camille … für dich habe ich diese Musik geschrieben.«

Camille richtet sich wieder auf, stolz, das Kinn leicht vorgestreckt und ruft dem Musiker zu: »Das stimmt nicht! Ich glaube dir nicht!«

Und er rennt davon, zum Weg in Richtung Meer.

Zu Ment, seinem einzigen Freund.

16.

Nichts ließ auf einen solch plötzlichen Sturm schließen.

Gewiss, der fünfzehnte August rückte näher, und mit diesem Datum setzte wie jedes Jahr die Verschlechterung der meteorologischen Bedingungen ein. Der Wetterbericht hatte im Übrigen Warnungen an die Seeleute verbreitet: Ankündigung eines Kälteeinbruchs, Windstärke sieben auf der Beaufort-Skala. Bei Böen der Stufe acht oder neun fährt man nicht mehr zum Fischen hinaus oder schifft die Küsten entlang. Und die Cafés sind nicht mehr nur überfüllt von Sonntagskapitänen. Doch für einen Urlauber, der sich wenig um Marinevorhersagen kümmert, erschien alles auf der Insel wie gewöhnlich. Das heißt für Emma wie ein Wetter, auf das man sich nie verlassen kann und das seine Stimmung wechselte wie manche Leute ihre Hemden.

Den Vormittag über war es jedoch eher ruhig gewesen. Aber rückblickend war es diese viel zu stille, hinterlistig starre Ruhe gewesen. Selbst Emma war von der unglaublichen Fernsicht überrascht gewesen, die es nicht nur erlaubte die Festlandküste und Audierne zu erkennen, sondern sogar die beiden Leuchttürme *La Vieille* und *Tourelle de la Plate*, als wären sie zum Greifen nah.

Das Zentrum des Tiefs. Wenn sie diesen meteorologischen

Begriff gekannt hätte, hätte sie ihn sich sicher zu eigen gemacht.

Wie jeden Morgen hatten Camille und seine Mutter Armelles Restaurant belagert. Emma hatte sich auf die Lokalpresse gestürzt. Und der seit Tagen schweigsame Camille war nach einem kurzen Abstecher in die Küche, wo er die laufenden Vorbereitungen inspizierte, auf den Kai hinausgegangen. »Ich drehe eine Runde …«

Der Himmel draußen hatte sich verfinstert, und die schwarze Brandung nahm deutlich zu. Als vorgezogener Wachposten ist die Insel die Erste, die den Ansturm des Nordwestwinds vom offenen Meer aus abbekommt. Es war noch hell, doch ein anhaltendes Brausen war hörbar, und der Himmel verwandelte sich nach und nach in Blei. Unter den dichten Wolken, die, begleitet von starkem Seegang, auf die Insel zuliefen, näherte sich mit hohem Tempo ein Vorhang aus starkem Regen. Die aufmerksamen Inselbewohnerinnen holten eilig ihre Wäsche ein, die in den Höfen zum Trocknen hing.

Gegen dreizehn Uhr war die Sonne vollkommen verschwunden gewesen. Es war plötzlich sehr dunkel geworden, und Emmas Augen hatten angefangen, besorgt den Strand abzusuchen, den Kai und die Umgebung. Ronan hatte sich beeilt, die Leinen der *Heol Sun* zu verstärken, und Armelle, die Markise ihrer Terrasse einzuholen.

Um vierzehn Uhr rannten Emma und Armelle mit Angst im Bauch kreuz und quer durchs Dorf, die Kapuzen ihrer Regenjacken tief ins Gesicht gezogen, was den Niederschlag jedoch nicht daran hinderte, ihre Sicht zu trüben. Die Wellenkämme setzten zum Sturm auf die Deiche an, strömten dann in gierigen Schlucken zurück und saugten dabei den vom Wind verstreuten, trockenen Tang ein. Es war klar: Das Meer war nicht mehr zum Spielen aufgelegt und zeigte sich aufgebracht vor Wut.

Und um sechzehn Uhr, nachdem sie das Kind mithilfe einiger Freiwilliger von der Insel überall gesucht und die Nachbarn befragt hatten, rief Emma in panischer Angst Ronan auf dem Handy an.

»Camille ist verschwunden!«

* * *

Emma klammert sich buchstäblich an Ronans Jacke. Ihre verkrampften Finger krallen sich in den weichen Stoff wie die Klauen eines Adlers. »Finden Sie ihn. Bitte! Ich bitte Sie!«

In der Steuerkabine des orange-grünen unsinkbaren Rettungsboots *Ville de Paris* der *SNSM* beißt Ronan die Zähne zusammen. Als früheres festes Besatzungsmitglied des Rettungsbootes der Insel und jetziger Freiwilliger kennt Ronan die Mannschaft, das Boot, das Rettungsprozedere und Wetterverhältnisse wie diese genau. Doch so ein Wetter ist er eigentlich nur im Winter gewohnt. Und im Winter richtet sich die Insel in ihrer Abschottung ein und hat alles in Sicherheit gebracht, was beschädigt werden könnte. Oder verschwinden. Diejenigen, die auf der Insel bleiben, fordern das Meer nicht heraus. »Es wird Schäden geben …«, prophezeit Ronan neben dem Piloten, der versucht, sich einen Weg durch den heftigen, wogenden Seegang zu bahnen.

Behutsam gelingt es Ronan, Emmas Umklammerung etwas zu lösen, die nur ausnahmsweise auf dem Boot zugelassen wurde, oder wenigstens ihre Hand auf seinem Arm zu lockern. Aber er versucht nicht, dem Druck ihres Körpers auf seiner Schulter auszuweichen, dessen Anspannung er bei jedem kräftigen Schwanken des Bootes durch seinen Regenmantel hindurch spürt.

Der Scheibenwischer, lächerliches Instrument, das den Wassermassen, die wütend auf sie zurollen, die Stirn bietet, arbeitet so gut er kann. Das Boot pflügt durch die Wellen, und Ronans Augen tasten das Meer ab. Nichts. Hinter ihnen suchen zwei Matrosen, gewappnet mit starken Feldstechern, den Horizont sowie die Erhebungen und Niederungen der Wellen ab. Nichts.

Bevor sie vom Hafen aus auf diese außergewöhnliche Tour inmitten all des schwankenden Tosens aufgebrochen sind, hat Ronan noch die Suchaktion an Land organisiert, die Insel in Suchgebiete unterteilt und jedes einer Gruppe von Männern anvertraut. Die Handys klingeln, kurze effiziente Besprechungen, enttäuschende Berichte, neue Schlachtpläne, dann wird die Suche verstärkt fortgesetzt. Das Hauptquartier befindet sich, wie immer, wenn sich ein Drama abspielt, im *Chez Armelle*. Schweigend und großzügig verteilt Armelle Kaffee und Bier. Das Lokal ist voll. Inselbewohner und Neugierige erkundigen sich nach dem neuesten Stand der Dinge.

Man hat sogar den Prinzen in seiner Wohnung gestört. Die Nachbarn hatten den Kleinen unlängst zu ihm gehen sehen. Daraufhin schloss sich Louis-Camille ihnen sofort an. Versteckt in der hintersten Ecke des Cafés, erschüttert, verschlossen wie eine Auster, könnte man meinen, er bete, er beschwöre die Elemente, sie mögen sich gnädig gegenüber einem zukünftigen Künstler erweisen. Und dann hat er plötzlich eine Idee: »Ich erinnere mich, Camille vor ein paar Wochen im

Kahn eines Fischers gesehen zu haben. Er hatte die Vertäuung gelöst und war bis zum Hafenausgang abgetrieben …«

Sofort verbreitet sich die Nachricht wie ein Lauffeuer. Im prasselnden Regen rennt man hinunter zum Hafen, man hält nach den Kähnen Ausschau, zählt sie ab.

Das rote Boot von Vater Kolaig ist nicht mehr da.

* * *

Der Nachmittag geht seinem Ende entgegen und noch immer nichts.

Emma ist in der Steuerkabine des Rettungsschiffs zur Marmorstatue erstarrt. Kreidebleich zusammengesunken auf einer Ecke der Sitzbank reagiert sie nicht mehr, spricht nicht mehr, die Augen fest auf den Horizont gerichtet. Die Sätze des Bootes auf den Wellen, heftige Schlenker, die sie wie ein lebloses Bündel durchschütteln, bemerkt sie gar nicht mehr.

Ronan, der schweigend neben ihr steht und das wütende Meer überwacht, wirft einen kurzen Blick auf seine Uhr und rechnet nach. Bald achtzehn Uhr. Um achtzehn Uhr dreißig wird die Flut zurückkehren, die Strömungen im *Raz de Sein* sich umkehren und die Wassermassen mit sich reißen, mit allem, was sie mit sich führen in dieser tödlichen Passage. Bei Flut, Nordwestwind gegen die Strömung und Böen der Windstärke acht würde das Meer schreckliche Wellentäler von mehreren Metern Tiefe bilden. Anschließend würde es schnell Nacht werden, und dann müsste man die Suche bis zum nächsten Morgen unterbrechen.

Und am nächsten Morgen müsste man die Suche in der Bucht der Verstorbenen wieder aufnehmen … Der Ausgang des Dramas erscheint ihm bereits so verhängnisvoll, dass er sich schon innerlich dafür wappnet, Emma zu stützen. Was soll er ihr bloß sagen? Diese Frau ist so zerbrechlich. Ronan fühlt sich plötzlich ohnmächtig. Er könnte Hilfe gebrauchen, Rat. Er erinnert sich an Emmas Ohnmachtsanfall, für den er sich verantwortlich fühlt. Vielleicht sollte er den Inselarzt anrufen.

Doch mit dem Handy kommt er nicht durch. Kein Netz. Keine Neuigkeiten von der Insel. Und der Tag oder das, was noch von ihm übrig ist, schwindet viel zu schnell dahin.

Schließlich hat er doch Empfang. Und ein Satz wird auf seinem Handy angezeigt, eine unwahrscheinliche Nachricht der Hoffnung: *Jemand glaubt, das Boot von Kolaig vor der nördlichen Küste gesehen zu haben, bei der* Pointe *am Ende der Halbinsel Kélaourou. Armelle*

Wer?, schreibt Ronan an Armelle zurück.

Der junge Yann, dein Gehilfe.

Ronan versucht, ihn anzurufen, aber es ist kein Durchkommen. Entgegen seiner Art regt er sich auf und schleudert sein Telefon wutentbrannt auf das Armaturenbrett, verärgert über seine Machtlosigkeit angesichts der Ereignisse.

Eine Welle, höher als die anderen, brandet gegen die Scheibe und verdeckt die Sicht einen Moment lang komplett. Die Männer tauschen hastig ein paar kurze Worte aus, das Schiff macht kehrt und nimmt Kurs auf den Hafen. Wenn es wahr ist, was sie sagen, ist von diesem Boot aus nichts mehr zu erwarten, da es unmöglich ist, vor Kélaourou anzulegen. Und wenn Yann recht hat, dann sollte er so schnell wie möglich zu den anderen stoßen, die schon am Ende des Deichs bei *Les Sables-Blancs* vor der Meerenge waren. Diese felsige

Engstelle, die man bei Ebbe zu Fuß überwinden kann, entpuppt sich bei Flut und bewegter See als teuflisch. Heftige Wellen überfluten die Passage.

Und wenn man noch etwas ausrichten will, dann vor dem Beginn der Flut. In einer halben Stunde …

* * *

Kaum vertäut, vertraut Ronan Emma dem Piloten und seinen zwei Besatzungsmitgliedern an und rennt voller Angst über den Kai zur *Porzh-Kaig*-Düne, über den Weg bis ans Ende der Insel zur Meerenge.

Unten am Strand empfängt ihn eine aufgekratzte Menschenansammlung. »Die Männer sind an der Küste, los schnell, Ronan!«

Ja, dort ist das rote Boot von Kolaig. Das ist es wirklich. Diesen altmodischen Holzkahn mit farbiger Kimm würde er unter Tausenden wiedererkennen. Wie durch ein Wunder wird er von einem Felsen zurückgehalten, immer wieder von der sprudelnden Gischt bespritzt, die ihn schonungslos umspült, und ist am Ufer ein paar Meter über dem Wasser auf Grund gelaufen. Mit leichter Schlagseite hält er wackelig sein Gleichgewicht, und man erkennt bloß sein Heck.

Doch Ronan hegt wie viele andere noch das Fünkchen Hoffnung, dass der Kleine sich im Kahn befindet, zusammengekauert unterm Vorderdeck und deshalb von der Küste aus nicht sichtbar.

Der Seemann denkt rasch nach. Aller Wahrscheinlichkeit nach muss der Kahn bei Ebbe vor zwei oder drei Stunden auf Grund gelaufen sein. Wenn er sich losmacht oder nichts unternommen wird, bevor die Flut ihn erreicht, wird er mit vollem Tempo auf den *Chat*-Leuchtturm zutreiben und dann sehr schnell vom *Raz de Seine* verschlungen werden. Also gilt es, keine Minute zu verlieren. Sie haben allenfalls eine knappe Stunde und müssen alles auf eine Karte setzen, bevor es zu spät wäre.

Ronan übernimmt das Kommando an Land. Er ruft das Regionale Rettungseinsatzzentrum *Cross* und bittet um Hubschrauberunterstützung durch die *SNSM*.

Die Wartezeit kommt ihm schrecklich lang vor, und alle Augen versuchen, am wolkenverhangenen Himmel einen gelbroten Punkt auszumachen, den Vorboten einer zunehmend schwächer werdenden Hoffnung. Wie eine zarte Libelle taucht er schließlich auf und kreist über der Insel, wobei ihm die Sturmböen schwer zusetzen. Der Wind ist bereits so stark und pfeift so sehr, dass man die Propellergeräusche gar nicht hört. Ronan weiß, dass man das Vorhaben aufgeben muss, wenn er noch stärker wird.

Vor ihm die Meerenge. Die Wellen machen eine Überfahrt bereits unmöglich, sie kreuzen sich schroff, steil und brechen wütend, wie um ihre Beute zu verteidigen, zum infernalischen Grollen der hin und her walzenden Kieselsteine.

Die wackelige Nussschale bewegt sich gefährlich, sie kippt abwechselnd nach rechts und links, was Schreie bei denjenigen auslöst, die mit hängenden Armen ohnmächtig am Ufer stehen und auf ein Wunder warten. Andere dagegen handeln hektisch und versuchen, dem Helikopter, der jetzt über dem Kahn kreist, durch nicht zu entziffernde Signale den Weg zu weisen. Doch im Moment kann sich kein Mensch dort hinunterlassen, die Böen sind zu stark. Während man auf mögliche Beruhigung wartet, bleibt bloß der Versuch, das Boot mit einem schweren Haken an einem Tau zu sichern, der im Wind hin und her schaukelt. Doch vergeblich, zumal jetzt noch der Regen dazukommt, der nun heftig und dicht zurückkommt und die Sicht stark einschränkt. Das Unterfangen scheint zunehmend zum Scheitern verurteilt.

Währenddessen bekommt der Kahn noch etwas mehr Schlagseite und wird immer stärker von der Flut bedroht, die unweigerlich ansteigt.

Viele sehen bereits all ihre Illusionen einer Rettung zunichtegemacht. Doch Ronan gibt nicht auf. Der Kleine *ist* unter dem Vorderdeck. Er *muss* um jeden Preis gerettet werden. Ist es Wunschdenken? Seine Hoffnung, dass das Meer ihn erhört? Eine von der Realität verzerrte Vision? Ronan glaubt für einen Moment, dass er das Meer zurückweichen sieht. Dass es ihm einen Weg bahnt. Ihn ruft.

Sekundenschnell ist er ausgezogen und stürmt ins Wasser. Seine Muskeln sehen so aus, als könnten sie der Gegenströmung trotzen. Er dringt in die Meerenge vor, schiebt sich durch die Steine. Er kämpft mit aller Kraft, mit Leib und Seele. Ronan taucht ins Zentrum der Wellen, erreicht so schnell er kann das tiefere Wasser, meidet die scharfen Klippen, die er in- und auswendig kennt, weil er dort so oft gefischt hatte mit seinen Freunden bei ruhiger See. Tauchend kommt er voran, zieht sich am Grund weiter und kommt nur so selten wie möglich zum Luftholen hoch. Alle Augen sind wie gebannt auf die düsteren Wassermassen gerichtet. Sie lauern auf jedes Auftauchen von Ronan und halten wie er bei jedem seiner Tauchgänge die Luft an wie ein stiller, vollkommen gleichstimmiger Chor.

Als er schließlich wieder vor der Küste auftaucht und sich

mit Kraft am Fuße des Kahns hochzieht, denkt Ronan nicht mehr. Er ist der Felsen, er ist das Meer, er ist der Kahn.

Und er ist auch dieses kleine, zusammengerollte Wesen in seiner roten Jacke, das leblos am Boden der Barke kauert und das er behutsam birgt und an sich zieht.

* * *

Louis-Camille betrachtet die beiden Körper, Ronan tropfnass und Camille bewusstlos in seinen Armen, die sich im Kreis drehend aufsteigen am Ende des Seils, das sie hoch in den Helikopter zieht. Der Himmel ist so schwarz wie mitten in der Nacht. Das Heulen des Windes, das Getöse der Wellen und die vom Hubschraubercockpit aus auf sie gerichtete Taschenlampe, die mit fahlem Licht das übrig gebliebene Leben beleuchtet, sind Bilder wie aus einem Albtraum.

In seinem Kopf spielt sich ein Requiem ab.

17.

Eine relative Ruhe hat am Abend an der Spitze der Bretagne Einzug gehalten … zumindest reichte es, dass Emma in ein Boot-Taxi springen konnte, um zu Ronan ins Universitätskrankenhaus *Cavale-Blanche* nach Brest zu fahren, wohin Camille verlegt worden war.

Von allem, was der Arzt ihr sagte, war die einzige Sache, die sie behalten konnte: »Wir müssen die Vitalfunktionen aufrechterhalten.«

Nachdem dieser Satz erst einmal in einem kalten Flur ausgesprochen wurde, ist er für sie in ihrer Kommunikation mit der Welt zu der einzig verständlichen Sache geworden. Alle anderen Worte perlen an ihr ab und rutschen in die Gleichgültigkeit. *Wir müssen die Vitalfunktionen aufrechterhalten.* Doch selbst diese Worte verlieren am Ende, dadurch dass sie ungewollt von ihren Gedanken immer wiedergekäut werden, ihre Konsistenz und werden zu einer Art unverständlichem Refrain, der sie in den Wahnsinn treibt. Genau wie diese Kinderlieder, die einem nicht mehr aus dem Kopf gehen, die sich unendlich oft aneinanderreihen unter dem Druck einer Emotion, eines Ereignisses. Unerträglich, aber auch unmöglich zu verscheuchen wie eine Art teuflisches Mühlwerk, selbstständig, abgekoppelt vom System als Ganzen.

Zusammengerollt auf Ronans Sofa, wie ihr Sohn in dem Kahn, ist Emma gar nicht anwesend. Und Ronan bemüht sich vergeblich, alles, was in seiner Macht steht, zu tun, um sie aus ihrer Erstarrung zu lösen – ungeachtet seiner Müdigkeit, ungeachtet der Schmerzen, die sich langsam heftig in seinem geschundenen Körper bemerkbar machen. Nichts hilft. Das Tablett vor ihr, eine bescheidene Mahlzeit aus dem, was er in seinem Kühlschrank finden konnte, hat sie nicht angerührt, nicht einmal das Glas Wasser. Schon gar nicht das Glas Wasser.

Ihr gegenüber weiß auch Ronan nicht mehr, was er mit sich anfangen soll. Er steht auf, durchmisst sein Wohnzimmer, bleibt vor dem Fenster stehen und blickt hinaus aufs Meer. Dieses Meer, dem er seine Liebe nicht entziehen kann. Dabei ist für ihn jede Welle das Grab seiner Mutter. Seiner Mutter, die sie verlassen hat, um sich in seinen Tiefen zu verlieren.

Es ist so schön heute, verführerisch und unverschämt friedlich nach so viel Unruhe – blassgrün, fast phosphoreszierend, seine Lieblingsfarbe, wenn die Wolken und der Himmel sich um das Licht streiten. Schön und schon verziehen.

Der Seemann seufzt und setzt sich schließlich wieder hin, unbeholfen an seinen Sessel genagelt, unfähig, irgendetwas zu unternehmen. Emmas Anwesenheit, selbst mit geschlossenen Augen unerreichbar abwesend, lähmt ihn. Und dieser eisige, verzögerte Moment zerrt an seinen ohnmächtigen Nerven, macht seine Fäuste nervös, die sich unnützerweise ballen und das Warten zerquetschen, auf das er keinerlei Einfluss hat.

Er weiß, was ihn befreien wird von dieser unerträglichen

Last: dass auf die eine oder andere Weise wieder Leben in diesen reglosen Körper zurückkehrt. Aber dafür muss endlich das Telefon klingeln, und ein Anruf der Klinik muss Neuigkeiten über den Kleinen bringen. Erlösung oder Zusammenbruch. Hoffnung oder Albtraum.

Bis dahin schlägt Ronan die Zeit tot, sieht sich um, beobachtet die Details, als hätte er dieses Zimmer noch nie gesehen. Oder, genau genommen, betrachtet er es mit Emmas Augen, die es, wenn sie wach wäre, sicher hässlich fände, unpersönlich, schlecht eingerichtet … Und es stimmt, diese Wohnung hat nichts Einladendes, stellt er fest und bemerkt gleichzeitig seine Gleichgültigkeit dieser Tatsache gegenüber. Was spielt das auch schon für eine Rolle. Für Ronan ist dieser Ort bloß ein Zweitwohnsitz, praktisch, der Platz, an dem er schläft, nachdem er die *Heol Sun* in Sainte-Evette vertäut hat; ein Ort, an dem er sich ins Internet flüchtet und wo er schreibt, stundenlang bis spät in die Nacht, bevor er morgens wieder seinen Dienst antritt.

Sein Elternhaus auf *Sein* bewohnt er seit dem Tod seines Vaters nicht mehr. Dort ist alles wie gehabt, und er schaut tagsüber oft dort vorbei, öffnet die Fensterläden, macht ein Mittagsschläfchen oder betrachtet bloß den Tanz der Staubkörnchen in der Sonne, während er auf die nächste Abfahrt aufs Festland wartet. Im Frühling und im Herbst hilft Armelle ihm beim Hausputz, und so geht das nun schon seit Jahren. »Und warum richtest du es nicht ein bisschen her, das Haus? Du hättest doch tagsüber die Zeit … Und dann könntest du es vermieten, im Sommer, das würde dir ein hübsches kleines Einkommen bescheren …« Doch für Ronan wäre, etwas an dem Haus zu ändern, wie wenn er seine eigenen Wurzeln ausreißen und seine Erinnerungen zertrampeln würde. Das bringt er nicht übers Herz, und er ist auch nicht wirklich darauf angewiesen.

Sein wahres Zuhause ist sein Boot. Die *Folie Douce*, die er herausputzt und in einwandfreiem Zustand hält. Dort verbringt er so viel Zeit wie möglich, mit Seebarsch- oder Heringskönigfischen, Spazierenfahren oder Schmökern. Mit Träumen.

Langsam schwindet das Tageslicht und taucht Ronans Wohnzimmer in ein Halbdunkel, das er nicht zu vertreiben versucht. Ebenso gut kann er die Nacht hereinlassen, sie dem Schlaf überlassen … Emmas Silhouette versinkt im Schatten, und ihre blonden Strähnen, einzig noch sichtbarer Lichtfleck, breiten sich oben auf der braunen Sofalehne aus, ihr Hals in einer anmutigen Haltung verbogen. Eingelullt von diesem ungewohnten Anblick von Weichheit, wird auch Ronans Kopf langsam schwer und sinkt weg.

Jäh wird er aus dem Schlaf gerissen. Genauso plötzlich wie sich der Regen auf die Barke des Kleinen ergossen hatte, dringt ein langer Schrei, kraftvoll und animalisch, aus Emmas Mund. Ein Echo des Windes, der sie den ganzen Tag lang mit Angst vollgepumpt hat, und des grausamen Meeres, das sie vehement hin und her geschüttelt hatte, die Flut ihrer Verzweiflung erfüllt den Raum.

Ohne nachzudenken, von seinem Instinkt getrieben, stürzt Ronan zu ihr, nimmt sie auf die Arme und trägt sie unter die Dusche, wo er sie angezogen mit kaltem Wasser bespritzt. Unter dem Regen, der sie überströmt, bricht sie zusammen und weint. Ihr Körper wird von Krämpfen geschüttelt, die sie von einer ungeheuren Last befreien, einer alten, tiefen Last, die sie erstickt.

Ronan stützt sie schweigend mit fester Hand und schließt aus Taktgefühl die Augen.

Und als sie sich langsam beruhigt und er sie an sich zieht, um ihr beim Heraussteigen zu helfen, kommt er nicht umhin, an die paar Sekunden zu denken, als er mit dem nassen, kalten Camille in seinen Armen nach oben gezogen wurde.

* * *

Mit lediglich einer Unterkühlung, einer leichten Gehirnerschütterung und einer oberflächlichen Wunde an der rechten Schulter hat Camille noch einmal Glück gehabt. Unerhörtes Glück sogar, unerhört und unverschämt. Wie er.

Die Intensivstation rief im Morgengrauen an und ließ Emma, in Männerhose und an den Handgelenken hochgekrempeltem Pulli unter ihrer Decke dämmernd, hochschrecken.

Der Junge müsse noch bis zum Abend beobachtet werden und könne im Prinzip morgen entlassen werden. »Alles wird gut, machen Sie sich keine Sorgen, bloß eine Vorsichtsmaßnahme«, versichert ihr die Stimme. Die Mutter könne einen Krankenwagen in Anspruch nehmen, der sie und ihren Sohn zurück nach Paris bringen würde. Es sei keine besondere Behandlung mehr vorgesehen, abgesehen davon, sein Verhalten wachsam zu beobachten und eventuelle anormale Symptome dem Arzt mitzuteilen. Eine kleine Naht an der Schulter, die in ungefähr zehn Tagen gezogen werden müsse. Eine abschließende Nachuntersuchung in einem Monat.

Emmas Erleichterung ist so groß, dass sie sofort wieder

einschläft. Sie schläft so tief und gut, dass sie das Vibrieren ihres Handys gar nicht hört, das ihr eine neue Nachricht ankündigt.

Erst spät am Abend entdeckt sie das Ultimatum: *Was machst du seit gestern Abend in Audierne? Kehr sofort nach* Sein *zurück, du weißt, was dir sonst bleibt …*

Eine SMS, die sie nicht tangiert und auf die sie nicht zu antworten beschließt, denn diesmal fühlt sie sich stärker als die Drohung und über jeden Vorwurf erhaben.

Das Einzige, was sie will, ist, ihren Sohn sehen.

* * *

Überglücklich hängt Camille am Hals seiner endlich wiedergefundenen Mutter. »Maman! Ich bin der Stärkste! Man hat mir zum Nähen eine Maske aufgesetzt, und ich habe nicht mal geweint. Weißt du, in so einem Operationssaal gibt es ganz viele Sachen, und die Leute haben grüne Pyjamas an und Hausschuhe aus Papier, sogar die Ärzte. Das ist lustig. Sie haben mir gesagt, das ist, damit die Bakterien nicht an ihren Füßen hängen bleiben und überall herumgetragen werden, weil so eine Operation ist etwas ganz, ganz Heikles. Und ich weiß, dass Bakterien gefährlich sind, weil die haben auch den Mann von Armelle umgebracht. Und ich hab jetzt eine große Narbe, mit acht Stichen genäht. Die Krankenschwester hat mir gesagt, sie hätte noch nie ein so tapferes Kind wie mich gesehen …« Er hört gar nicht mehr auf, erzählt und erzählt, mit großen Augen angesichts dessen, was er alles erlebt hat.

Emma lächelt ihn unter Tränen an, kann nur immer wieder überwältigt wiederholen: »Ja, du bist der Stärkste, Camille.

Der Stärkste und der Wunderbarste von allen kleinen Jungs. Ich kann mich glücklich schätzen …«

Auch sie ist Überlebende eines großen Schiffbruchs.

* * *

Die Cafeteria des Krankenhauses, wo sie darauf warten, Camille mitnehmen zu können, ist menschenleer und trostlos. Sie hat gerade eine zweite Nachricht bekommen: *Noch einmal: Kehr auf die Insel zurück. Letzte Warnung.*

Doch Emmas Telefon liegt irgendwo ganz unten in ihrer Tasche, mit leerem Akku.

»Ronan, ich weiß nicht, wie ich Ihnen jemals genug dafür danken kann, was Sie getan haben. Für meinen Sohn …«

Ihre Leinenhose ist wieder trocken, doch sie trägt noch immer den stahlgrauen Wollpulli, den sie sich von Ronan geliehen hat und in den sie sich jetzt schmiegt. Der Duft seines Männerparfüms, den er verströmt, ist noch intimer als Ronans wirkliche Anwesenheit.

»… und für mich.«

Ein Kloß bildet sich in Emmas Hals, die langsam ermisst, was sie jetzt gerade durchmachen könnte, wenn … Aber sie zieht es vor, nicht daran zu denken, und wendet sich stattdessen der beruhigenden Realität zu. Ihr Blick verweilt auf seinen kräftigen Händen, die vorsichtig seine Kaffeetasse umschließen, dieselben Hände, denen es gelungen war, das Meer zu spalten. »Aber was nützen schon Worte, bei etwas, das gar nicht ausgedrückt werden kann? Das muss ich einem öffentlichen Schreiber nicht erklären.«

Den leichten Schimmer von Heiterkeit in ihren Augen hat er noch nie zuvor gesehen. Schwach, aber er ist da, dessen ist er sich sicher. So wie er sich sicher ist, von Weitem den matten Glanz einer Rettungsboje zu erkennen, nach langen wachen Stunden des Wartens, der Hoffnung. Ronan hält sich daran fest. Diesmal verliert er die Fassung und spielt nervös mit der Verpackung seines Zuckerwürfels.

»Emma …«

»Und wissen Sie was, Ronan, ich werde Ihnen etwas Unglaubliches sagen …«

»Ja.«

»Ich will nicht nach Paris zurück! Auch wenn sich die Gelegenheit geradezu anbieten würde. Aber nein. Ich habe Lust, nach *Sein* zurückzukehren, unseren Urlaub dort fortzusetzen, da keine medizinische Nachsorge für Camille nötig ist. Stellen Sie sich vor: Die Insel fehlt mir. Können Sie das glauben? Sie fehlt mir, ja … Und das liegt an Ihnen!«

Ronan spürt, wie er rot wird, und starrt weiter auf seinen Zuckerwürfel.

»Aber Sie hatten mich ja vorgewarnt, dass sie mich noch dazu bringen werden, die Insel zu mögen … Wissen Sie noch? Und außerdem haben wir es dort besser als in Paris. In Paris ist niemand. Hier dagegen gibt es Armelle, Camille liebt sie. Die gute Luft, das ruhige Leben. Und …«

Er kann es nicht glauben. Ein heller Sonnenstrahl durchflutet die Cafeteria, schleudert ihm sein Leuchten ins Gesicht.

»Und Sie.«

18.

Die Rückkehr auf die Insel ist ein Fest: Das Wetter ist schön, und an der Laderampe des Schiffs drängt sich eine dichte Menschenmenge. Ronan wird wie ein Held begrüßt und muss sich sogar mit einem breiten Lächeln den Weg durch die hübschen jungen Mädchen bahnen, die ihn bei der Ankunft erwarten. Emma erntet liebevolle Blicke von allen Müttern, die sich in sie hineinversetzen können. Die kühnsten oder die gerührtesten unter ihnen nähern sich ihr sogar, sprechen sie an und machen Fotos.

Und während sie den *Quai des Français-Libres* noch kaum betreten hat, kommt eine dritte Nachricht auf ihrem entladenen Handy an: *Ich sehe, du hast gehorcht. Gute Entscheidung. Mach das nicht noch mal.*

Was Camille betrifft, er führt die kleine Prozession an, selbstbewusst und scheinbar unbeeindruckt von dem, was ihn umgibt. Erst als er das Restaurant erreicht hat, landet er wieder auf dem Boden der Tatsachen, denn dort wirft er sich ungestüm in die Röcke einer vollkommen aufgelösten Armelle.

* * *

Und der Alltag kehrt wieder zurück wie zuvor, nur mit dem Unterschied, dass sich zwischen den Erwachsenen eine stillschweigende Übereinkunft gebildet hat: Camille wird nicht mehr alleine gelassen. Egal wo er ist, wohin er geht, verfolgen ihn verantwortungsbewusste Blicke. Und um ihn nicht zu sehr in seinem Bedürfnis, für sich zu sein zu stören, erfolgt die Staffelübergabe oft nur durch einen Wimpernschlag oder ein leichtes Kopfnicken.

Camille läuft mit seinem kleinen Eimerchen in der Hand gebückt auf der Suche nach den armen Opfern des Regelverstoßes über den Strand und ist sich dieser absichtlich diskreten Wache nicht bewusst. Aber auf eine diffuse Weise spürt er die Veränderung sehr wohl. Und dieser schützende Lichtkreis aus permanentem Interesse an seiner Person, der ihn umgibt wie ein Panzer, tut ihm wirklich gut.

Und die Tatsache, dass er der Träger eines gemeinsamen Geheimnisses ist – »Wir erzählen Papa nichts davon, wir wollen ja nicht, dass er sich umsonst Sorgen macht, sonst will er noch, dass wir sofort nach Hause kommen …« –, stellt für ihn zweifelsohne einen Vertrauensbeweis und eine echte Freude dar.

Zumal er jetzt auch mit vollen Händen aus der liebevollen Zuwendung seiner Mutter schöpfen kann, die ihn nun oft ohne besonderen Grund minutenlang an sich drückt. Gefangen in ihren Armen, schließt er zufrieden die Augen und nimmt schweigend ihre Liebkosungen entgegen, bis er sich schließlich mit einem kleinen Luftküsschen wieder aus ihrer besorgten Umklammerung löst. Nun ist er derjenige der die Spielregeln vorgibt und die Bezeugungen von Emmas ungestillten Ängsten sind für ihn Quell der Liebe, derer er nun, da sie in Strömen fließt, weniger bedarf.

* * *

Die Ruhe und die Sonne sind wieder zurückgekehrt, und alle haben ihre Gewohnheiten wieder aufgenommen. Armelle macht sich fieberhaft in ihrer Küche zu schaffen. Auf ihre Weise möchte auch sie ihr Glück darüber, sie wieder jeden Tag an ihrem Tisch zu sehen, ausdrücken. Was eignete sich da besser als ein Wolfsbarsch in Salzkruste? Natürlich gefangen im *Raz de Seine* – um noch einmal zu bekräftigen, dass im Leben nichts einfach ist und das schlimmste Leid und die schönste Freude oft nah beieinanderliegen. Selbstverständlich ist Camille ganz vorne dabei, wenn es darum geht, die Vorbereitungen für dieses Ausnahmegericht zu überwachen und tausendundeine Fragen zu stellen, die Armelle mit unendlicher Geduld beantwortet. Und als ungeheure Ehre verrät sie ihm auch noch ihr Küchenfeegeheimnis: Sie streut einen Hauch Gorria in den Bauch des Fisches und vermischt eine Handvoll fein gehackte Meeresspaghetti mit grobem Salz.

»Und währenddessen dekorierst du die Platte schon einmal mit ein paar Zitronen, ja? Hast du gesehen, wie schön sie sind? Ich habe sie mit der Messerspitze verziert, ich habe Zickzackmuster hineingeritzt, und jetzt kannst du zwei hübsche Blüten darauf legen …«

Camille macht sich an die Arbeit und ordnet sie stolz zu beiden Seiten des unter seinem grauweißen Mantel begrabenen Barsches an. »Er wird hervorragend, hast du gesehen, wie groß er ist? Ronan hat ihn vorhin für euch mitgebracht.«

Weder Armelle noch der Junge haben das Unglück seit seiner Rückkehr erwähnt. Er, weil er gar nicht mehr daran denkt, und Armelle, weil sie abwarten will, dass er von selbst darüber spricht. Vernehmungen hatte es schon genug gegeben, die die Erwachsenen jedoch sehr enttäuscht hatten, da er ihnen keine zufriedenstellenden Erklärungen lieferte.

»Ronan, das ist Mamas Freund. Und er hat mich aus dem Krankenhaus abgeholt. Ist er auch nicht verheiratet?«

»Nein, Camille, ist er auch nicht.«

»Und warum hat er keine Frau?«

»Er braucht keine, weil er ja mich hat!«

Camille betrachtet sie mit der Ernsthaftigkeit eines Richters, der ein Urteil fällen muss. »Warum sagst du das?«

»Einfach so, ich mache Spaß, Camille, mach nicht so ein Gesicht!«

Camille findet es überhaupt nicht spaßig und verschwindet in den Gastraum, wo Louis-Camille gerade die Tür hinter sich zugemacht hat, nachdem er niemanden angetroffen hatte, der ihm einen Morgenkaffee serviert.

Armelle, die aus der Küche kommt, sieht seine große, schlanke, ja luftige Gestalt in Richtung Kai davongehen. »Ein guter Mann, der Prinz. Es ist ihm zu verdanken, dass wir dich gefunden haben, Camille. Lauf ihm hinterher und sag ihm, er soll zurückkommen, ich mache ihm seinen Kaffee!«

»Er ist kein Prinz, sondern ein Maestro. Ein Dirigent *und* Komponist«, erwidert Camille und rennt seinem Musiker, so schnell ihn seine Beine tragen können, hinterher.

* * *

Die Anlegestelle ist schwarz vor Leuten. Die lärmende, chaotische Schlange zwischen zwei gespannten Seilen kehrt in ihren Ameisenhaufen zurück, wird von den Tiefen des Schiffs eingesaugt und hinterlässt endlich wieder einen leeren ruhigen Kai.

Der August geht seinem Ende entgegen, und damit steigt der Wunsch der Inselbewohner, die Sommersaison möge so bald wie möglich zum Abschluss kommen. Die Insel ist zu klein für so viele Menschen und das Herz der Einheimischen das Jahr über zu gewöhnt an Ruhe und Einsamkeit, um unbeschadet das unaufhörliche Getrappel auf sich zu nehmen. Es kommt immer häufiger wegen Lappalien zu Spannungen zwischen genervten Anwohnern und ungeduldigen Urlaubern, denn durch das erzwungene Zusammenleben liegen die Nerven blank. Und schlimmer noch, manchmal gibt es sogar zwischen den Einheimischen selbst unvermeidliche Zwischenfälle.

Selbst Armelle, die ein Herz hat, so groß wie die Bucht von Audierne, wie sie unermüdlich wiederholt, schnauft und leidet gegen Ende der Saison unter der Situation. Und auch sie sehnt sich nach dem langsamen Rhythmus, dem sanften Licht der Herbsttage und danach, von den Annehmlichkeiten der Nachsaison zu profitieren: lange einsame Bäder im Meer nehmen, Sonnenuntergänge in unendlichen Bernsteintönen über dem ruhigen Wasser bewundern und den Humusduft einer endlich wieder einsamen Insel einatmen.

Doch dieses Jahr ist nicht wie die anderen, und Armelle empfindet die Dinge nicht genauso wie sonst. Sie weiß, dass Camille und Emma in einer Woche abreisen werden. Und, wenn sie die Wahl hätte, würde sie die Zeit mit all ihren sommerlichen Unzuträglichkeiten tausendmal lieber noch hinauszögern, als sie zu schnell vergehen zu sehen. Die Vorstellung, die beiden vertrauten Gesichter nicht mehr treu jeden Tag aufs Neue und praktisch den ganzen Tag lang in ihrem Restaurant vorzufinden, ist für sie ganz einfach unerträglich.

Und da das ihre Art ist, bringt sie es wie an diesem späten Nachmittag auch mit der ihr eigenen Großzügigkeit zum Ausdruck. Armelle ist fix und fertig, der Umfang ihrer Beine hat sich verdoppelt. Das Restaurant ist von morgens bis abends voll, und ihre Aushilfe hat das Handtuch geworfen und sie von einem Tag auf den anderen hängen lassen. Doch trotzdem hat sie Emma angeboten, ihr Camille den ganzen Tag abzunehmen.

Was würde sie auch nicht tun, um ein Lächeln auf dem Gesicht ihres Schützlings zu sehen, der beschlossen hat – jetzt sofort –, mit ihr zur Anlegestelle zu gehen?

Natürlich weiß Camille genau, was er sagen muss, um sie zu ködern: »Ich muss dir was zeigen, was dich sehr interessieren wird …«

* * *

»Was passiert ist, ist Ments Schuld.« Camille ist mit Armelle zu dem schmalen Strandstück hinuntergegangen, das die Flut vor dem Hafen übrig gelassen hat, und zeigt ihr die Stelle, an der Kolaigs Kahn gelegen hatte, der momentan in Reparatur ist.

»Ich war an der Anlegestelle, da, beim Hafen … und habe zugesehen, wie die Leute abfuhren. Maman macht das ständig. Ich wollte wissen, was es da so Interessantes gibt.«

Ich weiß es, denkt Armelle, die sich vor jedem Kommentar hütet.

»Ich konnte nichts Besonderes sehen und fing sogar an, mich schrecklich zu langweilen, als … da, auf dem roten Kahn habe ich Ment nach mir rufen hören. Er hatte mir etwas Wichtiges zu sagen, und ich musste unbedingt zu ihm.«

Armelle fragt sich, wer dieser Ment wohl ist, wagt aber nicht, ihn zu unterbrechen, aus Angst, die kostbare Informationsquelle zum Versiegen zu bringen, die endlich aus dem Mund des Kindes fließt. »Es war Ebbe, man kam leicht hin. Also bin ich rasch zu ihm gelaufen. Ich musste schnell machen, bevor er wieder wegflog, denn ich wollte ihn auch ein paar Sachen fragen. Silbermöwen sehen die Welt von oben, und von oben funkelt sie in tausend Farben, die allein sie sehen.«

Sie lässt das Kind nicht aus den Augen. Dieser Junge ist ein Poet. Sein Vokabular und sein Satzbau sind ein Quell ständigen Staunens, und seine Gedanken galoppieren unter Hochdruck, schneller als der Winterwind übers Heideland.

»Wenn ich mal groß bin, werde ich Admiral. Dann habe ich einen Rahschoner mit sechs Kanonen. Und ich segle mit mehr als zehn Knoten …«

»Und wohin segelst du, kühner Seefahrer?«

»Ich jage Sklavenhändler.«

»Aber Camille, es gibt keine Sklaven mehr …«

»Ich weiß! Das hab ich bloß zum Spaß gesagt. Du sagst ja auch manchmal was, nur zum Spaß.«

»Ja, natürlich … Aber, wo hast du denn bloß was von Sklavenhändlern gehört?«

»Na, in deinen Büchern. Über die *Iris* … dieses Kriegsschiff. Die *Récouvrance* wurde genau wie sie gebaut, ich kann's dir zeigen, da sind Fotos in deinen Büchern. Sie ist wunderschön.«

»Du merkst dir wohl alles …«

Camille hört sie gar nicht. Er ist auf der *Iris*. Die Segel peitschen in seinen Ohren, er kann es hören. Und er muss Befehle fürs Gefecht erteilen, es drängt! Sein Gesicht verzieht sich, und seine Schritte werden plötzlich schneller.

Geräuschlos geht Armelle neben ihm her und beobachtet ihn neugierig.

Ein paar Meter weiter lächelt das Kind sie an und bemüht sich sehr, ihr wieder nahe zu kommen, ohne dass sie ahnt wie wichtig das ist. »Er war genau da, der Kahn …«

Mit dem Finger zeigt er auf eine Ankerboje. »Was ich dir jetzt erzähle, ist ein Geheimnis, Armelle. Du musst mir versprechen, es niemandem zu verraten.«

»Versprochen.«

»Gut. Also hör mir gut zu. Es war das zweite Mal, dass Ment mich auf diesen Kahn rief. Und wenn er mich ruft und es wichtig ist, dann klingt sein Schrei anders. Er spottet nicht, er schreit nicht … er fordert.«

»Ah! Und – warum hat er dich gerufen?«, wagt Armelle, ungeduldig es zu erfahren, nachzufragen.

Da verschließt sich Camille plötzlich wieder. »Nein, das kann ich dir nicht sagen. Ich hab es ihm versprochen. Wie du mir heute.«

19.

Louis-Camille hat alles sorgfältig vorbereitet.

Zuerst suchte er die Partitur aus, *Le Sacre du printemps*, das war schnell klar.

Er rief sich das Stück auf seine Art wieder in Erinnerung, auf eine sehr persönliche, im Laufe der Zeit erlangte Art, durch ein gewisses Wiegen des Körpers, während seiner Spaziergänge auf der Insel, den klaren Rhythmus seiner Schritte, eine mentale Abgrenzung von seiner Umgebung. Nach und nach gruben sich ihm die Noten tief ins Gedächtnis ein, das Orchester fing in seinem Kopf an zu spielen, und er hörte es ganz genau.

Dann las er seine Klavierfassung des Stücks nach, eine allein für ihn geschriebene Version, während dieser Jahre des Rückzugs auf der Insel. Eine Arbeit, die er sich zur Pflicht gemacht hatte, um sich näher mit Strawinskys Absichten auseinanderzusetzen und sie zu analysieren. Bis dahin hatte er immer den Eindruck gehabt, dieses sagenhafte Werk bloß zu streifen, und zweifelsohne gab es keine zuverlässigere Basis, um neu anzufangen.

Und schließlich richtete er sein Wohnzimmer her, drehte das Klavier leicht zur Seite, damit er besser zu sehen sei, entrümpelte die Wohnung von allem, was sie unnütz verstopfte … und stellte seinen Voltaire-Sessel im bestmöglichen Winkel auf seinen kostbaren roten Perserteppich, die symbolische Bühne.

Er kümmerte sich mehrere Tage lang um diese Inszenierung, genau genommen seit dem Tag von Camilles Rückkehr auf die Insel.

Und jetzt ist er so weit.

* * *

»Du setzt dich dort auf den Sessel, gut? Ich werde nur für dich eines der schwierigsten Stücke aus dem Repertoire dirigieren. Etwas Wunderbares zu Ehren des neuen Jahres … Eine Musik, die eine Sage erzählt. Weißt du, was das ist, eine Sage?«

»Klar, weiß ich das!«, antwortet Camille und zieht die Schultern hoch. »Das hab ich dir doch schon mal gesagt … die Stadt Ys, die Sage von der Silbermöwe … die kenne ich alle.«

»Ja, natürlich. Also, diese Musik, die du jetzt hören wirst, habe ich für dich ausgesucht, weil sie die schönste Geschichte der Welt erzählt. Die Geschichte des Frühlings, der immer wiederkehrt. Aber unter einer Bedingung: Man muss ein Opfer bringen.«

Camille macht einen Schmollmund.

»Ich mag keine Opferungen. Das kenne ich aus meinen Büchern. Das ist gefährlich, und es tut weh.«

»Ja, das stimmt. Aber gleichzeitig auch wieder nicht. Verstehst du, es ist eine Art zu sagen, dass das Leben immer wieder erwacht, ständig … trotz aller Prüfungen, Irrtümer, Zweifel …«

Mit diesen Worten schweift Louis-Camille wieder einmal ab. Der Junge ist diese Momente, in denen der Musiker abwesend ist, jetzt schon gewöhnt. Doch diesmal kehrt er sogleich wieder zurück, ganz vergnügt.

»Und weißt du was? Dieses Stück hat fast die komplette moderne Musik hervorgebracht, die ganze schöne zeitgenössische Musik! Stell dir vor! Unglaublich, oder? Also, ja, dieses Stück werde ich für dich dirigieren.«

»Dirigieren? Aber wie? Du hast kein Orchester«, erwidert Camille maßlos enttäuscht.

»Warte … warte nur!«

Enttäuscht aber folgsam und äußerst aufmerksam, lässt Camille sich an seinen Platz führen und macht es sich bequem. Er überschlägt die Beine wie ein Erwachsener, den rechten Fuß auf dem linken Knie, ein kleiner Mann in einem großen Sessel. Er sagt kein Wort, wartet ab, wie Louis-Camille es von ihm verlangt, und sieht sich prüfend um. Es herrscht vollkommene Stille, abgesehen von den Schreien einiger Möwen oder Seeschwalben, die durch die reine Luft segeln und zwischen den Mauern des schattigen Gässchens herumsausen.

Von Zeit zu Zeit wirft Camille einen Blick zur geschlossenen Tür, malt sich aus, dass dort vielleicht ein Orchester auftauchen und seine Plätze einnehmen wird. Von Louis-Camille erhofft er sich alles, die Möglichkeit Wunder zu vollbringen eingeschlossen. Aber es ereignet sich nichts Besonderes, außer dass sich der Musiker ans Klavier setzt.

Von den Fingern des Musikers steigt zunächst eine einsame Melodie empor, eine Art Klagelied. Louis-Camille dreht sich zu dem Jungen: »Stell dir einen Reisenden vor, der geheimnisvoll im Abendlicht erscheint … Fagottsolo. Sehr schwierig zu spielen.« Camille sagt nichts, doch er erinnert sich an die Klangfarbe des Instruments, er kennt sie schließlich alle. Es sich vorzustellen, es zu hören, es unter Louis-Camilles Fingern zu sehen, ist für ihn eine unglaubliche Überraschung. Das Fagott ist da, in diesem Zimmer, er hört das Klagelied, der Reisende taucht vor seinen Augen auf. Das Kind ist wie gebannt.

Man könnte meinen *Die Glocke von Ys*, denkt er, als er die ersten Noten hört. Aber er wagt nicht, den Musiker zu unterbrechen, um es ihm zu sagen.

Bald gesellen sich weitere Melodien zur ersten, und alles wird ein wenig kompliziert für ihn, obwohl der Musiker ihm die weiteren Instrumente nach und nach vorstellt. Trotzdem verpasst der Kleine keine Note, als wolle er sich einprägen, was er nicht versteht, es vollständig in seiner Erinnerung horten, so wie er es oft während seiner Lektüre macht, wenn sie ihm besonders interessant vorkommt.

Und das Stück wirkt seinen Zauber. Kein Zweifel, die Saiten-, die Holzblas- und die Blechblasinstrumente … da sind wirklich hundertzwanzig Musiker um Louis-Camille herum. Durch eine Krümmung der Braue, das Hochziehen einer Schulter, ein energisches Vorschieben des Kinns, zeigt der Musiker dieser kleinen Menschenmenge, was er von ihnen erwartet. Wie ein wechselnder Spiegel färbt sich sein Gesicht entsprechend den Ausschmückungen der Partitur. Sein ganzer Körper gibt das Tempo vor, schlichtet die leidenschaftlichen Kämpfe und führt die religiösen Tänze an, abwechselnd zart oder grob, verträumt oder aufbrausend. Durchdringende Schreie von Klarinetten oder Trompeten werden laut, und manchmal schlägt er höllische Akkorde an, die sein Klavier in ein riesiges Schlaginstrument verwandeln.

Doch Camille achtet nicht mehr auf das Klavier, sondern auf die Verlegenheit des Musikers, wenn seine linke Hand unbeholfen nicht reagiert, wie er es möchte. Plötzlich nimmt das Kind nicht bloß eine Gereiztheit wahr, angesichts einer misslungenen, unterbrochenen und wieder aufgenommenen Passage, sondern einen Schmerz, denn die Musik in Louis-Camilles plötzlich verzerrtem Gesicht offenbart einen tiefen Schmerz. Warum schmerzt es ihn, wenn er doch glücklich darüber zu sein scheint, dass er spielt? Auf seinem Sessel erschaudert Camille aus ganzer Seele. Der Blick, den er dem Musiker zuwirft, ist erfüllt von einem konfusen Mitgefühl und einer unendlichen Zärtlichkeit. Die Abgründe des Leids, die sich jäh unter seinen Füßen auftun, kennt auch er.

Doch er weiß nicht, dass sich hinter der Musik, hinter diesen fehlenden oder nicht getroffenen Noten, die letzten vier Jahre verbergen, die Louis-Camille hier noch einmal durchspielt. Jede verfehlte Note spiegelt all die Konzerte wider, die er nicht dirigiert hat, die er aus eigener Schuld versäumt hat, und es ist etwas wie sprudelnde Lava, die seine Erinnerung glutrot färbt. Gegen diese Brandung anzuspielen, verlangt ihm einen immensen Kraftaufwand ab, hart an der Grenze des Erträglichen. Aber für den Jungen, diesen Jungen, der alles wahrnimmt, ist er bereit, allen Stürmen zu begegnen, so gefährlich sie auch sein mögen ... um ihm aus tiefstem Herzen die reinste Musik zu schenken.

Das Stück ist zu Ende. Der letzte Tanz von *Le Sacre du printemps* ist vorbei, das Opfer an die Götter der Zeiten ist erbracht und hat einer neuen Fülle den Weg geebnet. Der Frühling kann endlich erblühen.

Das Kind rührt sich nicht, und der Musiker ist schweißgebadet. Rinnsale fließen ihm die grauen Schläfen hinunter wie wohltuender, belebender Regen. Er hat sich beinahe aufgeopfert, hat all seine Pflichtverletzungen, seine Ausrutscher überwunden. Und sein triumphierendes Lächeln verkündet, dass er das Ende seines Kreuzwegs erreicht hat.

Als Camille ihm ganz einfach, aber mit klarer, aufrichtiger Stimme sagt »das war schön«, verbeugt sich sein gerader Oberkörper elegant vor dem Kind … und vor einem Saal voller Erinnerungen – Erinnerungen an Augenblicke, in denen er eine Flut von Applaus bekam und überströmt wurde von einem Glücksgefühl, das er für beliebig verlängerbar hielt.

»Danke«, sagt er zu Camille, der die Tragweite dieses Dankes nicht ahnt.

»Du irrst dich, Louis-Camille. Ich muss *dir* danken. Du hast ja für mich gespielt …« Camille hält kurz inne, bevor er stolz und sich plötzlich dessen bewusst, was er bei dem Musiker bewirkt, hinzufügt: »… Maestro.«

»Nein, ich irre mich nicht, Kleiner.«

»Du redest Unsinn. Und ich bin nicht klein.« Doch die Musik hat solch ein Einverständnis zwischen ihnen beiden bewirkt, dass Camille diesmal nicht die griesgrämige Miene aufsetzt wie sonst, wenn man ihn jünger macht oder seiner Logik widerspricht.

»Und … warum dirigierst du kein richtiges Orchester mehr?«

Louis-Camille zupft mit schwungvoller, lässiger und doch leicht unschlüssiger Hand den Kragen seines Hemds zurecht. Sein Blick richtet sich auf das kleine Stück offenes Meer, das zwischen zwei schmucklosen Mauern eingeklemmt ist. Alles ist da und bereit zum Wiederanfang. Jetzt weiß er es.

»Weil ich erst einiges begreifen musste. Mir wichtige Dinge erarbeiten musste: Ich habe gelernt, wie man Schafe zeichnet.«

* * *

Zwei Frauen schlendern ins Gespräch vertieft den Kai entlang. Emma scheint den Boden nicht zu berühren, so leicht ist ihr Gang. Armelle dagegen scheint bei jedem Schritt auf das Pflaster einzuhämmern.

»Sind Sie wirklich sicher, dass Sie mitkommen wollen, um mir zu helfen? Das ist kein Vergnügen, wissen Sie ... und ich bin es gewöhnt, allein.«

»Aber nein, das macht mir Freude. Ich habe heute Nachmittag nichts anderes zu tun ...«

Weil an den anderen Nachmittagen sind Sie ja vollkommen überlastet, nicht wahr?, scherzt Armelle in Gedanken – aber freundlich, ohne den geringsten Neid, nur um sich daran zu erinnern, dass das Leben seine großzügigen Gaben verteilt, wie es ihm gefällt. Sowohl seine Geschenke als auch seine Partie Mühsal. Sei es wie es wolle, sie ist vollkommen zufrieden mit ihrem Los: Eine Einheimische der Insel *Sein* zu sein ist ein Privileg, das weiß sie schon von jeher.

»... und ich habe Ihr Buch schon fast durch. Die arme Emma ... diese Frau hatte wirklich kein Glück. Das Leben bescherte ihr nichts von dem, was sie sich erwartet hat.«

»Ja. Aber das, was sie sich erwartet hat, existiert im echten Leben nicht. Sie ist von ihrer Fantasie geblendet. Und das echte Leben kann sie nicht sehen.«

Armelle öffnet die schwere Eichentür und macht den Eingang frei für Emma, die ergriffen das imposante Gebäude in der Rue Abbé-Le-Borgne betritt, welches das Geburtshaus der Familie Le Gall ist. Die Kühle in den dicken Mauern ist durchdringend und so dicht, dass sie kaum verfliegt, als Armelle Licht und Sonne hereinlässt.

»Ronan ist ein sehr netter Mann, aber vom Saubermachen hat er keine Ahnung … Also gut, packen wir's an?«

Die beiden Frauen stürzen sich mit Lappen und Besen bewaffnet auf das alte Gemäuer, eines der größten Häuser der Insel, von dem Armelle beschlossen hat, dass es tadellos bleiben muss, auch wenn es von Ronan nur hin und wieder für ein Mittagsschläfchen genutzt wird. »Das ist eine Frage des Prinzips, verstehen Sie. Solange dieses Haus vorzeigbar ist, wacht die Familie Le Gall noch immer über dieses Dorf …«

Emma schweift zwischen den antiquierten Möbeln und den vergilbten Erinnerungen umher und blickt zurück auf die Zeit an diesem Ort, der sich seit so vielen Jahren nicht verändert hat. Das Profilfoto eines Mannes in einem silbernen Rahmen thront auf dem Zierdeckchen des Couchtisches beim Fenster. General de Gaulle schüttelt ihm die Hand. Unter dem Foto ein Zitat:

Ganz Frankreich wird wissen, dass es im Atlantik eine schöne und mutige bretonische Insel gibt, deren leuchtendes Beispiel legendär geworden ist, und die Kinder werden aus ihren Geschichtsbüchern die heldenhaften Taten einer schönen und mutigen französischen Insel erfahren.

General de Gaulle – Überreichung des Croix de la Libération auf der Insel Sein *– 30. August 1946*

»Wer ist das?«

»Sein Vater, am Tag der Enthüllung des Denkmals der Freien Französischen Streitkräfte, dem Lothringer Kreuz an der *Route du Phare* bei der *Men-Neï*-Bucht … Das war schon einer, der alte Le Gall …«

Daneben steht das Foto eines Kindes mit braunen Locken, vielleicht fünf Jahre alt, in festlicher Kleidung, bestehend aus einem dunklen Anzug, einem weißen Hemd und einem runden Hut.

»Haben Sie gesehen, wie hübsch er war? An dem Tag war die Hochzeit seines Onkels, er war der Brautführer.« In Armelles Stimme blitzt ein Funke Nostalgie auf. »Das waren gute Zeiten. Ronan und ich verbrachten unsere Tage zusammen mit Lachen und Spielen … Und von all dem Unsinn, den wir beide so gemacht haben, erzähle ich Ihnen erst gar nicht! Ich war fünfzehn und er fünf. Ich nannte ihn *breurig*, kleiner Bruder. Wir waren unzertrennlich …«

»Und da?«, fragt Emma. Über dem Kamin, ganz im Zentrum, zieht ein weiteres Foto, das auf dem Kai aufgenommen wurde, ihren Blick auf sich. Eine junge, ernste, sehr schlanke Frau in einem schwarzen Kleid aus dickem Wollstoff, die Hände vor ihrer Schürze verschränkt, blickt abwesend in die

Ferne. Sie hat eine ebenfalls schwarze Haube mit zwei Spitzen auf dem strengen Scheitel, deren Bänder ihr bis auf den Rücken reichen.

»Seine Mutter. Ein Jahr vor ihrem … Verschwinden. Sie wirkte immer traurig und verloren. Ein bisschen wie Sie … als Sie auf die Insel kamen. Hier trägt sie die traditionelle Tracht der Inselbewohnerinnen, das Gewand ihrer Schwiegermutter. Sehen Sie nur, es ist ihr viel zu groß!« Armelle nimmt das Foto und trägt es näher ans Fenster, das in den kleinen Innenhof hinausführt, wo ein gesunder, zinnoberrot blühender Baldrian seine sorglose Fröhlichkeit verbreitet.

»Und es war nicht bloß das Kleid, alles war zu groß für sie: das Haus, die Persönlichkeit von Vater Le Gall, das Leben … Bloß die Insel war dieser Frau zu klein.« Während sie erzählt, macht Armelle den großen bretonischen Schrank auf, dessen Tür quietscht, als sie den Blick auf einen tadellosen Stapel Laken aus Naturleinen freigibt. Auf seinem Gipfel die besagte Haube, die sie Emma in die Hand drückt. »Möchten Sie sie anprobieren? Das ist die *Jibilinnen*, die Trauerhaube, die die Frauen hier zum Andenken an die große Choleraepidemie 1885 auf der Insel tragen. Sie steht Ihnen bestimmt gut!«

»Oh … nein, nein …«

Instinktiv macht sie einen Schritt zurück. Diese Haube aufzusetzen würde ihr wie ein Sakrileg vorkommen. Ronan würde es nicht wollen, da ist sie sich sicher. »Weiß Ronan, dass ich mit Ihnen hier bin?«

»Natürlich nicht! Aber machen Sie sich keine Sorgen, er ist in Audierne und kommt erst morgen früh wieder. Wir haben genug Zeit, um hier alles in Ruhe fertig zu machen, und es wird eine schöne Überraschung für ihn werden. Bei all den

Zimmern, die zu machen sind, werden wir eine Weile brauchen… Sehen Sie sich doch oben einmal um und machen Sie alle Fensterläden auf, während ich mich um die Böden hier unten kümmere. Ich muss sie bohnern, das Parkett ist stumpf, ich mag es, wenn es wieder in seinem schönen Eichenbraun erstrahlt und man sich fast darin spiegeln kann!«

Mit schwungvollen Schritten erklimmt Emma die dunkle Treppe in den oberen Stock, wo die Dachfenster, die sie flüchtig von draußen gesehen hat, aufs Meer hinaus gehen, zumindest nimmt sie das an. Und tatsächlich fährt der offene Seewind in die Mansarde, sobald die Läden aufgeschoben sind.

Ein dunkles Holzbett, ein Nachttisch, ein kleiner Schrank, ein Stuhl und ein rustikaler Tisch stellen das einzige Mobiliar dieses kleinen, vollkommen weißen Zimmers dar. Auf der Tagesdecke aus Spitze, sicher eine lange Häkelarbeit endloser Winterabende, ist noch der Abdruck eines Körpers zu sehen. Daneben liegt eine Handynummer, handschriftlich auf ein Stück Papier geschrieben, so auf dem Nachttisch, dass man erkennt, dass die Zahlen von einer Frauenhand stammen.

Emma zögert einen Moment und legt sich schließlich hin auf den noch frischen, großen und tiefen Abdruck.

Sie schließt die Augen und schläft ein, fortgetragen von einem Traum über den ewig wiederkehrenden Frühling.

20.

Camille sagt nicht, wohin er geht, aber Emma folgt ihm mit großem Abstand. Sicher an den Strand, sagt sie sich, um Venusmuscheln zu suchen.

Aber nein. Am Ende des Kais biegt er rechts ins Dorf ab und geht in eine enge Gasse hinein. Und als er entschlossen die Tür von Louis-Camille aufmacht, fühlt sie sich hintergangen. Offensichtlich fühlt sich Camille hier wie zu Hause. »Absolutes Tabu mit zu irgendwelchen Leuten zu gehen …« Und noch dazu befinden wir uns hier außerhalb der autorisierten Zone, stellt sie fest und bedauert wieder einmal, dass sie ihm nicht vertrauen kann.

Doch im Gegensatz zu ihren Gefühlen von vor einigen Tagen – vor den Tagen des Chaos – braut sich nicht die übliche Wut in ihr zusammen, sondern eine Art Verzweiflung angesichts einer Sache, die ihr unverständlich und fremd ist.

Sie begreift, dass ihr das Gefühl, dass aufgestellte Regeln beachtet werden, nicht mehr reicht. Jetzt möchte sie verstehen, ihn verstehen. Es gelingt ihr sogar, Entschuldigungen für ihn zu finden oder vielmehr Begründungen: Von seiner ständigen Neugier getrieben widersetzt er sich nicht aus böser Absicht, sondern nur weil er nicht mehr daran denkt. Oder er wird geleitet von einer zwingenden Notwendigkeit, dem Weg zu folgen, den er sich vorgezeichnet hat aus Motiven, die sie nicht kennt. Ihren Regeln zu folgen würde seine innere Welt in Gefahr bringen, in der er sich seine eigenen Regeln aufgestellt hat, um die Emotionen einzudämmen, die ihn bedrohen.

Von einem anstrengenden Kind, das *anders* ist, wird Camille zu einem erstaunlichen Geheimnis, dessen Fülle sie von nun an entdecken möchte.

An diesem Punkt ist sie mit ihren Gedanken angekommen, als ein Schwung leichter Töne durchs Fenster entweicht. Louis-Camilles warme Stimme dringt an ihr Ohr, vermischt mit dem Gelächter ihres Sohnes. Ein wunderschönes Lachen, das sie so selten zu hören bekommt.

Zutiefst erschüttert setzt sie sich auf die Stufen vor der Nachbarstür. Dorthin also geht er, wenn sie ihn friedlich am Strand Muscheln sammeln wähnt.

Die Musik ist melodiös, ruhig und zuversichtlich, doch sie verhindert nicht, dass in Emma ein schleichendes Misstrauen erwacht. Was macht ihr Sohn bei diesem Mann, warum lockt der ihn zu sich? Der plötzliche Drang, die Treppe hinaufzustürmen und ihn herauszuholen, veranlasst sie dazu, hastig aufzustehen.

Doch sie setzt sich wieder hin. Erneut dringt das Lachen ihres Sohnes zu ihr … so fröhlich, so klar. Ein Lachen reiner Freude.

Dieses Lachen erfordert keine Übersetzung: Es bringt einfach sein Glück zum Ausdruck, darüber, dass er den Musiker kennengelernt hat und mit ihm das Königreich entdeckt, das dieser ihm eröffnet. Ganz einfach. Plötzlich sieht sie ihn vor sich, ganz klein, kaum zwei Jahre alt, wie er sich damit vergnügt, alle Instrumente auf seiner CD zum Entdecken der Welt der Musik zu erkennen. Der Kontrabass, sein Lieblingsinstrument ... Emma hatte darin bloß eine Zirkustierübung gesehen, ein Gedächtnisspiel, eine weitere Meisterleistung. Danach hat es durchaus Musikstunden an der Schule gegeben. Doch auch dort hatte sie der Musik keinen wirklichen Raum gelassen – im Übrigen genauso wenig wie ihren Skizzen, begreift sie und umklammert in ihrer Tasche den kleinen hölzernen Farbkasten und den Zeichenblock, die Ronan ihr geschenkt hat und die sie nun immer bei sich trägt.

Verwirrt entfernt sie sich einige Meter. Sie holt ihren Block heraus. Einige Seiten sind bereits mit ihren Aquarellen voll, vor allen versteckt, da sie mit sich noch nicht recht zufrieden ist. Jede umgeblätterte Seite lässt ein Lebensjahr mit Boris wieder hochkommen, bis zu denen ihrer Jugend und ihrer aufgegebenen Träume. In ihrer Erinnerung taucht das Gesicht ihrer Mutter auf, voller Bewunderung, als sie ihr ihre Zeichnungen der Kostüme zeigte, die sie während der Proben beobachtet hatte. Auf ihnen fehlte nichts, kein Detail, nicht die geringste Tresse, nicht der kleinste Perlmuttknopf.

Sie macht den Block zu und lauscht. Es verstreichen ein paar Minuten, in denen die Melodie, die auf die Straße hinausdringt, eine Art Abzählreim, sie bezaubert. In ihrem Kopf beschreibt diese Melodie eine schöne Weste aus goldgelber Serge mit feinen Querstreifen. Sie ist so hübsch, diese Weste, dass sie beschließt, das Kind und den Musiker ihren Glücksmomenten zu überlassen, und sich nur fragt, ob es besser wäre, Camille ihre Anwesenheit zu demonstrieren oder im Gegenteil, sich diskret auf den Weg zurück ins Restaurant zu machen. An eine Mauer gelehnt und vor der Sonne geschützt, kann sie sich nicht entscheiden. Die Vorstellung, ihren Sohn wieder unbeaufsichtigt zu lassen, wenn auch bloß für eine kurze Zeit, flößt ihr schreckliche Angst ein. Doch wenn sie Camille ruft, riskiert sie, dieses Lachen zu vertreiben, dieses überwältigende Kinderlachen.

Emma gibt sich ein paar Minuten, bevor sie eine Entscheidung trifft, und schaltet mechanisch ihr Handy ein.

Was hält Sie davon ab, zu mir zu kommen? Hier ist alles so fantastisch …

Ein Kribbeln läuft ihr unangenehm den Nacken hinunter. Sie schließt die Augen, ruft sich den Spaziergang zum *Ar-Men*-Leuchtturm ins Gedächtnis, um ihre Erinnerungen zu unterbinden, so wie man ein Fenster aufmacht, um unerwünschten Qualm zu vertreiben. Mit entschlossenem Finger wählt sie die Nachricht aus und schiebt sie in den Papierkorb.

Doch sie überlegt es sich sofort anders und schiebt sie wieder zurück in ihren Posteingang. Boris! Plötzlich ist sie sicher, dass es Boris ist, der sie da provoziert. Boris, der sie in die Falle tappen sehen möchte. Also gut, daran soll es nicht scheitern … Ein Drang zu handeln, der sie erstaunt, verleiht ihr die Kühnheit, auf der Stelle zu kontern und zu antworten: *Ich wäre begeistert. Sagen Sie mir, wie wir vorgehen sollen …*

Ihre Unerschrockenheit ist nicht von langer Dauer. Kaum hat sie die Mail abgeschickt, wird sie von einer Welle der Angst erfasst. Unfähig, still zu stehen, geht sie nervös in der schmalen Gasse auf und ab. Eine große Sorge macht sich gefährlich in ihr breit, zumal sie seit einer Weile keinen Ton Musik mehr vernimmt.

»Camille!« Ihre angespannte Stimme schießt zum Fenster empor. Louis-Camille taucht auf, strahlend. »Kommen Sie doch hoch, gnädige Frau! Wir haben gerade Musikunterricht ...« Verwirrt vom Auftauchen des Musikers, wird sie umgänglicher und stammelt: »Ich ... ich müsste noch telefonieren. Ein wichtiger Anruf. Ich komme wieder ...« Dann fügt sie, um von ihrem zu scharfen Tonfall abzulenken, noch hinzu: »Das heißt ... ich muss nachher noch zur Anlegestelle ... Würde es Ihnen etwas ausmachen, ihn nach ihrer Stunde ins *Chez Armelle* zu bringen?«

* * *

Das Kurierschiff kommt langsam daher. Mit meisterhafter Perfektion passiert es die Eingangsboje zur *Kornog-an-ar-Braden*-Fahrrinne, schlägt einen runden Bogen zwischen der *Tourelle de Guernic* und den Felsen von *Nerroth* und legt genau an der gewünschten Stelle an.

Emma kennt das Ankermanöver mittlerweile auswendig und sieht die Handgriffe der Besatzung voraus. Wenn es eine Abweichung gibt, eine kleine Verspätung, die von der Ablenkung eines der Matrosen herrührt, möchte sie ihn fast zur Ordnung rufen. Aber sie hütet sich, in Ronans Hoheitsgebiet einzugreifen, und wartet mit der Folgsamkeit eines artigen Kindes – so wie ihres niemals wäre, denkt sie sich –, dass er an Deck erscheint und auf den Kai springt. Sie wartet den genauen Moment ab, in dem er die Gangway verschmäht, einen großen Schritt übers Dollbord macht und auf den Kai springt, wo er sich mit einer Kniebeuge fängt. Dabei hat seine Körperspannung etwas Animalisches und gleichzeitig sehr Kontrolliertes.

»Wie geht es unserer Pariserin heute?«

»Hören Sie auf! Ich hasse es, wenn Sie das sagen.« Und es stimmt. Durch ihre spontane Antwort, wird Emma bewusst, dass sie dieses Bild von sich nicht mehr möchte, affektiert und kokett. Im Übrigen hat sich ihre Erscheinung deutlich verändert, auch wenn sie ihre hübschen Schals noch immer trägt, nicht aus Koketterie, sondern um sich nach der Natur zu richten, wegen des Bedürfnisses nach einem Bindeglied. Sie erscheint heute in den Farbtönen Honigbraun, Himmelblau und Safrangelb. Die Farbe der fetten Schöpfe des Meeresfenchels, der zu Füßen des Leuchtturms wuchert, die Farbe dieses schönen Spätsommertages.

»Ich hab das nur gesagt, um Sie zu ärgern ...«

»Treffer!«

Ronan wendet den Blick ab. Die Schönheit dieser Frau blendet ihn mehr als die Mittagssonne im Juli. »Machen wir einen Spaziergang zum Leuchtturm?«

»O ja!«, stimmt sie zu. Verflogen ist die Angst unmittelbar nach dem Abschicken ihrer aufsässigen Nachricht an Boris, und sie fühlt sich vergnügt, unglaublich leicht, seitdem sie das Schicksal herausgefordert hat.

»Camille ist bei dem Musiker, er gibt ihm Musikunterricht, und danach bringt er ihn zu Armelle. Wir haben Zeit ...«

Der Weg ist heute verlassen und die Insel praktisch leer, der Schulanfang rückt näher. Emma und Camille werden noch bis zum Abend des letzten Ferientages bleiben, so wie Boris es beschlossen hat, worüber sie heute sehr froh ist. Auf dem Pfad hat sich das Licht seit dem 15. August unmerklich verändert. Es hat sich zu herbstlicher Milde abgeschwächt, ist pudrig geworden, golden und verleiht der Insel etwas Erhabenes.

»Diese Insel ist wunderschön. Und all die Leute … so nett, so mutig, wie sie sich für Camilles Rettung eingesetzt haben … Was für eine Lektion in Solidarität.«

»Wissen Sie Emma, die Bewohner von *Sein* sind bekannt dafür. Als General de Gaulle die Franzosen am 18. Juni 1940 aufgerufen hat, ihn in England zu unterstützen, sind hundertvierundzwanzig Männer, die bei der Mobilmachung aufgrund ihres Alters oder ihrer familiären Belastungen nicht einberufen worden waren, sofort in See gestochen, um ihn zu unterstützen. Mein Vater war unter ihnen. Er war sogar einer der führenden Köpfe … Und sie sind als eine der Ersten angekommen! Anfang Juli in London, als der General die Truppe in der *Olympia Hall* inspizierte, vereint mit dreihundert anderen Freiwilligen, befragte er alle über ihre Herkunft. Und das hat ihn dann dazu veranlasst, den seitdem berühmten Satz zu sagen, der sich in allen Broschüren über die Insel findet: *»Die Insel* Sein *macht also ein Viertel Frankreichs aus!«*

»Hut ab.«

»Und deshalb wurde die ganze Insel mit dem *Ordre de la Libération* ausgezeichnet – wie das Lothringer Kreuz dort drüben beweist. Der Stolz der Einheimischen …«

»Wenn man eine so schöne Geschichte vorzuweisen hat, dann verleitet das natürlich zur Tapferkeit … Camille hat davon profitiert. Was für ein Glück für ihn …«

»Ja. Aber vergessen sie nicht, dass es vor ein paar Jahrhunderten noch eine andere Tradition gab. Die Insel war vollkommen verarmt: kein Vieh, keine Gemüsegärten, keine Felder – oder höchstens so klein wie Taschentücher, kümmerlich hinter ihren Trockensteinmauern –, keine Bäume … kein Wasser oder nur das, was an Regen gesammelt werden konnte … Ein Meer, das nur das hergibt, was es will … und man musste doch überleben. Sie müssen zugeben, dass es nicht gerade von Edelmut zeugt, am Ufer Feuer zu entzünden, um Schiffe in Seenot zu bringen! Was mal wieder beweist … das Wesen des Menschen ist gespalten. Weder vollkommen gut noch vollkommen böse. Wir haben alle unsere ruhmreichen und finsteren Stunden …«

Sie sagt nichts. Sie denkt an ihre eigenen finsteren Stunden.

»Trotz allem stimme ich mit Ihnen überein, ja, Camille hatte Glück, dass sein Unfall hier passiert ist …«

»Und dass er Sie gehabt hat!«

»Ach, mich …« Ronan stößt mit dem Fuß eine leere Dose weg, die sich zwischen zwei Steinen versteckt hatte. Er bückt sich, hebt sie auf und steckt sie in die Tasche.

»Sie sind ein großartiger Mann, Ronan.« Und ohne nachzudenken hakt sich Emma bei ihm unter und drückt sich leicht an ihn.

Dieser unerwartete – oder zu ersehnte – Körperkontakt entfacht Ronans Leidenschaft. Er umarmt sie stürmisch und küsst sie mit dem Ungestüm eines Vulkans kurz vor dem Ausbruch. Doch er löst seine Umklammerung sofort wieder, macht einen Schritt zurück, entschuldigt sich: »Verzeihung, Emma. Ich weiß nicht, was in mich gefahren ist …«

* * *

Ronan und Emma kehren schweigend an den Hafen zurück. Er hilflos, unfähig zu akzeptieren, was ihm unbegreiflich ist. Und sie unfähig, sich hinzugeben, plötzlich wie versteinert in dem schwindelerregenden Gefühl, sich nicht mehr selbst zu gehören.

Die Gläser mit angenehm kühlem Cidre, die Armelle ihnen anbietet, nehmen sie abwesend entgegen, gefangen in einem dichten Nebel.

Ronan leert seines in einem Zug in der Hoffnung, seine Verlegenheit zu lindern.

Doch Emma trinkt nichts. Sie hat noch immer den salzigen Geschmack von Ronans Kuss auf den Lippen und möchte ihn nicht hergeben.

21.

Camille watet in seinen Gummistiefeln mit gebeugtem Rücken am Watt herum. Er hat seine Jagd auf die bedauernswerten Venusmuscheln mit noch größerem Eifer wieder aufgenommen. Jetzt, wo es auf der Insel ruhiger geworden ist, stellt der Junge zufrieden eine Abnahme der Regelverstöße fest. Und mit Beschützergeste wirft er die wenigen Muscheln, die von einer unbesonnenen Welle unabsichtlich angespült wurden, weit ins durchsichtige Wasser zurück. Eine Krähenscharbe folgt ihm in einigen Metern Abstand, die womöglich darauf hofft, von der Großzügigkeit dieses unerwarteten Säers zu profitieren. Doch ungeduldig und enttäuscht fliegt sie mit einem raschen Schlag ihrer schmalen Flügel davon und lässt ihre schwarze Gestalt dicht übers Wasser gleiten, diesmal auf der Jagd nach einer ernsthaften Mahlzeit.

Armelle beobachtet den vollkommen in seine Aufgabe vertieften Jungen mit der Gewissheit, dass sie es erfahren wird. Es wird etwas dauern, aber er wird ihr sein Geheimnis erzählen, und dann wird sie es wissen. Trotz zahlreicher fruchtloser Versuche, hat sie sich noch nicht entmutigen lassen. Sie muss nur den richtigen Angriffswinkel finden, das *Sesam, öffne dich*, um sein Schweigen zu brechen, und dann – da ist sie sich sicher – wird alles mit einem Mal herauskommen. Bloß weil bis jetzt noch niemand – weder seine Mutter noch Ronan noch irgendwer – eine Erklärung erhalten konnte, heißt das nicht, dass es keine gibt. Armelle vertraut darauf, dass sie schon noch von Camille erfahren wird, warum er sein Leben auf diese Weise in Gefahr gebracht hat.

»Sag mal, Camille, magst du das Meer?«

»O ja! Sehr.«

»Selbst jetzt noch. Sogar nachdem …«

»Aber ja. Warum?«

»Hattest du denn keine Angst bei dem Sturm?«

»Angst? Nein.«

Sie macht eine Pause. Ist er aufrichtig, oder lügt er?

»Du hattest *nie* Angst?«

»Doch. Aber das war danach. Als ich im Krankenhaus aufgewacht bin und Maman nicht da war. Ich wollte sie sehen, und sie haben gesagt: Sie kommt später. Ich habe ihnen nicht geglaubt. Ich dachte, sie sei tot.«

»Und …« Armelle verdrängt ihre Sorge, bemüht sich sehr, sie zu überwinden. Sie versteift sich auf ihre Frage. Sie kann nicht akzeptieren, dass er keine Angst gehabt hat. »Und all die riesigen Wellen, die unruhige See, der Wind … Das hat dich nicht beunruhigt, als du ganz alleine in dem Kahn warst?«

»Nein.«

Camille zeigt Spuren der Ungeduld und Armelle will ihm gegenüber nicht die Stellung einer privilegierten Erwachsenen geltend machen, also lenkt sie vorerst ein. »Und was würdest du sagen, wenn ich dir beibringen würde, wie man … ganz allein … eine *Île flottante* macht?«

Sofort kehrt das Lächeln auf Camilles Lippen zurück, wie die Sonne wieder hinter einer vorbeiziehenden Wolke hervorkommt. »O ja, Armelle! Und die schenke ich dann Maman.«

»Ich warne dich, so eine *Île flottante* ist sehr schwer zuzubereiten …«

Schwer? Nichts könnte ihm größeren Spaß machen, schließlich mag Camille bloß die schwierigen Dinge.

* * *

»Madame, ich *muss* mit Ihnen über Ihren Sohn sprechen … Erlauben Sie?«

Ohne eine Einladung abzuwarten, zieht Louis-Camille einen Stuhl heran, bestellt bei Armelle einen »schön heißen« Kaffee und setzt sich zu Emma an den Tisch.

Emma ist nicht ganz bei sich. Seit Ronans Umarmung ist sie etwas abwesend. Ein Schleier hat sich zwischen sie und das Leben geschoben. Seit zwei Tagen beobachtet sie nun schon das Schiff, ohne das Selbstbewusstsein aufzubringen, zur Anlegestelle zu gehen. Wenn er sie sehen will, weiß er, wo er sie findet. Doch auch er kommt nicht zu ihr, und die Stunden werden zu Jahrhunderten.

»Ja?«

Dieses Ja gefällt dem Musiker nicht, denn er spürt sofort, dass dies nicht ihre gewöhnliche Stimmlage ist. Und, was er ihr zu sagen hat, ist von höchster Wichtigkeit.

»Ihr Sohn …«

Er verstummt. Sie hat ihn einfach stehen lassen, rennt den Kai entlang einem Mann entgegen, der vom Hafen kommt. Louis-Camille richtet sich auf seinem Stuhl auf und ertränkt seine ernsthafte Verärgerung in seinem Kaffee – schön heiß, genau so wie er ihn mag.

»Sie werden uns fehlen, wenn sie wieder weg sind, sie und

ihr Sohn…« Armelle wischt, die Kaffeetasse in der Hand, gründlich den Tisch ab, ohne Emma aus den Augen zu lassen, die, wie es scheint, ganz ins Gespräch mit Ronan vertieft ist.

Louis-Camille beobachtet die Szene, ohne sie richtig zu sehen. Er muss Camilles Mutter etwas sagen, etwas äußerst Wichtiges. Und obwohl er nach außen hin die Beherrschung bewahrt, schäumt er in seinem tiefsten Inneren.

»Und… wo ist Camille?«

»In der Küche. Er schält Kartoffeln. Ich habe ihm erlaubt, meine Schälmaschine zu benutzen. Er ist schwer begeistert! Da fällt mir ein, ich geh mal besser wieder zu ihm. Nicht dass er sich noch einen Finger ramponiert… Sagen Sie mir, wenn jemand kommt?«

»Teufel, gehen Sie, schnell! Ich will nämlich auch nicht – ganz und gar nicht –, dass er sich die Finger ramponiert.«

* * *

Emma kommt vor Angst um. Sie macht sich Vorwürfe. An diesem Nachmittag auf dem Kai hat sie Ronan alles hingeschleudert, in einem Schwall, einem unverständlichen Durcheinander von ungeordneten Worten. Wie könnte er verstanden haben, was sie ihm sagen wollte? Und was für ein desaströses Bild hatte sie dabei abgegeben?

Als sie sich ins Bett legt, geht sie die Szene ihres Monologs noch einmal durch. Was genau hatte sie ihm gestanden? Und in welcher Reihenfolge?

Zunächst einmal hatte sie am Ende angefangen. Sie war von ihrem Mann zu einer Gefangenen auf der Insel gemacht worden, weil sie sich seiner Meinung nach auf eine unschöne

Geschichte eingelassen hatte. Eine Geschichte, die sie – *angeblich* – in Gefahr brachte.

Doch hatte sie Ronan danach auch gesagt, dass sie eigentlich nach Schanghai wollte, dass ihr Ticket bereits gekauft gewesen war und das Datum festgestanden hatte? Oder bloß, dass sie von ihrem Masseur eingeladen worden war, der sie dort erwartete?

Sie hatte ihm von dem Sommerpraktikum erzählt, das er dort organisierte, davon ja, da war sie sich sicher … Wie präzise war sie gewesen, das war es, an was sie sich jetzt nicht mehr erinnern konnte. Auf jeden Fall hatte sie kein Wort darüber verloren, welche Macht er auf sie ausübte. Und sie hatte auch nicht zugegeben, dass sie bei ihrem geplanten vierzehntägigen Praktikum nicht an Camilles Ferien gedacht, sondern sich lediglich von der Verfügbarkeit ihrer Kinderbetreuerin überzeugt hatte. Doch die Frage von Camilles Ferien hatte eine große Rolle bei Boris' Entscheidung, sie auf die Insel zu verbannen, gespielt.

Ja, ohne diese Erklärungen, dürfte er nichts verstanden haben. Zumal Emma nun plötzlich klar wird, dass sie ihm das Wichtigste nicht gesagt hat: ihre provozierende Antwort auf die angebliche Nachricht des Masseurs, eine List ihres Mannes. Eine Antwort, die bloß heftige Reaktionen von Boris hervorrufen kann und die sie seitdem in eine Wartehaltung versetzt hat, in ein Verharren am Rande von etwas Undefinierbarem …

Emma ist verstört und weiß es nicht mehr. Sie weiß nichts mehr und dreht sich in ihrem Zimmer im Kreis, genauso wie sich alles in ihrem Kopf dreht.

* * *

Im Morgengrauen lassen ein paar Zeilen aus China das Handy klingeln.

Ich bin genauso begeistert wie Sie. Reservieren Sie einen Flug nach Schanghai, teilen Sie mir ihre Ankunftsdaten mit, und ich werde Sie vom Flughafen abholen. Was die Kursgebühren betrifft, werden wir später sehen, das eilt nicht. Bis sehr bald!

Abrupt aus dem Schlaf gerissen, denkt Emma nicht darüber nach, was sie sagen oder machen soll. An diesem Morgen liegt es auf der Hand.

O.k.! Ich kaufe ein Ticket und schicke ihnen meine Ankunftszeit. Ja, bis sehr bald!

22.

»Haben Sie schon einmal etwas vom absoluten Gehör gehört?«

Louis-Camille hat seine Brille abgenommen und sie vor sich auf den Tisch gelegt. Vielleicht damit sie ihm diesmal aufmerksamer zuhört oder um ein gefälligeres, ansehnlicheres Bild abzugeben. Doch er ändert seine Meinung schnell wieder, denn er hat überhaupt keine Lust, das, was er Wichtiges zu sagen hat, auf dem Altar der Verführung zu opfern. Und er setzt entschlossen seine Brille wieder auf.

Emma ist ohnehin ganz woanders und sieht nur Ronan. Und diese Worte reizen ihre Ohren, sie erinnern sie an die Sprechweise ihres Masseurs. *Absolutes Gehör*, das klingt wie eine unmögliche Vorstellung vom Leben. Er kann sie behalten, seine absoluten Sachen! Außerdem widerstrebt es Emma noch immer, mit Louis-Camille ins Gespräch zu kommen. Dieser Mann hat etwas Merkwürdiges an sich, etwas, das sie nicht genau festmachen kann, und im Moment hat Emma das Bedürfnis nach Klarheit.

Und außerdem schüchtert er sie ein. Sicher aufgrund seiner stattlichen Erscheinung, seiner Distanziertheit – die jedoch frei von jeglichem Hochmut ist, das muss sie zugeben. Vielleicht auch, weil das, was ihn von den anderen unterscheidet, nicht von ihm beabsichtigt ist: fast eine Art spürbare Ausdünstung seiner Einsamkeit. Doch heute ist Emma, obwohl sie auf der Hut ist, bereit, mit sich reden zu lassen. Der Tag ihrer Abreise rückt näher, und dieser Mann hat sich ebenfalls um Camille gekümmert. Sie möchte ihm aufrichtig ihre Dankbarkeit darüber zum Ausdruck bringen.

Also lächelt sie Louis-Camille freundlich an, der diese Unterhaltung kaum mehr erwarten kann, so groß ist sein Frust darüber, dass er sie nicht schon vor Tagen führen konnte. Ohne Umschweife kommt er auf das Thema, das ihn umtreibt.

»Das absolute Gehör … damit wird man geboren. Ihr Sohn hat es, das ist sicher. Ein Geschenk des Himmels.«

Emma blinzelt leicht. Sie hat nicht wirklich zugehört, bloß wie im Vorbeigehen ein paar Worte registriert. Sie rekonstruiert das Gesagte und hört: »Ihr Sohn ist ein Geschenk des Himmels.« Nachdenklich wiederholt sie: »Mein Sohn … ein Geschenk des Himmels.«

»Hören Sie … Sie wissen ja, dass ihr Sohn mich öfters besucht. Er ist ein großer Musikfreund.«

Und der Musiker offenbart Emma seine Entdeckung. Das erste Mal, als Camille ihn besucht hatte, hatte er ihm *Die Glocke von Ys* vorgespielt. »Also, ihr Sohn ist in der Lage, auch jetzt noch, es vollständig – und vor allem perfekt – nachzusingen, obwohl er es nur ein einziges Mal gehört hat.« Dann hatte er ihm einen Walzer von Chopin vorgespielt und ihn gebeten, einige Noten zu unterscheiden. »Er kennt sich gut mit den Grundbegriffen der Musiklehre aus, die er in der Schule gelernt hat, wie er mir erzählte … Ein sehr gutes Basiswissen.

Stellen Sie sich vor, er hat alles im Kopf! Auf jeden Fall genug, um ohne zu zögern alle Noten zu benennen, die ich ihm vorspiele, selbst sehr schnell aufeinanderfolgend oder nur ganz kurz angeschlagen. Ich glaube, Sie kennen sich mit Musik nicht so gut aus – hat Camille mir gesagt … aber das spielt keine Rolle …«

Was wusste Emma schon von Musik? Die musikalische Untermalung einiger Theaterstücke während der Proben, als sie ihre Mutter begleitete? Vielmehr litt Emma hinter den Kulissen inmitten der Schauspieler vor sich hin – ausgeschlossen aus deren Welt, stellte sie sich ihren Vater vor, jedes Mal wenn sie einen schönen Mann, groß und blond, sah.

Im Theater hatte sie sich nur für die Kostüme begeistert.

Louis-Camille hüstelt und verbirgt so gut er kann, also sehr ungeschickt, seine Ungeduld: »Hören Sie, was zählt ist Folgendes: Ihr Sohn hat drei Gaben. Die erste: Sein echoisches Gedächtnis ist extrem gut ausgeprägt … er behält alles.«

Emma lächelt. »Na ja … alles, was ihn interessiert!«

»Die zweite: Seine Hörschärfe ist außergewöhnlich«, fährt Louis-Camille unbeirrt fort.

Emma würde es gerne verstehen, traut sich aber nicht, dem Musiker Fragen zu stellen. Seine Welt ist ihr so fremd, dass sie fürchtet, sich lächerlich zu machen.

»Schade, dass es in Armelles Restaurant kein Klavier gibt, Sie würden es sofort verstehen. Ich versuche, es ganz einfach zu erklären. Stellen sie sich vor, ich spiele sieben Noten gleichzeitig. Für Sie, für die große Mehrheit der Menschen, handelt es sich bloß um einen Tonbrei, undeutlich und kompliziert. Aber Camille ist in der Lage, jede der Noten herauszuhören. Aber vor allem, und das ist die dritte Gabe, kann er sie auch benennen. Das ist das absolute Gehör. Es bringt nicht die besten Musiker hervor, aber viele hervorragende Musiker haben es. Und ihre Gabe hilft ihnen dabei sehr … Auf jeden Fall kommt es so selten vor, dass man es fördern sollte. Verstehen Sie?«

Emma beugt sich ein wenig vor. Sie weiß schon lange, dass ihr Sohn nicht wie alle anderen ist. Aber gleich ein kleines Genie aus ihm zu machen …

»Und Ihr Sohn hat diese Gabe. Kein Zweifel.« Sie mustert dieses ernste Gesicht, das sich dessen sicher ist, was es da behauptet. Seine hellen Augen wirken fast substanzlos. Sie starren sie an, aber sie könnte nicht sagen, dass sich ihre Blicke kreuzten. Sie findet darin nichts, an dem sie ihren festmachen könnte. Wohin ist seiner gerichtet? Auf die Musik? Die Sterne? Sie erinnert sich an seinen Anblick, nachts, dahinschreitend, über den Strand schwebend, die Vision eines überirdischen, durchscheinenden Mannes. Doch heute, hier vor ihr, ist er ein hartnäckiger Brocken, ein unerschütterlicher Granit.

»Mozart war genauso. Er hatte ein ungeheures echoisches Gedächtnis … Oft wird folgendes Beispiel aufgeführt: Mit vierzehn hörte er in der Sixtinischen Kapelle *Miserere* von Allegri. Die Partitur war nicht aufzutreiben, weil der Vatikan sie unter Verschluss hielt und sogar so weit ging, jeden Versuch der Verbreitung mit der Exkommunizierung zu bestrafen. Doch daran sollte es nicht scheitern! Wieder zu Hause hat Mozart alle neun Stimmen vollständig aus dem Gedächtnis niedergeschrieben. Aber lassen wir Mozart aus dem Spiel. Madame, Sie haben nicht das Recht …«

Louis-Camille merkt, dass er zu herrisch ist, zu aufdringlich. Er, der schon immer ein Problem damit hatte, das richtige Maß zu finden, versucht, sich zu beherrschen. Sich zu mäßigen, auch wenn … auch wenn er keine Zeit mehr zu verlieren hat. Für die Musik gebührt es sich, seiner Stimme unbedingt und unverzüglich Gehör zu verschaffen, die Mutter zu überzeugen. Doch zu seiner großen Enttäuschung sieht er, dass ihr Gesicht einen gereizten Zug annimmt. Vielleicht hätte er nicht von Mozart anfangen und auch nicht so direkt sein dürfen. »Also, was ich sagen will … Sie können das Talent ihres Sohnes nicht einfach ignorieren. Ich sage es noch einmal, ich bin mir sicher mit dem, was ich sage. Mit etwas Methode, einer ernsthaften Ausbildung, einer echten musikalischen Anleitung, könnte er es weit bringen … sehr weit …«

Die junge Frau bemerkt den aufgeregten Zug um die Lippen des Musikers. Seine Anspannung ist ansteckend, ergreifend – fast schon rührend. Diese Aufregung hilft ihr, ruhig zu bleiben, obwohl sie seine Lektion in Moral und seine anklagenden Worte nicht gerade schätzt. *Sie können das Talent ihre Sohnes nicht einfach ignorieren …* Schuldgefühle hatte sie auch so schon mehr als genug.

Louis-Camille hält sich nicht weiter zurück, hebt die Stimme und steht auf, um das zu betonen, was er sagen will: »Sie müssen ihn *unbedingt* dabei unterstützen, diese Gabe zu entwickeln, verstehen Sie? Auch wenn … auch wenn die Musik offensichtlich … nicht zu Ihren Prioritäten gehört. Aber Camille liebt die Musik genauso wie ich. Wir haben damit beide erhabene Glücksmomente erlebt.«

Erhabene Glücksmomente … Emma starrt vor sich hin: das Meer, das ihr beinahe das Kind genommen hat, das absolute Grauen. Und nun erzählt ihr dieser Mann etwas von erhabenem Glück, stellt der Andersartigkeit ihres Sohnes einen Adelsbrief aus, erhebt ihn über alle anderen wie einen unermesslichen Schatz. Diese Insel ist wirklich einzig auf der Welt.

»Ich kann Ihnen die Adresse eines hervorragenden Musiklehrers in Paris geben. Er ist ein Freund von mir, Komponist, der nur handverlesenen Schülern Unterricht erteilt.« Louis-Camille setzt sich wieder dicht neben sie, legt ihr die Hand leicht auf den Unterarm in einer vertrauten, fast innigen Geste. »Und dann wäre da natürlich noch das Konservatorium. Camille hat eine große Karriere vor sich, seien Sie versichert.«

Er sagt ihr nicht, wozu auch, dass auch er, Louis-Camille, als ganz junger Mensch diese Gabe hatte. Aber dass er sie einige Jahre später bei einem Autounfall verloren hat. Für ihn war damals die Welt zusammengebrochen. Glücklicherweise war es dem Organisten seiner Kirchengemeinde, der seine Gabe erkannt hatte, gelungen, ihm die Zusammenhänge zwischen den Noten nahezubringen und innerlich jede Zeile einer Sinfonie zu hören …

»Sie müssen wissen, Madame, dass man Musiker nicht wird … man ist es, von jeher. Ihr Sohn *ist* Musiker. Glauben Sie an ihn. Genauso wie ich. Ich bitte Sie. Unterstützen Sie ihn.«

23.

In drei Tagen werden Emma und Camille die Insel verlassen. Camille streunt am Strand herum, um seine Venusmuscheln zu beschützen, entdeckt mit Armelle die kulinarische Improvisation und verbringt den Großteil seiner Zeit beim Musiker.

Emma fängt schließlich nachlässig damit an, ihre Sachen zusammenzuräumen. Aber sie merkt, dass sie nicht wirklich zusammenpackt. Sie schiebt bloß alles hin und her. Aus dem Schrank in die Tasche, aus der Tasche aufs Bett … und wieder zurück in den Schrank. Ihre Augen sind unersättlich auf das gerichtet, was sie durchs Fenster sieht: den kleinen Strand, den *Men-Brial*-Leuchtturm, die Laderampe am Kai. Abreisen ist ein Herausreißen, ein Abschied. Wie eine Muschel an einem glänzenden Felsen saugt sich ihr ganzes Wesen untrennbar fest.

Jetzt kennt sie die verhängnisvollen Folgen der Gegenströmungen zu gut. Um sich daraus zu befreien, muss man den Boden unter den Füßen verlieren, sich von der unberechenbaren Flut mitziehen lassen.

Zur Ankunftszeit des Kurierbootes findet sie sich auf dem Kai ein. Dieses unerschütterliche weiß-blaue Schiff näher kommen zu sehen, ist so unentbehrlich für sie geworden wie die Seeluft.

Ronan springt auf die Laderampe und kommt mit gelassenem Schritt auf sie zu. Als hätte es ihr Geständnis auf dem Kai nie gegeben, als müsste sie nicht bald abreisen und als hätte der Sommer gerade erst begonnen. Die Zeit zurückdrehen, sich am ersten Tag wiederfinden.

»Ein schöner Tag, nicht wahr? Sie haben Glück …«

Emma kann keine Leichtigkeit vorschützen. Sie tritt zur Seite, um einen vor Gipssäcken überquellenden Karren vorbeizulassen, und bleibt einen Moment ein wenig auf Distanz zu ihm. Dann legt sie plötzlich ihre Zurückhaltung ab und rückt wieder näher an ihn heran, nervös, hilflos. »Ronan, ich … es tut mir leid. Neulich … na ja … alles, was ich Ihnen gesagt habe.« Beschämt und verlegen ringt sie nach Worten. Doch er lässt ihr keine Zeit für Erklärungen. Mit einem sonnigen Lächeln verscheucht er ihre unangebrachten Worte, fegt die unerwünschten grauen Streifen vom Himmel, die den Blick auf den Horizont versperren.

»Morgen ist mein freier Tag. Und Sie haben meine Einladung noch nicht angenommen … die Kreuzfahrt auf meinem Segelboot. Ich würde Ihnen so gerne zeigen, wie schön es ist, mein Meer, bei klarem Wetter. Ich will Sie nicht mit diesem wütenden, unbarmherzigen Bild von ihm gehen lassen …«

Nur darauf hat sie gewartet. Ihr wird leicht ums Herz, wie ein Heliumballon, der ihr einige Sekunden lang den Atem raubt. Ihr Ja ist kaum wahrnehmbar. Aber trotzdem laut genug, dass Ronan spürt, wie sich eine ozeanische Kraft in ihm ausbreitet.

»Ich hole Sie morgen früh ab, gegen zehn Uhr.«

* * *

»Komm Camille, wie bereiten das Picknick vor. Eine Tüte für dich und Louis-Camille … und eine für Ronan und deine Maman. Schneidest du die Gürkchen für mich in dünne Scheiben?«

Camille ist froh. Die beiden werden am Meer zusammen essen, dort, wo sie sich kennengelernt haben, in der Nähe der kleinen Bucht, die von einer Spitzenborte aus dunklen Felsen umgeben ist. »Weißt du, Armelle, Louis-Camille ist wirklich sehr stark, und er bringt mir so viele Dinge bei. Aber ich … ich kann seine Treppe fünfmal schneller runterrennen als er!«

* * *

Es ist schönes Wetter und es herrschen ideale Bedingungen. »Emma, wir können den *Raz de Seine* passieren …«

Die kleine Gemeinde verschwindet langsam, die Insel wird immer kleiner, bis sie nur noch eine Landpfütze ist, und das Boot hüpft auf den Wellen herum, genauso munter wie sein Kapitän. »Ich will, dass Sie, wenn Sie wieder in die Stadt zurückkehren, sagen können: Ich habe den *Raz de Seine* passiert, so wie man den Rubikon überschreitet … oder die Alpenkette. Für einen Seefahrer ist das eine Taufe, eine Weihe. Man wird Ihnen Respekt zollen. Und Sie müssen ja nicht sagen, dass es bei schönem Wetter und ruhiger See war!«

Ronan lacht über seinen Scherz. Er lacht, und er fleht innerlich. Er will keine Wolke am Himmel, keine Welle höher als die andere, keinen unkontrollierten Windhauch. Er wünscht sich einen wunderbaren Tag, einen Tag, der unvergesslich für sie bleibt. Einen Tag, der sie mit dem verbindet, was er liebt, sie fest mit ihren eigenen Hoffnungen vertäut.

Emma hat noch nie einen Fuß auf ein Segelboot gesetzt und macht sich in der Plicht ganz klein aus Angst, im Weg zu sein. Unter ihrer Mütze und dem dicken Wollschal schwimmt sie in der Cabanjacke, auf die Armelle vor ihrer Abfahrt bestanden und die sie ihr geliehen hatte: »Ziehen Sie sich warm an! Es ist morgens jetzt schon ziemlich kalt, der Herbst kommt. Und auf einem Boot sollte man sich *bloß nicht* erkälten …« Bloß nicht. Armelle weiß, wovon sie redet.

Reglos auf der Bank sitzend fühlt sie sich inmitten dieses unbeständigen Elements nicht ganz wohl. Aber trotz des regen Seegangs fühlt sie sich vollkommen sicher und leidet nicht die Spur unter Seekrankheit. Sie verspürt sogar ein unsagbares Wohlbefinden und dennoch … dennoch ist es gar nicht lange her … Auf *diesem* Meer war sie schon einmal mit ihm, ihm ganz nah, zerrissen vor Angst und dachte damals, sie könnte nie wieder einen Fuß auf ein Boot setzen. »Wie spielerisch Sie die Wellen meistern, Ronan. Man könnte meinen, sie gehorchen Ihnen.« Seine gekonnten Manöver, um die Welle zu nehmen, zur rechten Zeit mit ihr mitzugehen und dann geschickt auf ihrem Rücken zu gleiten, lassen das Segelboot in einem lebhaften und geschmeidigen Tanz dahinwogen. Emma betrachtet Ronan beeindruckt, als verfüge er über übernatürliche Kräfte. »Was für ein Seemann Sie sind! Auf der Insel werden Sie von allen geschätzt und geachtet.«

»Ach, wissen Sie … wenn man bei Wind und Wetter praktisch die Nabelschnur zum Festland ist, dann genießt man natürlich eine privilegierte Stellung.«

»Und Ihnen schlägt auch nie jemand etwas ab, nehme ich an … nicht einmal eine Spazierfahrt übers Meer!« Ihre gute Laune erlaubt es ihr, ihn zu necken. »Außer Armelle«, fährt sie fort, auf der Suche nach einer Übereinstimmung in ihren wenigen gemeinsamen Erinnerungen, »wenn etwas Falsches geliefert wird…« Wie weit er schon zurückliegt, der Tag, an dem Louis-Camille fünfzig Dosen russischen Salat gekauft hat.

Emmas Lachen löst sich im Wind auf, und Ronan versäumt nichts davon. »Armelle… Armelle, die eiserne Rebellin… Unmöglich, sie dazu zu bringen, ihre Meinung zu ändern, wenn sie etwas beschlossen hat. Und ich weiß, wovon ich rede, sie hat mich meine ganze Kindheit lang unter ihre Fittiche genommen!«

Sie lachen ihren ganzen Frohsinn heraus. Und ihre Freude ist wie das Aneinanderreiben der Flügel zweier Vögel zum Frühlingsauftakt, die auf dem höchsten Ast sitzen.

Dann lassen sie Stille einkehren, sich von ihrem wohlwollenden Taumel einhüllen, von ihrer verwirrenden Zurückhaltung und von all den Träumen, die ihr innewohnen. Die Luft ist von einer kristallklaren Reinheit, und die Küste zeichnet sich vollendet in einigen Meilen Entfernung ab. Das Segelboot gleitet in voller Fahrt in Richtung *Pointe du Raz* dahin. Von Zeit zu Zeit treffen sich ihre Blicke, kaum für den Bruchteil einer Sekunde, Goldspäne, die aus einer geheimen Schmiede geschleudert werden, ein Elixier ihrer Wünsche. Ein Kontakt, der so intensiv ist, dass Ronan sich sofort in die eifrige Betrachtung des Meeres vorausflüchtet. Emma zieht die Knie an und schlingt die Arme darum wie ein kleines Mädchen in ihrer zu großen Jacke und dennoch so sehr Frau. In ihr öffnen sich Horizonte, so weit wie die um sie herum, so weit, dass sie das Bedürfnis verspürt, sich zu sammeln.

»Schauen Sie! Ein Basstölpel!« Der Seemann zeigt auf

einen kleinen Punkt in der Ferne, der immer näher auf sie zukommt, und jetzt entdeckt auch sie ihn am Himmel. Sie verfolgen gemeinsam, ohne ein Wort, den faszinierenden Flug des großen, majestätischen Wasservogels mit seinem weißen Körper und den schwarzen Flügelspitzen. Ronan bewundert gleichzeitig den Vogel und diejenige, die ihn betrachtet. Emma begeistert sich ihrerseits, reißt ihre hellen Augen weit auf, wie wenn man sich eine Erinnerung für die Ewigkeit einprägen will. Vor allem will sie diesen schwarzen Kragen aus dickem Tuch in Erinnerung behalten, der ihm bis zur Hälfte des Halses geht und seine braune Haut umrahmt, die virile Korolla eines Mannes, der sich mit dem Meer misst.

Und die *Folie douce* gleitet mit ihrer geteilten Verzückung übers spätsommerlich zartblaue Meer, getaucht in ein Licht, das nur perfekte Momente bieten können.

* * *

Ronan hat seine gewohnte Route genommen, die des Kurierschiffes, um die *Pointe du Raz* von Süden aus zu erreichen. Vor ihnen ragen die beiden Türme auf, stolze Wachposten, Wächterinnern über geheimnisvolle Orte, eine Passage, die das Tor zum Königreich der Finsternis sein kann und zu oft war. Das Wasser ist vollkommen ruhig und umspült ungeniert den Fuß der Türme *Phare de la Vieille* und *Tourelle de la Plate*, auf die das Segelboot zusteuert.

Emma kann sich die von Ronan beschriebenen apokalyptischen Szenen nur schwer vorstellen. Das soll also dieser höllische Ort sein? Sie ist beinahe enttäuscht, und ihre überraschte Miene über eine solche Ruhe verrät sie.

Doch die Fischerboote wissen sehr wohl um die harten

Zeiten, wenn das Meer verrücktspielt, in dieser Meerenge »wo das Meer genauso schnell anschwillt, wie man einen Napf Suppe ist«, zitiert Ronan aus einem alten Buch über die Insel, das er in der Bibliothek seiner Mutter aufgestöbert hat. Doch sie will gar nicht mehr darüber wissen. Mit ihm an einem gefährlichen Ort in Sicherheit zu sein erfüllt schon ihre kühnsten Träume.

Das Segelboot schiebt sich mühelos durch das schreckliche Tor. Heute ist es ein Tor des Lichts, flankiert von seinen zwei Säulen. Sie sehen weder Strudel noch Untiefen, weder Querströmungen noch Gegenströmungen – außer vielleicht in sich selbst. Die *Pointe du Raz* zeichnet sich mit einem felsigen Strahlen im blauen Wasser ab, als hätte diese verdichtete Landzunge, gesäumt von hohen Felsen, den Kampf aufgegeben, kapituliert und gäbe sich dem Meer geschlagen.

»So! Sie haben den *Raz de Sein* passiert.«

Emma ist froh, dass sie in seinen Augen als eine Seefahrerin, die dieses Namens würdig ist, durchgeht. Doch insgeheim ist sie vor allem aus einem Grund froh, den sie nicht zu sagen wagt: Dieses Tor, das in Ronans Leben eine so wichtige Rolle spielt, lässt sie in eine ganz neue Welt eintauchen, frei von jeglicher Vergangenheit.

Die beiden Türme entfernen sich langsam in ihrem Rücken. Ronan schwenkt die Segel seines Schiffs, um seine Fahrt zu bremsen, und lässt es langsam, kontrolliert in die ruhigeren Gewässer der Bucht zwischen *Pointe du Raz* und *Pointe du Van* treiben. Das Meer ist tiefblau und glitzert. Zwischen ihnen und der Sonne reflektiert das Licht wie durch tausend, von unsichtbarer Meerjungfrauenhand bewegte Spiegel. Ganz hinten in der Bucht laufen lange, hohe Wellen sanft auf blonden Sand. Die *Bucht der Verstorbenen* bietet einen geradezu tröstlichen Anblick nach dem Getöse der Felsen an der *Pointe du Raz*, und man möchte fast meinen, sie will ihren düsteren Namen vergessen machen, denn sie hat alles von einem fröhlichen, einladenden Strand.

»Wissen Sie, dass einige die Stadt Ys in dieser Bucht vermuten und nicht in der Bucht von Douarnenez? Ys, die versunkene Stadt, beschützt von mächtigen Deichen, unsterblich, die ständig wieder auftaucht… Meine Mutter hat mir diese Sage sehr oft erzählt, als ich klein war.« Einen Moment lang träumt Ronan insgeheim, er wäre König Gradlon, der Morvac'h besteigt, das Pferd, das übers Meer galoppieren kann, um die schöne Malgven ihrem schrecklichen Ehemann zu entreißen… Doch er lässt seinen Fantastereien nicht freien Lauf und verschwindet in der Kajüte, um mit dem Picknick von Armelle wiederzukommen.

Emma nimmt ihre Mütze ab, befreit eine Flut goldener Locken, rutscht in den hinteren Teil des Segelbootes und macht neben sich Platz. Der Seemann legt seine Windjacke ab, streckt die Beine aus und stellt den Korb zu seinen Füßen ab. Im beengten Bereich der Plicht berührt jede Bewegung des einen die Intimsphäre des anderen.

»Ich bin nicht besonders hungrig«, gesteht sie.

»Ich auch nicht, um ehrlich zu sein. Aber Armelle würde es uns übel nehmen, wenn wir ihr Essen verschmähen würden…«

»Ich… Sie… Machen Sie oft solche Segeltörns wie diesen… in Begleitung?«, erkundigt sie sich und beißt energisch in die Lachsquiche, um die Wichtigkeit zu kaschieren, die sie dieser Frage beimisst.

»Nie. Ich hatte noch nie eine Frau an Bord.«

Ronan blickt in die Ferne. Unter Fluten ruht seine Mutter; eine Katastrophe, von der er sich nie erholt hat. Eine unheilvolle Vision seiner Eltern, bedrohlicher als der *Raz de Seine*.

Doch er verscheucht diese Bilder mit einem kräftigen Zug an der Schot des großen Segels, das er inzwischen wieder gehisst hat, und fügt mit dem Lächeln des einsamen Wolfes hinzu: »Das Meer hat allen Platz eingenommen.«

* * *

Emma hat sich herrlich treiben lassen, berauscht vom Zauber von Ronans präzisen und geschickten Bewegungen an der Ruderpinne. Sie hat Stunden unter einem unendlichen Himmel verbracht mit den Basstölpeln, diesen sagenhaften Luftakrobaten, deren Meisterleistungen sie jetzt alle kennt. »Sie stürzen sich mit hundert Kilometern in der Stunde aus gut dreißig Metern Höhe auf ihre Beute …«, hat er ihr erklärt, glücklich darüber, seine Meerespassion zu teilen. Sie hat, über die Reling gebeugt, lange das tiefe Wasser belauert, bis sie – oh, Überraschung! – den kraftvollen und dennoch anmutig vergnügten Sprung einer Schule von Delfinen sah, die um den Rumpf herumtollte.

Die Stunden sind so schnell verflogen wie die Gischt im Kielwasser des Bootes.

Und nun an diesem Spätnachmittag, an dem sich ein leichter nervöser Wind erhoben hat – ein ablandiger Wind, der ans Meer zu zahlende Tribut, weil es den Seeleuten einen Tag lang ein prächtiges Hoch beschert hat –, fühlt sie sich gut, ausgesprochen gut an Bord der *Folie douce*. So gut, dass sie am liebsten niemals in den Hafen zurückkehren und einfach geradeaus – so weit weg wie möglich, so lange wie möglich – weiterfahren würde.

Die Sonne verliert langsam ihre Stärke, und die Kälte bricht plötzlich herein. Um die Strecke und die Zeit, die ihm mit Emma bleibt, zu verlängern, ist Ronan eine große Schleife nach Südosten gefahren und anschließend wieder in gemächlichem Tempo, das die Kühle mildert, zurück. Am Horizont verfinstert sich die Insel, verschwimmt mit einem rosa Himmel. »Ich habe Armelle vorgewarnt, dass wir erst nach Anbruch der Nacht zurückkommen, damit sie sich keine Sorgen macht. Ich möchte, dass Sie die Einfahrt in einen Hafen erleben, wenn die Häuser in der Dunkelheit leuchten.«

Ronan hat sich zum Steuern dicht neben sie gesetzt, um sie vor dem Wind zu schützen, der ihnen um die Ohren peitscht. Mit unbeholfener Geste schiebt Emma ihre Mütze, die ihr über die Augen gerutscht ist, ein wenig zu weit hoch, und eine Bö gönnt sich das Vergnügen, sie ihr wegzureißen. Er fängt sie flink im Flug auf und – »Sie erlauben?« – setzt sie ihr behutsam wieder auf, wobei er ihr zwei oder drei Strähnen darunterschiebt, die ihr ins Gesicht fallen. »Sie sehen ja gar nichts mehr …«

Etwas später fegt eine erneute Böe über die Plicht. Diesmal widersetzen sich beide nicht dem Willen des allmächtigen Windes, des Windes, der auch die Strandgrasnelken beugt und deren bereitwillige Blütenkronen den Sand küssen lässt.

Glücklicherweise findet die *Folie douce* ihren Weg durchs Dämmerlicht von ganz allein.

* * *

Du hast Sein *verlassen, und ich kann dich nicht mehr orten. Habe dich noch auf dem Meer in Küstennähe gesehen und dann kein Signal mehr, keine Spur von dir. Wo bist du? Denk an unsere Vereinbarungen. Wenn ich bis heute Abend nichts von dir höre, melde ich dich als vermisst.*

Die Lichter der Küste kommen näher, eine zarte Girlande menschlicher Präsenz am pechschwarzen Himmel. Emma unterdrückt ein Seufzen.

Sie geht in sich, bloß für ein paar Sekunden, bevor ihre flinken Finger eine Nachricht zurückschicken und die unerwünschte Störung so schnell wie möglich aus dem Weg räumen.

»Nichts Ernstes, das ist nicht Armelle«, entschuldigt sie sich bei Ronan. »Eine Freundin … Ich schreibe ihr bloß schnell, dass ich ihr heute Abend in Ruhe antworte.«

Er lässt sich nicht täuschen, denn auf die Stimme, die er hört, legt sich ein Nebel aus ihrer Unruhe und bringt ihre Selbstsicherheit ins Wanken.

* * *

Ja, tut mir leid, Boris. Ich weiß, es ist spät. Aber ich war mit ein paar Freunden draußen auf dem Meer. Wir hatten Probleme mit dem Motor, und ich bin gerade erst zurückgekommen … das kann doch jedem passieren, oder?« Sie haben sich seit zwei Monaten nicht gesprochen, zwei Monate des Schweigens, der Distanz.

Emma hat sich noch nie so einen rebellischen Ton erlaubt. In Wahrheit ist sie weniger selbstbewusst, als sie zeigen möchte. Aber irgendetwas in ihr gewinnt die Oberhand, führt sie, steuert sie.

Boris' Stimme dagegen ist wie immer, ruhig, reserviert. »Sicher. Aber wenn du glaubst, ich habe nicht mitbekommen, dass du immer noch nach Schanghai willst – trotz meines Verbots …«

Sie hatte also recht gehabt. Die E-Mail, das war wirklich er! »Ich wusste, dass du das warst …« Boris dementiert energisch. »Den Mailaccount von jemand anderem benutzen kann ich nicht! Aber mit deinem Passwort, nichts leichter als das, ich habe deine Mails gelesen … und die von diesem Mistkerl. Und … ja, ich habe dich gewarnt, wenn du versuchst, nach China zu fliegen, lasse ich dich am Flughafen festnehmen.«

Diesmal verliert Emma die Fassung. Die Sonne, das Meer und noch so viele andere Dinge, die sie an diesem Tag erlebt hat, schützen sie nicht mehr.

»Du lässt mich festnehmen …? Bist du verrückt geworden?«

»Mäßige deine Worte, bitte … Und hör mir zu. Ohne mich zu unterbrechen, bitte schön.«

Und so muss sie den harten Tatsachen ins Auge blicken: Ihr Masseur ist nichts anderes als ein geschickter Frauenhändler. Wenn sie besonders hübsch sind, lockt er verwirrte oder naive Frauen, nachdem er sie mit Drogen betäubt hat, nach Schanghai. Dort wird ihre westliche Exotik zu beachtlichen Preisen an Interessenten verkauft, was seinem Bankkonto bereits lukrative Einnahmen beschert hat. Zweifelsohne ist Emma der Hölle bloß um Haaresbreite entkommen. »Seine Masche ist teuflisch und sehr effizient. Es sind die Opfer, die ihm bereitwillig – was sage ich: begierig – in die Falle tappen!«

Sie ist erschüttert, hat jedoch nicht die Zeit, sich in diese dramatische Zukunft zu versetzen, die ihr hätte blühen können. Vier Worte halten sie zurück, unterbrechen ihren Gedankengang, fangen die Schreckensvisionen ab: *verwirrte oder naive Frauen*. Diese Worte dienen ihr als Schutzwall, die ihre Angst auf Distanz halten. Sie hatte sich weder verwirrt noch naiv gefühlt … bloß leer, vollkommen leer. Grausam schön und schrecklich leer. Die Ölmassagen hatten bloß ihren Wunsch, vor sich selbst zu fliehen, betäubt und ihr eine wenn auch trügerische letzte Hoffnung gegeben.

Emma unterbricht ihren Mann nicht, um ihm das zu sagen, wozu auch, und Boris setzt seinen Monolog fort. »Du hast dich fünfmal pro Woche unter Drogen setzen lassen, mit immer höheren Dosen, in dieser scheinbar empfehlenswerten Praxis. Anfangs habe ich nichts bemerkt … aber Camille hat mich durch seine Beunruhigung alarmiert. Dieses Kind neigt eigentlich nicht dazu zu petzen.«

Denn seit dem Abend, an dem ihr Sohn ihn gewarnt hatte, hatte Boris angefangen, Emma zu bespitzeln. Angesichts der übermäßigen Anzahl der Termine hatte er zunächst an eine banale Untreuegeschichte gedacht. »Ich habe euch beide überwachen lassen. Doch außerhalb der Massagepraxis wies nichts auf eine Liaison zwischen euch hin, und ihr wart nie in Kontakt. Und dieser Mann wirkte so … wie soll ich sagen … durchschnittlich, fast gewöhnlich. Überhaupt nicht dein Typ! Irgendetwas daran passte nicht.«

Der Mann, der die Beschattung vornahm, hatte ihm nahegelegt, eine Haaranalyse durch ein Speziallabor bei ihr vornehmen zu lassen, um festzustellen, ob sie Drogen nahm. Anfangs dachte er, der Masseur beschränke sich darauf, sie mit Rauschmitteln zu versorgen.

»Aber weißt du, die Wahrheit war nicht weit davon entfernt… nach den Ergebnissen hatte ich wirklich Angst. Die Analyse konnte jeden deiner Besuche auf den Tag genau datieren und die Dosis des nach und nach mit Opium versetzten Hanföls messen, das er dir während der Behandlungen auftrug. Für ihn bestand dabei keinerlei Risiko: als schwer Opiumsüchtiger konnte er die Kontamination seiner Handflächen vertragen, die jeweils bloß fünf Prozent der Körperoberfläche ausmacht, während dein Rücken praktisch zehn Händen gleichkommt. Er setzte dich ohne dein Wissen unter Drogen. Da habe ich beschlossen, dich nach *Sein* zu schicken, um dich ein für alle Mal von alldem abzuschneiden. Da auch noch Camilles Ferien organsiert werden mussten, dachte ich mir, dass euch beiden die Luft der Bretagne guttun würde. Und auf einer Insel war es ohnehin leichter, dich zu überwachen. Das mag dir nicht gefallen haben, aber kurz gesagt, ich habe dir die Haut gerettet, Emma. Und ich verlange nicht einmal Dank dafür…«

Boris' bitterer Ton trifft sie nicht, sie ist dafür nicht mehr empfänglich, versunken in ihrem Unglück. Seit sie auf *Sein* ankam, plagten sie Nervosität, Schlafstörungen, aber auch diese Apathie, diese Gleichgültigkeit und dieses hartnäckige Verlangen, ihren Masseur wiederzusehen. Plötzlich begreift sie alles.

Aber warum, warum hatte er ihr all das nicht gesagt, anstatt sie ohne ein Wort der Erklärung in die Verbannung zu schicken? Emma verzichtet darauf, ihm diese Frage zu stellen. Sie erinnert sich wieder an die entschiedene Art, mit der Boris grundsätzlich Probleme angeht und löst. Boris ist wie immer der selbstsichere Alleinentscheider.

Es ist ohnehin zu spät. *Sein* ist weder eine Sicherheitsschleuse noch ein Gefängnis. *Sein* ist eine wundervolle Insel. Der Nachmittag, an dem sie unter den weißen, perfekt ausgerichteten Segeln herumkreuzte, erfüllt sie wieder ganz und gar.

Doch sie schweigt, behält ihren kostbaren Schatz für sich.

»Und die Sache wurde mittlerweile der Polizei in Schanghai übergeben. Also kannst du übermorgen vollkommen sicher nach Paris zurückkehren.«

Sie hört sich bloß mit tonloser Stimme sagen: »Ja, Boris.«

Übermorgen in Paris. Ja, Boris.

»Und halte dich bereit: Nächsten Donnerstag hast du ein Fotoshooting für die *Vogue*. Ich hoffe, du bist noch präsentabel …«

Präsentabel.

Präsentabel ist sie zweifelsohne. Und bereit, sich treiben zu lassen.

Aber nicht auf Hochglanzpapier.

»Ja, Boris. Übermorgen in Paris.«

24.

Auf dem Couchtisch – bestehend aus fünf Säulen aus Konservendosen russischen Salats mit einem Eichenfassdeckel – türmt sich Seite um Seite einer Partitur, geduldig auf einem Computer eingegeben und ausgedruckt.

Obenauf ein oder zwei handschriftlich verfasste Blätter. Graue und blonde Locken studieren aufmerksam die Notenlinien, auf denen die Töne eilig niedergeschrieben wurden.

»War es das, was du im Kopf hattest auf deinem Felsen?«

»Ja, Camille. Das und auch noch andere Sachen … Die Musik entscheidet und setzt sich durch. Ich bin bloß ein bescheidener Kopist.«

»Spielst du es mir vor?«

»Natürlich …«

Und Louis-Camille zeichnet, sein Handgelenk verfluchend, seine jüngste Komposition ins Ohr von Camille.

»Das ist schön!«

»Ja, ich bin zufrieden.«

»Wirklich schön.«

»Ich weiß.«

»Ich, ich weiß es auch. Du bist wie ich Louis-Camille. Wenn du was weißt, weißt du es.«

»Genau! Und übrigens habe ich diese Partitur schon nach

Paris geschickt. Damit sie in ihrer Klavierfassung gespielt, aufgenommen … und in der Musikwelt gewürdigt wird, wie es ihr gebührt. Und ich mache daraus eine Oper, eine herrliche Oper, die auf der ganzen Welt aufgeführt wird. Aber jetzt werde ich erst einmal die Orchesterfassung daraus machen, und die wird überragend …« Louis-Camille lacht herzhaft, doch er ist überzeugt von dem, was er sagt. Und auch Camille zweifelt keinen Moment daran.

Camille nutzt den Moment, um einen weiteren Vorstoß zu wagen. »Und du wirst auch derjenige sein, der sie dirigiert, oder?«

»Natürlich!«

»Du hast mir immer noch nicht gesagt, warum du keine Orchester mehr dirigierst …«

Louis-Camille rührt sich eine ganze Weile nicht mehr, in sich selbst versunken, ein Lavabrocken, in dem noch immer die Überreste einer verheerenden Weißglut schwelen. Wieder einmal wird er ungestüm von der Vergangenheit überrannt.

Dieser ruinöse Abend, an dem er sich trotz aller drastischer Konsequenzen – trotz seiner Verbundenheit mit den Musikern, seinen Kollegen … trotz seines Publikums, das er liebte – gegen sein ganzes Wesen gesträubt und versagt hatte. Er war geflohen und hatte die Oper hinter sich gelassen, seine Engagements und ein ewiges *Traviata*, weil ihn plötzlich ein Überdruss übermannte, dessen Vorzeichen er vollkommen ignoriert hatte. Und all das, weil er nicht mehr die Freiheit seiner imaginären Reisen hatte, weil er durch die Töne der anderen nicht mehr seine eigenen Träume verwirklichen konnte … denn, ohne es zu wissen, strebte er bereits danach, mit seinen eigenen Diamantnadeln die schwarzen Unendlichkeiten zu schleifen und zum Klingen zu bringen. Seine Musik offenbarte sich unter der scheinbaren Ruhe eines viel zu friedlichen Wassers; ein gefährliches Fahrwasser, das ihn in vollem Lauf hatte untergehen lassen.

Sprachlos schweigt der Junge, der sich plötzlich sehr schuldig fühlt wie so oft, wenn er, ohne es zu wollen, Reaktionen hervorruft, deren Grund er nicht kennt.

Louis-Camille schnaubt, versucht, diesen Nebel zu vertreiben, der ihm auf der Seele klebt, wendet sich wieder dem Jungen zu, dem er diesmal nicht ausweichen will.

»Ich habe einfach geglaubt, ich könnte… jeden *Unsinn* machen, wie du immer sagst. Das heißt, bloß meinen Gefühlen folgen und auf alles andere pfeifen. Ich hielt mich für den König der Welt – unbesiegbar und unsterblich, immer gefeit gegen alle Konsequenzen, mochten sie auch noch so verheerend sein. Wie ein Kind, so wie du. Das hat mich zu einigen Dummheiten verleitet…«

Camille, der stets auf die gebotene Korrektheit pocht, betont nachdrücklich: »Unsterblich? Aber niemand ist unsterblich! Außer… außer denjenigen, die nie sterben, wie die Seeleute, die im Sturm ertrunken sind, zum Beispiel… und die sich in Silbermöwen verwandeln.«

»Ah, du redest von der Sage der Silbermöwen… eine sehr schöne Geschichte…«

Plötzlich gespannt wie ein Bogen, richtet sich das Kind auf und ruft aufgebracht: »Das ist keine Sage! Das ist die Wahrheit!«

Der Musiker dementiert nicht. Schließlich hat auch er einmal an die Sage des Lebens geglaubt, die ihn beschützt, was er auch tut, die ihn, was auch geschieht, immer wieder zu neuem Leben erwachen lässt in der Welt der Musik.

Doch in den letzten vier Jahren hat er daran gezweifelt, das ist wahr, sogar ernsthaft daran gezweifelt.

Aber heute glaubt er, wie Camille, wieder daran …

* * *

Louis-Camille hat den Text aufgesetzt, und Camille hat ihn mit seiner ordentlichen, wenn auch noch etwas unsicheren Schrift abgeschrieben. Außerdem hat er die Silbermöwen gezeichnet und den Musiker gebeten, ihm eine große Welle zu malen und »genau das gleiche Schaf« wie bei ihrer ersten Begegnung.

Als das Plakat ihrem Geschmack entsprach, gingen die beiden Komplizen Seite an Seite die enge Gasse hinauf mit der Miene zweier Konquistadoren und bauten sich vor der großen Glasfront von Armelles Restaurants auf.

Dann klebte Camille gewissenhaft ihre Ankündigung auf:

Louis-Camille Leclerc du Vivier
hat das Vergnügen,
Sie zu seinem Klavierkonzert einzuladen,
am Samstag, dem 31. August um 18 Uhr 30
in der Rue du Troeujeur.
Eintritt frei, begrenzte Sitzplätze

* * *

Vor Louis-Camilles Haus drängt sich eine Menschenansammlung. Man könnte meinen, die gesamte Insel habe nur auf diese Gelegenheit gewartet, um ins Haus des Prinzen einzufallen und sich ein eigenes Bild von diesem Mann zu machen, der seit seiner Ankunft das gesamte Dorf beschäftigt.

Höchstens dreißig Auserwählte werden das Wohnzimmer betreten können, das für diesen Anlass ausgeräumt wurde und nur einen einzigen Sitzplatz bietet, der diesen Namen verdient: den Voltaire-Sessel, auf dem Emma thront, eingeschüchtert, weil Louis-Camille sie so in den Vordergrund stellt.

Die anderen Gäste sitzen mitten auf dem Boden oder entlang der Wände. Auf den besten Plätzen, da Camille sie ein wenig früher hereingebeten hatte, finden sich Armelle, Ronan – der auf der *Heol Sun* von einem Kollegen vertreten wird –, die Lebensmittelhändlerin, die er fast jeden Tag sieht, der Arzt der Insel, der ihm die Fäden gezogen hat, und Yann, Ronans Gehilfe, der ebenfalls ausnahmsweise von seinem Dienst befreit worden ist. Louis-Camille hat seinerseits Vater Kolaig eingeladen, dem er am Ufer begegnet war, wo dieser gerade sein Boot reparierte.

Und in der Mitte des Zimmers steht natürlich das Klavier.

Louis-Camille bittet um Ruhe und genießt es. Es gefällt ihn, wieder einmal diese gespannte Erwartung zu erleben, wenn ein Publikum voll und ganz auf das gerichtet ist, was er hervorbringen wird. Nach einigen wohlüberlegten Begrüßungsworten und einer Warnung vor seinen begrenzten künstlerischen Wiedergabemöglichkeiten setzt er sich ans Klavier und spielt sein erstes Stück, eine Mazurka, leicht und reizvoll, mit dem Titel *Les Causeurs*. Die Inselbewohner erkennen in dem Titel natürlich den Namen der beiden beliebten Hinkelsteine vor ihrer Kirche, die dort schwatzhaft einander zugewandt stehen, als würden sie Vertrauliches, Klatsch oder Indiskretionen austauschen. Es folgen: *Saint-Corentin*, *Le Sphinx*, *Le Puits de Saint-Guénolé*, *Guernic*, *Goulenez*, *Ar Gueveur*, *La Croix de Nifran*, *Kilaourou* … eine stimmungsvolle Kartografie der Insel, Ergebnis seiner langen, wachen Meditationen und seiner nächtlichen Spaziergänge.

In seiner Ecke, auf dem Fensterbrett sitzend, scheint der alte Kolaig vor sich hin zu dösen, den Kopf nach vorne gebeugt zwischen den Schultern hängend, die Lider geschlossen. Normalerweise hat er bloß Gehör für die Wechsel des Windes oder den Ruf der Vögel, und die Musik – abgesehen von der seiner Insel, die die Generationen überdauert und die wichtigsten Ereignisse eines Lebens begleitet – ist ihm recht fremd. Er ist heute nur gekommen, um seiner Frau eine Freude zu machen, die unter denjenigen sein möchte, die im privaten Umfeld des Musikers empfangen werden. Und um diesen Lausbub kennenzulernen, dem sein Kahn das Leben gerettet hat.

Seine Frau neben ihm wirkt recht eingeschüchtert und wagt kaum, sich umzusehen, außer um heimlich vertraute Gesichter ausfindig zu machen, mit denen sie später ihre Eindrücke teilen könnte. Die Lehrerin ist da, die ihr, weil sie selbst Musikerin ist, eine fachkundige Meinung geben können wird. In der Tat hört sie aufmerksam und neugierig zu.

Allmählich sind alle, sogar die Reserviertesten, berührt von dieser neuen, originellen Vorstellung; sie, die dachten, alle Facetten von *Sein* zu kennen. Ein vages Gefühl, ein ungekanntes melancholisches Wohlbefinden lässt sie in eine angenehme Schwerelosigkeit gleiten. Und sie lassen sich von dieser Musik mitreißen, die vom Zartrosa der Blume des Allerheiligsten erzählt, von der Aprikosenfarbe des weichen Sandes unter nackten Füßen, vom klaren Rauschen einiger Wellen, so leicht, dass sie die Felsen zu streicheln scheinen. Sie lieben ihre Lebhaftigkeit, so luftig wie der Flug der Seeschwalben. Aber auch ihre Kraft und ihr Brechen zu Füßen des Nebelhorns von *Ar Gueveur* oder ihr Toben in der *Chaussée de Sein*. So viele Bilder, die, wenn es denn nötig ist, ihre Verehrung dieses Fleckchens Erde rechtfertigen.

Der großzügige Applaus für diesen Musiker, der die Feinheit und die Subtilität ihrer geliebten Insel verstanden hat, ist in gewisser Weise ein Integrationsritus in ihre dankbare Gemeinschaft. Eine seltenen Ehre, deren Bedeutung Louis-Camille ermessen kann. Und wie auf alle Dinge von höchster Wichtigkeit, kann er darauf nur mit einem bewegten Schweigen antworten und mit einer ausführlichen Verbeugung.

Es verstreichen einige Momente, bis Louis-Camille das Wort ergreift. »Meine Damen und Herren, ich habe diese Stücke hier seit meiner Ankunft geschrieben. Sie waren in mir, und die Insel hat sie ans Licht gebracht. Die Insel … und Sie alle. Dafür mochte ich Ihnen meine tiefe Dankbarkeit aussprechen.«

Der Applaus brandet erneut auf und würdigt diesmal den Menschen und nicht nur die Musik. Der Mensch, der ihnen so oft ausgesprochen unnahbar erschien und den sie auf einem anderen Planeten wähnten. Heute haben sie das Gefühl, Zugang zu seinem Universum gefunden zu haben. Besser noch: dorthin eingeladen worden zu sein. Und die Unkompliziertheit, mit der er sich heute an sie wendet, erfüllt sie mit Respekt.

Louis-Camille verbeugt sich erneut vor seinem Publikum und hält dann kurz inne, bevor er auf das Kind zeigt.

»Und zum Abschluss möchte ich ihnen diesen jungen Mann nicht vorenthalten: Camille, den Sie alle kennen … Er hat ein kleines Lied für sie vorbereitet, und ich werde ihn dabei auf dem Klavier begleiten.«

»Junger Mann« gefällt Camille diesmal sehr gut, und die Blicke, die auf ihn gerichtet sind, stören ihn in keiner Weise, im Gegenteil. Anhand Camilles energischen Schrittes zu ihm ans Klavier erkennt Louis-Camille seinen Enthusiasmus und sein Wesen, findet sich darin wieder und erinnert sich an seine eigene Leichtigkeit, wenn er nach dem Konzert von der Bühne hinter den Kulissen verschwand und dann wieder zurückkehrte, um erneut die Bewunderung des Saals entgegenzunehmen.

Die Stimme des Jungen ertönt in vollkommener Stille. Den Blick aufs Fenster, auf den Himmel gerichtet, singt Camille das Lied *Die Glocke von Ys*, dessen Melodie viele hier kennen und dessen romantische Note sie schätzen. Sein Gesang ist klar, sauber, gesetzt und von erstaunlicher Reinheit und Genauigkeit. Aber vor allem singt Camille ohne jede Befangenheit und beweist ein unglaubliches Selbstvertrauen.

Als das Stück dann zu Ende ist, imitiert er Louis-Camille und verbeugt sich tief.

Armelle weint vor Glück.

Ronan ist sprachlos.

Die Lebensmittelhändlerin staunt Bauklötze.

Yann ist verblüfft, und der Arzt, selbst Hobbysänger in einem Chor, ist voller Bewunderung.

Emma weiß nicht mehr, was sie fühlen soll. Sie ist in einer Art Schockstarre, nah an der Betäubung, als hätte man ihr soeben verraten – genau genommen bewiesen –, dass ihr Sohn ein Engel ist. Oder eine Elfe … Auf jeden Fall ein übernatürliches Wesen, von dem sie sich vollkommen übertroffen fühlt, sie, die Mutter, die ihn zur Welt gebracht hat. Freude und Furcht, Stolz und Ohnmacht gehen ineinander über, ein Schwall eisigen Wassers und ein Sonnenstrahl, die einen hohen Deich bestürmen. Und sie reißt den Mund auf, nicht vor Überraschung, sondern um nach Luft zu schnappen.

Ihr Sohn … ein Geschenk des Himmels.

* * *

Niemand will das Wohnzimmer verlassen, als hätte sich dort, vor aller Augen, ein Wunder ereignet. Und für eine ganze Weile erfüllt Stille den Raum, in dem die Musik noch widerhallt.

Allein Camille und Louis-Camille schwimmen ruhig über diesem Meer der Verblüffung und gehen am Klavier die Partitur durch. »Siehst du, da muss man *pianissimo* singen.« Seine Gesten den Worten anpassend, nimmt der Musiker, ohne darüber nachzudenken, seine Rolle als Dirigent wieder ein. Gemeinsam kommen sie noch einmal auf das Lied zurück: »›Die Engel selbst haben sie geschmolzen und ziseliert …‹ Engel sind sanfte Wesen, verstehst du, man singt sie ganz behutsam.«

»Verstanden«, antwortet Camille.

»*Bravissimo!* Noch ein wenig Arbeit und du singst dieses Stück perfekt. Und bald wirst auch du es selbst auf dem Klavier spielen können, wenn du es so machst, wie ich sage. Du wirst sehen, dass du schon bald dein erstes eigenes Konzert geben wirst…«

Und wieder gibt sich Louis-Camille seinen Träumen von der Stadt, vom Inneren der renommiertesten Konzertsäle, den Bühnen der glanzvollsten Stunden seines Lebens hin.

Glanzvoll, aber nicht mehr unangefochten.

25.

Als Armelle Louis-Camille seinen heißen Kaffee bringt, rüstet sie sich dafür, etwas zu tun, was sie sich beim Servieren normalerweise nie erlaubt: Sie setzt sich zu ihrem Gast.

Doch an diesem Morgen gewährt sie sich, ohne zu zögern, eine Ausnahme, so sehr hat sie das Konzert am Vorabend auf den Kopf gestellt.

»Wie ... also wie zum Teufel ist es möglich, sich so schöne Sachen auszudenken? Wenn man bedenkt, dass ich Sie vier Jahre lang jeden Tag gesehen habe und bis gestern darauf warten musste. Ich, die ich Sie für einen vor der Welt zurückgezogenen Pianisten gehalten habe. Es ... es ist wundervoll, was Sie machen.«

»Danke! Es erfordert lange Arbeit, wissen Sie, die, wenn sie nicht abgeschlossen ist, nicht geteilt werden kann. Es war mir ein echtes Vergnügen, sie Ihnen allen gestern vorzuspielen.«

»Und für uns erst! Wo wir Sie in all den Jahren als so geheimnisvoll und so unauffällig kennengelernt haben. Wie hat es einer von uns ausgedrückt? Ihr Konzert war, als hätte man einen Schatz in einem gestrandeten Schiff entdeckt. Eine Schatulle gefüllt mit Gold!«

Louis-Camille muss bei dieser Vorstellung und über ein so schönes Kompliment lächeln. Nichts kann die Träume eines Inselbewohners mehr beflügeln als ein Schatz.

»Wissen Sie was … ich verdanke Ihnen ein paar schöne musikalische Momente. Es ist vorgekommen, dass ich bei Ihnen rausging, erfüllt von Ihrer guten Laune und sie auf meine Notenzeilen übertragen habe.«

»Werde ich also in ein paar Goldstücke in ihrer Oper verwandelt?« Armelle lacht dieses Lachen, das voll und üppig ist wie alles, was von ihr kommt. »Aber das ist ja ein wahres Geschenk … ein unglaubliches Geschenk, das Sie mir da machen! Ich fühle mich sehr geehrt, *Maestro*, wie Camille sagen würde, der Sie so verehrt, dass ich fast eifersüchtig werden könnte … Wenn ich dann erst Ihre CD habe, werde ich sie in meinem Restaurant ununterbrochen spielen, damit alle meine Gäste mit Ihrer Musik im Kopf wieder gehen.«

Louis-Camille lächelt erneut, doch sein Lächeln verändert sich langsam, wie eine Körperhaltung, die man lockert. Die Herzlichkeit dieser Frau öffnet ihm eine Tür. Eine Tür zur Offenheit.

»Und Sie haben nicht unrecht, Armelle … Um ganz ehrlich zu sein, haben Sie sogar vollkommen recht. Ich habe mich tatsächlich auf Ihrer Insel vor der Welt zurückgezogen. Denn, offen gesagt, bin ich zerrissen hier angekommen. Und beim Schreiben meiner Musik habe ich nach und nach für mich selbst das Bild von mir als redlichem Menschen wiederhergestellt …«

»Ein redlicher Mensch? Aber … was wollen Sie denn damit sagen? Haben … haben Sie denn Dinge getan, die … *unverzeihlich* sind?«

Als sie das Wort ausspricht, erinnert sie sich an all die Missetaten, die von den Vorfahren auf der Insel begangen wurden. In jeder Familie kursieren unerhörte Geschichten von in stürmischen Nächten am Strand entzündeten Feuern. Doch dieselben Vorfahren stachen auch in See, um die Besatzung von in Seenot geratenen Schiffen zu retten. Und sie lebten mit den Geretteten, selbst wenn es sehr viele waren, von ihren mageren, sehr mageren Vorräten … Auf der Insel hat das Wort unverzeihlich nicht dieselbe Bedeutung wie auf dem Festland.

»Ja …« Jetzt ist er ausgesprochen ernst. Ja, er hatte sich nicht gerade *redlich* verhalten. Er hatte sein Publikum bestohlen.

»Ach, wissen Sie, Redlichkeit …«, sagt sie, sofort bereit, demjenigen, der ihr so viel Freude bereitet hat, alles zu verzeihen.

Doch er flüchtet sich nicht auf den Seitenweg, den sie ihm eröffnet, und setzt seine Überlegung beharrlich fort. »Ich wurde bewundert. Ich dirigierte, und das Publikum begeisterte sich, applaudierte. Aber mit jedem Abend trafen mich die Sinfonien, die ich so gut wiederzugeben wusste, tiefer in meinem Inneren. Und jeden Abend erschütterte es mich mehr: Was war ich, Louis-Camille, schon angesichts der Genies, deren Meisterwerke ich mir aneignete … für meinen Ruhm, der mich aufgeplustert herumstolzieren ließ?«

Unredlich. Dieses Wort hatte sich allmählich bei ihm eingebrannt, mit Feuerbuchstaben tief in sein Bewusstsein, bis es ihn lähmte, ihn dazu trieb, die Bühne zu verlassen, ganz gleich wie wunderbar die Oper auch war, die er dirigieren sollte. »Ich konnte keinen Abend länger weitermachen …«

Armelle hört Louis-Camille zu, der schließlich verstummt, vollkommen in sich gekehrt. Auch sie sagt nichts, steht diskret auf und macht ihm noch einen Kaffee. Und als sie dann die dampfende Tasse wieder vor ihn hinstellt, begnügt sie sich damit zu sagen: »Glauben sie *tatsächlich*, dass ein unredlicher Mensch aufrichtig erschüttert sein kann von einer Sinfonie, die er spielt? Ich nicht. Ihre Argumentation ist nicht schlüssig, Louis-Camille … Erlauben Sie mir festzustellen, dass Sie sich das Leben zu schwer machen. Sie sind bloß etwas aus dem Gleichgewicht geraten, das ist alles. Sie benötigten bloß ein wenig von der friedlichen Demut unserer Barschfänger, unserer Extremfischer in den gefährlichen Zonen des *Raz de Sein* …«

In Louis-Camilles Augen blitzt ein von Bewunderung gefärbtes Erstaunen auf. Diese Frau ist eine Oase der Gewissheit, fest verankert inmitten des Getöses des Lebens, das genaue Gegenteil von seinen komplexen Gedankengängen. »Vielleicht, Armelle … vielleicht haben Sie recht. Ich muss sagen … indem ich hier, wenn auch nur in sehr bescheidenem Maße, am eigenen Leibe die Mühen der Komponisten erlebt habe, die ich bis dahin für meinen Ruhm benutzt hatte, habe ich mich weniger unredlich gefühlt. Und weniger unwürdig, ihre Werke einem Publikum darzubieten …« Der Musiker nimmt einen kleinen Schluck Kaffee und spürt dessen beruhigende Wärme, die ihm jedes Mal aufs Neue Vergnügen bereitet. »Ich musste Schiffbruch erleiden … und das Wohlwollen Ihrer Insel erfahren, um …«

Sie unterbricht ihn. »Da sind Sie nicht der Erste! Das ist nichts Ungewöhnliches, schon eine Art Tradition bei uns. Und außerdem sagt man doch: Zu irgendwas ist ein Unglück immer gut. Und verzeihen Sie mir, wenn ich indiskret bin, aber meiner Meinung nach und in Anbetracht dessen, was Sie mir erzählt haben, ist, eine Oper zu schreiben, nicht wirklich ein Produkt des Zufalls. Also, kommen Sie, hören Sie auf, sich tausend Fragen zu stellen. Was wollen Sie? Sie müssen sich dran gewöhnen, dass unsere Insel Wunder bewirkt. Ihre Oper hat das gestrandete Schiff wieder flottgemacht! Also …«

Auf dem Kai nähert sich eine kleine Gestalt, die durch die frische Morgensonne hüpft.

»Marssegel gesetzt! Volle Fahrt voraus! Klar zum Wenden!«

Mit lautem Gelächter steht Louis-Camille auf und eilt zu Camille, der in seiner roten Jacke fröhlich die Eingangstür aufmacht.

Einen Admiral lässt man nicht warten.

* * *

Emma hat schweren Herzens ihre beiden Tickets geprüft: Abfahrt Montagnachmittag um sechzehn Uhr dreißig. Morgen. Letzter Tag auf der Insel.

Um sie herum herrscht heilloses Durcheinander. Sie ist noch immer nicht fähig, die Taschen zu packen, und kann bei geöffnetem Fenster auf dem Bett sitzend bloß eine Zigarette nach der anderen rauchen und vor sich hin starren, in einem vergeblichen Versuch, die Zeit anzuhalten.

Vor ihr das Meer, so weit, so großzügig, endlos.

Die Tränen, die ihr über die Wangen laufen, sind Tränen der Dankbarkeit.

* * *

»Weißt du, Armelle, du bist sehr interessant …«

Camille rennt in der Küche herum. Heute kann er nicht stillhalten.

»Warum sagst du das?« Armelles Stimme klingt leicht ergriffen. Auch sie hält nicht still und versucht mit allen Mitteln, ihre Hände zu beschäftigen.

»Weil du Bücher hast, so viele Bücher … und ich sie gelesen habe. Bloß habe ich nicht *alle* gelesen. Ich würde sie gern mitnehmen. Gibst du sie mir mit, sag?«

»Die sind aber ganz schön schwer, weißt du? Und es sind so viele …«

»Ach, das ist nicht schlimm. Ich bin stark. Und Ronan kann mir helfen, wenn ich ihn frage. Ronan transportiert alles, was man will, mit seinem Schiff.«

»Trotzdem schwierig. Aber, was wir machen können …«

Armelles Blick trifft den von Camille und verharrt auf ihm, als hätte sie ihn noch nie wirklich eingehend betrachtet. »Ich kann sie in einer Ecke extra für dich aufbewahren. Und sie dir wiedergeben, wenn du das nächste Mal herkommst. Weil du kommst doch wieder, oder, versprichst du mir das?«

»Un-be-dingt!«, antwortet er und ahmt dabei Louis-Camilles heiteren und gespielt pathetischen Tonfall nach.

Und er fügt, sich der Logik seines Gedankengangs sicher, hinzu: »Auf jeden Fall will auch Maman wiederkommen …« Dies zaubert Armelle den Ansatz eines Lächelns auf die Lippen, was sie sich jedoch hütet zu zeigen.

Camille ist plötzlich schweigsam, in Gedanken vertieft, deren verschlungenen Pfaden nur er folgen kann. »Es gibt aber trotzdem ein Buch, das ich wirklich gerne hätte …«

»Ach ja? Und welches?«

»Das, das von der Sage der Silbermöwen erzählt.«

»Einverstanden, Camille! Nimm es mit, als Erinnerung an mich. So vergisst du mich wenigstens nicht.«

»Aber warum sollte ich dich vergessen? Ob du's glaubst oder nicht, ich vergesse niemals etwas … und auch niemanden.«

Die Augen des Kindes verziehen sich schelmisch. »Und ich habe eine gute Nachricht für dich …«, sagt er geheimnisvoll. »Ment hat mir die Erlaubnis gegeben, es dir zu sagen. Nur dir … weil du hier geboren bist. Und weil ich weiß, dass du es verstehen kannst …«

26.

In seiner kleinen Wohnung in Audierne kann Ronan nicht schlafen. Ab übermorgen wird die Insel in Trauer sein. Übermorgen wird Emma nicht mehr auf *Sein* sein. Sie wird dorthin zurückkehren, woher sie gekommen ist, und er wird allein mit seinen Erinnerungen zurückbleiben. Passiv zu sein, ist ihm unerträglich. Aber was tun, um nicht das Risiko einzugehen, in ihrer Erinnerung zu verblassen – oder daraus fortgejagt zu werden. Bevor sie abreist, muss er ihr noch sagen… Aber was soll er ihr sagen? Und wie? Einen Brief schreiben vielleicht…

Er setzt sich an den Tisch, holt ein Blatt Papier hervor, seinen Stift und lässt seiner Feder freien Lauf:

> *Vor diesem Abend wusste ich nicht, was es bedeutet, mit einem süßen Phantom durchs Leben zu gehen, freudige Erscheinung, zauberhafter Schatten. Ich kannte diese begeisterte Freude nicht, die mich jedes Mal erfasst, wenn ich in deiner Nähe anlande, meine Insel der Freude.*

Ronan zerreißt das Blatt nervös. Nein, nicht so! Die Worte, die sich da vor ihm aufreihen, setzen ihm zu, so abgedroschen, dass sie ihren tieferen Sinn verlieren. Man müsste schon ein Dichter sein – was er nicht ist. Und neue Worte gibt es leider nicht. Trotzdem liebt er die Worte, er liebt sie und kennt sie gut. Für andere zu schreiben, das kann er gut, sehr gut sogar.

Auf der Suche nach Inspiration läuft er in seinem Wohnzimmer auf und ab, vor dem Bücherregal, der Quelle all seiner Weisheit. In seinen Gedanken erstrahlt Emma, so wie sie ihm auf dem Kai erschienen war, am ersten Tag: auf der Brüstung sitzend, die Haare im Wind, die Locken wirr, ihre langen schönen Beine in der Luft schlenkernd wie die eines Kindes, zartes Paradiesvögelchen auf einem schmucklosen Hügel.

Wie beschreiben, was er damals gefühlt hat? Der Papierkorb quillt von seinen fruchtlosen Versuchen über. Und doch … haben es schon so viele wunderbare Autoren treffend formuliert, ohne Banalität zu streifen, mit Feingefühl nahegelegt, es gesagt, ohne es kaputt zu machen. Sein Blick gleitet an den Regalen entlang, voller Bewunderung für so viel Talent. Bücher … beispiellose Macht, die einem die Augen öffnen, das Leben prägen, dem Lauf der Existenz eine andere Richtung geben können.

Ronan holt *Anna Karenina* heraus, eine alte Ausgabe aus rotem Kunstleder, müde vom wieder und wieder Gelesenwerden, von den Händen seiner Mutter abgenutzt … Das letzte Buch, das sich auf ihrem Nachttisch befand, nach ihrem großen Aufbruch. Ein Buch, das sie nicht losgelassen hat. Ein Buch wie ein Fenster zu ihrem Leben auf der Insel als Gefangene ihrer Umstände. Ronan ist sich sicher: Genau wie die Heldin, hatte auch seine Mutter es nie erdulden können, zur Frau *genommen* worden zu sein. Ihre Studien hatten ihr einen unendlichen Wissenshorizont eröffnet, und ihren Beruf als Lehrerin aufzugeben, um auf der Insel zu leben, hatte ihr die

Flügel gestutzt. Hoffnungslos besessen von der Freiheit, hatte sie sich in die Lektüre geflüchtet und war schließlich sogar ihrem Erlösungsruf erlegen, bezwungen, am Grund des Wassers zu verschwinden. Auch Emma war eine Gefangene, aber nicht der Insel. Er hatte es vom ersten Tag an gewusst, seit sich ihre Blicke zum ersten Mal kreuzten … Ein Blick, der es gewohnt war zu verführen, aber nicht zu achten. Angeschaut zu werden, aber nicht zu sehen. Gefangen in sich selbst. Und sie hatte die Füße mit gefesselten Flügeln – glücklicherweise nicht mit gestutzten – auf *Sein* gesetzt. Ronan kennt sich mit Vögeln gut genug aus, um anhand ihrer Art, sich am Boden zu bewegen, die Kraft und das Geschick ihrer Höhenflüge abzuschätzen. Emma ist eine dieser himmlischen Kreaturen, die alles mitbringen, um sich hoch in die Luft aufzuschwingen, genauso hoch wie die Basstölpel, deren Meisterleistungen sie so bewundert hatte. Aber sie hat sich noch nie vom Boden gelöst.

Hat er das Recht, ihr das Fliegen beizubringen? Ronan will nicht denselben Fehler begehen wie sein Vater, ihn in anderer Weise fortführen.

Aufs Geratewohl schlägt er eine Seite auf und liest:

… reizend die sich ringelnden Locken der locker gewordenen Frisur, reizend die graziösen, leichten Bewegungen der kleinen Füße und Hände, reizend dieses schöne Gesicht mit seiner Lebhaftigkeit – aber es lag etwas Furchtbares und Hartes in ihrem Reiz …

Verblüfft setzt er sich oder lässt sich vielmehr in seinen Sessel fallen, das Buch in Händen. Und er verbringt die ganze Nacht in Tolstois Zeilen.

Im Morgengrauen, die Augen von der hastigen und intensiven Lektüre gerötet, weiß er, was er zu tun hat. Es ist so offensichtlich, wie die Sonne ein Zimmer durchflutet, wie das Meer in ein Leck eindringt und der Wind in eine Luke. Ronan legt die beiden Bände auf seinen Schreibtisch, nimmt seinen Stift und schreibt in seiner schönsten Handschrift auf das Vorsatzblatt:

Für Emma, eine freie Frau …

Dann macht er das Buch wieder zu und schläft wie ein Stein.

* * *

Emma ging nicht weit, nachdem sie gespürt hatte, wie Ronan ihr ein kleines Päckchen in die Hand drückte. Sie legte hundert Meter zurück, entzog sich den Blicken und öffnete das kostbare Paket. Ein Leck bildete sich in ihren Augen, der Wind verfing sich in den Luken ihrer Träume und die Sonne in der geheimsten Ecke ihres Herzens. Und sie rannte zurück, so schnell sie ihre langen Beine trugen, und erreichte das Kurierschiff genau in dem Moment, als es bereit war, die Leinen loszumachen und nach Audierne zurückzufahren. Mit einem Satz sprang sie über die Gangway und erklomm die Treppe zur Steuerkabine.

Ronan, der allein vor dem Instrumentenbrett stand, blickte geradeaus vor sich hin.

Sie warf sich an seinen Hals, umschlang mit ihren schlanken Armen einen stahlgrauen Wollpullover, die Rüstung seiner Stunden des Dahintreibens.

Und sie konnte nur ein Wort sagen, bevor sie von einer Flutwelle emporgehoben wurde. »Frei …«

* * *

»Armelle? Hier ist Emma. Hören Sie … das ist jetzt dumm gelaufen, aber ich war mit Ronan auf der *Heol Sun*. Wir haben uns unterhalten, und dann bin ich raus aus der Steuerkabine und wollte gerade runter auf den Kai springen, als er schon das Signal zur Abfahrt gab. Dann weiß ich nicht, was passiert ist … er musste wohl noch mal was am Motor überprüfen, und ich dachte, ich hätte Zeit, in Ruhe meine Sonnenbrille aus meiner Tasche zu kramen. Doch dann hat sein Gehilfe das Steuer übernommen … das Schiff legte ab … Und ich bin noch drauf! Eine verrückte Geschichte, oder?«

Armelle lächelt am Telefon, findet es gar nicht »verrückt«, ganz im Gegenteil.

»Und noch dazu habe ich mein Handy auf ihrer Theke liegen lassen! Aber Ronan hat eine Lösung gefunden. Er bringt mich mit seinem Segelboot zurück, das in Audierne liegt. Tut mir leid, Armelle. Wir beeilen uns.«

»Lassen Sie sich nur Zeit.«

»Und könnten Sie sich in der Zwischenzeit bitte um Camille kümmern …«

»Aber gern.«

Eigentlich ist Armelle begeistert. Sie muss an den Hafen, mit Camille allein. Er hat ihr etwas zu erzählen … Und um nichts in der Welt würde sie diese so ersehnte Verabredung verpassen.

* * *

Das Segelschiff verlässt die Fahrrinne von Audierne und bewegt sich hinaus aufs Meer. Ronan hisst eilig die Segel, bestimmt das Tempo und übernimmt das Ruder. Emma, die nur ein T-Shirt getragen hatte, ist wieder einmal warm eingehüllt in Ronans grauen Pulli. Die Luft ist dünn, und das Boot gleitet ruhig dahin, bahnt sich seinen Weg durch die Wellen und die Zeit.

»Darf ich es mal versuchen?«, fragt sie schüchtern und zeigt auf den vorübergehend freien Platz des Steuermanns, der gerade damit beschäftigt ist, das Vorsegel einzuholen.

»Aber natürlich!«

Emma gibt sich Mühe zu verstehen, was er ihr erklärt. Sie ist das Segel, das sich unter dem Druck der energisch von geschickter Hand eingeholten Schoten spannt. Sie ist das Ruder, das in die Welle greift, sich ihr widersetzt und ihr Gleichgewicht findet, um jedem Seegang zu trotzen. Sie ist der Luftstrom, der das Segel einen Moment lang flattern lässt, bevor es wieder stabilisiert wird und das Segelboot noch schneller vorantreibt.

Ronan kann sich noch immer für die Meisterleistungen seines Boots begeistern, seine Fügsamkeit, seine schelle Manövrierbarkeit und leichte Anmut, selbst wenn es von einer anderen Autorität als ihm gelenkt wird, einer zögernden Novizin.

Dann trifft er die Entscheidung, die jeder gute Kapitän unter solchen Umständen getroffen hätte: Er lässt das Segelboot hart am Wind beidrehen, der dem Boot den Schwung nimmt, nicht aber ihm selbst.

Als geraume Zeit später *Sein* vor dem Steven im Sonnenuntergang sichtbar wird, zeichnet sich auf der *Folie douce* nur noch eine Silhouette ab.

Am Himmel über ihren Köpfen zieht eine majestätische Silbermöwe ihre fast perfekten Kreise.

»Siehst du, Armelle, das ist Ment. Er ist gekommen, um mir Auf Wiedersehen zu sagen. Er wird auch wegfliegen. Er ist in Eile. Er hat Arbeit zu erledigen.«

»Ment... die Silbermöwe dort oben? Ist das dein Freund, Camille?«

»Ja.«

Und endlich erzählt Camille Armelle von seiner Begegnung mit der Silbermöwe auf dem Fensterbrett seines Zimmers, ihren gemeinsamen Ausflügen, den zusammen am Wasser verbrachten Nachmittagen. Auch von ihren vertraulichen Gesprächen. Und zum Schluss von dem Geheimnis, das Ment ihm verraten hatte, eines späten Abends, als alle Welt bereits schlief, und er mit der Schnabelspitze an Camilles Fenster gekratzt hatte.

»Also, ich erklär's dir... Ment ist nicht bloß eine Silbermöwe. Er war auch der Kapitän eines großen Windjammers, der *Sept Étoiles* hieß. Er hatte dreihundertsechzig Registertonnen und kam von der Ostsee. Aus Danzig. Oder Gdańsk, wenn es dir lieber ist. Weißt du, wo das ist?«

»Nicht wirklich, nein, das muss ich zugeben.«

»Ganz einfach: in Polen. Und sein Name ist Kapitän S. Vinckel.«

»Aber... woher weißt du denn all das, Camille?«

»Das hab ich dir doch schon gesagt!«, ruft er ungeduldig und stampft kurz mit dem Fuß auf. »Das steht in deinen Büchern! Also, hör mir zu... Das Segelschiff erlitt Schiffbruch, hier vor der Insel *Sein*. Und der Kapitän starb, weil er sein

Schiff nicht verlassen wollte. Er sagte, er könne sich nicht »das Herz fassen«, sein Schiff zu verlassen, weil er dessen Zerstörung nicht mit ansehen könnte. Genauso steht es in deinem Buch geschrieben.«

»Du beeindruckst mich, weißt du das?!«

»Ach ja? Warum?«

»Du redest wie ein Buch!«, scherzt sie, was überhaupt nicht nach Camilles Geschmack ist, der nur über einen geringen Sinn für Humor verfügt.

»Aber … Warum sagst du das?«, fragt er mit mürrischem Gesicht, drauf und dran sofort nach Hause zu gehen und das Vorhaben, sein Geheimnis mit Armelle zu teilen, aufzugeben, auch wenn sie die Einzige ist, die es verstehen könnte.

»Reg dich nicht auf, Camille. Ich wollte dich bloß aufziehen, das war dumm von mir, entschuldige … Und ich glaube dir. Erzähl weiter … bitte«, beruhigt sie ihn mit ihrer sanftesten Stimme.

Camille bleibt hartnäckig verschlossen.

»… oder ich verrate dir auch nichts mehr. Kein einziges Kochrezept. Ich leihe dir auch kein Buch mehr. Und ich nehm dich auch nicht mehr zum Hummerkaufen mit. Außerdem …« Bei der Vorstellung, den kleinen Lockenschopf nicht mehr um sich zu haben, muss Armelle wieder einmal eine Träne verdrücken.

Es ist dieses kleine Zeichen der Zuneigung, das Camille überzeugt, und nicht alle Drohungen der Welt.

27.

Emmas und Camilles schließlich doch noch gepackte Taschen türmen sich in dem schmalen Gang, der bei Armelle zur Küche führt.

Emma ist kreuz und quer durchs Haus gerannt und hat noch den vergessenen Kalender von der Wand genommen, auf dem seit Camilles Unfall kein einziges Kreuz mehr eingetragen wurde. Dann hat sie die Haustür zugesperrt und ist auf dem *Quai des Paimpolais* ein paar Schritte zurückgetreten, um noch einmal einen Blick auf die einfache, glatte Hausfassade zu werfen.

Sie sah sich noch einmal am ersten Tag, als sie verächtlich die Tür zu diesem alten, feuchten Gemäuer öffnete. Wie fremd sie sich damals fühlte, von allem und jedem bedroht, überreizt, isoliert, sie war so voller Frust, gefangen in ihren täglichen Gewohnheiten, erdrückt von all ihren Entsagungen …

Doch hier kann sich nichts und niemand vor einem Wind schützen, der irgendwo eindringen will. Der Sommer hat die Feuchtigkeit und den Modergeruch im Haus und in ihrer Seele verscheucht. Und sie lässt ohne das geringste Bedauern etwas von sich in diesen Mauern zurück. Eine abgestreifte Haut, getrocknet und hart geworden vom Salz und vom Wind – wie die der kleinen Eidechse, die Camille in der Gasse gefunden hatte –, und an diese Haut kann sie sich schon nicht mal mehr genau erinnern.

* * *

»Wir lassen es uns trotzdem schmecken, nicht wahr, Camille? Das Schiff geht um halb fünf, und bevor ihr von hier losmüsst, haben wir noch Zeit für ein gutes Mittagessen alle zusammen. Ich habe Ronan eingeladen, möchtest du auch deinen Freund Louis-Camille fragen, ob er sich uns anschließt?«

Armelle deckt ohne Begeisterung den Tisch im ersten Stock vor dem großen Fenster und arrangiert einen hübschen Strauß Bittersüß, dessen lila Blüten anmutig den Kopf neigen. Eine Wahl, die nicht ohne Bedeutung ist, wenn man die ihnen zugeschriebene Wirkung berücksichtigt: Ihre Mutter steckte einige Blätter in die Kopfkissen ihrer Töchter, um deren Liebeskummer zu vertreiben.

»Ja, ja, einverstanden, ich werde ihn holen … wenn ich die Speisekarten fertig verziert habe!«

Camille ist bei der Arbeit, umgeben von seiner Armee aus Buntstiften. »Mache ich die Hummer in Blau oder in Rot? Eigentlich muss ich sie rot malen. Aber ich finde sie in Blau besser … Also, was rätst du mir, Armelle? Soll ich sie roh oder gekocht malen?« An einer Ecke des Tisches, dem Fenster gegenüber, eifrig über sein Blatt Papier gebeugt, bereitet Camille der bevorstehende Abschied noch kein Kopfzerbrechen. Er ist vollkommen versunken in das, was er tut, im Hier und Jetzt, und bemerkt Armelles bedrückte Miene überhaupt nicht. »Also … blau oder rot?« Er hebt die Nase von seiner Zeichnung und wirft einen kurzen Blick hinaus aufs Meer. In der kleinen, seichten Bucht am Hafen ist der Kahn von Vater

Kolaig zu sehen, repariert und frisch gestrichen, hummerrot, wieder an seinem Platz … Und Ment hat sich auch wieder auf dem Dollbord niedergelassen.

Kein Zweifel, er ist es. Und wenn er auf dem Kahn hockt, dann weiß Camille mittlerweile, was es bedeutet: Ein Gewittersturm kündigt sich an, sehr schlechtes Wetter ist zu befürchten, und Ment muss wieder los, um andere Schiffbrüchige zu retten und ihre verlorenen Seelen einzusammeln. Doch Camille wird nicht mehr hier sein, und Ment wird diesmal ganz alleine zurechtkommen müssen.

Ment hatte Glück. Die beiden Male, als Camille ihm geholfen hat, hätte es die Silbermöwe beinahe nicht geschafft. Das erste Mal, da war er gerade erst angekommen, hatte Camille einen Versuch mit dem Boot gewagt und seine Vertäuung gelöst. Doch er wusste damals noch nicht, was Ment genau von ihm erwartete.

Er hatte schon verstanden, dass er der Silbermöwe mit dem Kahn folgen musste … aber nicht, dass sie sich dort niedergelassen hatte, um ihn darum zu bitten, dass er sie beschützte. Er wusste damals also noch nicht, dass Ment seine Haut riskierte, wenn er die verstorbenen Schiffbrüchigen rettete, denn ein Meeresdrache wollte ihre Seelen für sich behalten und versuchte, die Möwe zu töten. Doch der Junge erlebte an diesem Tag einen Kampf auf Leben und Tod zwischen dem Meer und der Luft. Der Drache wirbelte riesige Feuerwogen auf, und Ment verschob die Luft mit seinen spitzen Flügeln. Ja, beim ersten Mal rettete Camille Ment in letzter Minute. Gerade noch rechtzeitig, bevor ein Fischer ihn schimpfend in den Hafen zurückzog und das Boot wieder an seinem Platz festmachte.

Beim zweiten Mal waren die Dinge noch viel komplizierter. Diesmal hatte es der Drache sogar auf ihn, Camille, abgesehen. Und der Junge kämpfte lange gegen die Wellen, um seinen Mut zu beweisen und zu zeigen, auf welcher Seite er stand: Er hatte beschlossen, Seelen zu retten und nicht sie in die Tiefe zu reißen … und sogar, sie anschließend, angeführt von dem Vogel, in die wundervolle Stadt Ys zu geleiten.

Ment war großartig gewesen. Während des ganzen Kampfes schwebte er über ihm und rief ihm seine Unterstützung zu. Bis er den Drachen schließlich in so helle Wut versetzt hatte, dass dieser eine riesige Woge aufwarf, um Ment zu versenken. Der Vogel konnte sich gerade noch mit einem geschickten Flügelschlag davor retten, doch Camille bekam einen enormen Hieb ab und wurde im Boot ohnmächtig.

Der Rest war allgemein bekannt: Der Drache floh, und der Kahn trieb langsam bis zur Halbinsel Kilaourou ab. Doch Ment gab ihn keine Sekunde auf. Er war es auch, der Alarm schlug und es den Rettern so ermöglichte, ihn zu finden …

»Du hattest wirklich großes Glück, Camille, weißt du …«, stellt Armelle fest, die ihn dabei erwischt, wie er nachdenklich an seinem Stift kauend die Augen auf den Kahn geheftet hat. »Beeil dich ein bisschen … Es ist schon fast Mittag! Und ich muss wissen, ob dein Maestro zum Hummeressen kommt oder nicht.«

* * *

»Armelle! Armelle! Louis-Camille ist weg!«

Camille kommt völlig außer Atem wie ein Tornado ins Restaurant gestürzt. Triefend vom Regenschauer, der gerade über die Insel hinweggezogen war, sucht er Zuflucht in ihren Rockfalten.

»Weg? Wie denn das … Jetzt beruhige dich erst mal! Er macht bestimmt bloß einen Spaziergang irgendwo auf der Insel. Du weißt doch, dass er diese Angewohnheit hat …«

»Aber nein!«, schreit das Kind. »Ich sag dir, er ist weg! Die Haustür ist abgesperrt … die Fensterläden sind auch zu … seine Tür ist sonst *nie* abgeschlossen.«

Camilles Kummer lässt seine Rippen beben, und ein heftiges Schluchzen bricht sich Bahn. Das Kind hat sich in Armelles Schoß zusammengerollt, die ihm behutsam übers Haar streicht und ihn wortlos seine Trauerflut vergießen lässt. Ihre eigenen Tränen beim Gedanken daran, dass sie sich von ihrem kleinen *Aelig* trennen muss, verkneift sie sich.

Als die Schluchzer ein wenig nachlassen und auch ihr Kummer durch den Kontakt mit diesem kleinen Körper, der sich vertrauensvoll an sie schmiegt, etwas verfliegt, schlägt sie mit ihrer sanftesten Stimme vor: »Komm, Camille, komm … schauen wir beide mal, was bei deinem Musiker los ist …«

Armelle wischt dem Kleinen die Wangen ab, nimmt ihn behutsam an der Hand und zieht ihn durch die schmalen Gassen, durch die der Junge nun schon so oft gelaufen ist, dass er all ihre Geheimnisse kennt. Doch heute kann nichts seine Aufmerksamkeit wecken, Camille ertrinkt in Verzweiflung.

»Mach dir keine Sorgen. Er ist bestimmt bloß auf seinem Felsen und blickt hinaus aufs Meer … und da wird er ausnahmsweise einmal seine Haustür abgeschlossen und die Fensterläden zugemacht haben!«

* * *

Camille behielt recht, Louis-Camille hatte sich in Luft aufgelöst.

Sie klopften an die Fensterscheibe der Nachbarin: Sie hatte ihn gestern Nachmittag mit einer kleinen Tasche fortgehen sehen, sicher um das Schiff um halb fünf zu erreichen. Er hatte eine Cabanjacke getragen. Und die Fensterläden sind allesamt geschlossen.

Das gestrige Kurierboot. Aber auf dem war auch Emma – mit Ronan! Wenn der Musiker mit an Bord gewesen wäre, hätten sie ihn doch gesehen. »Und das hätten sie mir auf jeden Fall sofort gesagt. Nein, nein, Camille, er ist nicht weggefahren, dein Louis-Camille!«

Armelle ist weniger optimistisch, als sie sich anmerken lassen will. Beunruhigt kann sie sich bloß so ihre Gedanken machen. Und dieses verschlossene Haus ist eine Tatsache, die auch sie nicht recht akzeptieren will. Die Vorstellung, dass keine Musik mehr aus diesen Fenstern dringen wird, erscheint ihr genauso unmöglich, wie wenn die Amsel aufhörte, in ihrem Strauch zu singen. Unmöglich und beunruhigend. »Ich werde Léontine, die Eigentümerin, um den Ersatzschlüssel bitten. Wir werden mal drinnen nachschauen.«

Camille ist schweigsam und lässt sich, den Blick zu Boden gerichtet, hinterherziehen wie eine Last. In seinem Kopf gärt die Gewissheit, die ihn quält und für die er keinen zusätzlichen Beweis benötigt, wie ein Verrat: »Louis-Camille ist weg, er hat mich einfach verlassen.«

Sie betreten das dunkle Zimmer, und das Kind flüchtet sich zum Klavier, schmiegt sich dagegen, spürt im Rücken die Kälte seines stummen Holzes. Als Armelle einen Fensterladen öffnet und urplötzlich Helligkeit das Zimmer so voller Erinnerungen überflutet, kommen ihm erneut die Tränen … Camille erkennt etwas Helles auf dem Couchtisch aus Konservendosen. Einen Umschlag.

Er hält den Atem an und stürzt sich darauf wie ein Tiger.

Und er stößt einen Freudenschrei aus, als er seinen Namen in eleganten Zügen in blauer Tinte darauf entdeckt.

* * *

Die beiden Plaudertaschen Léontine und Armelle sitzen auf einer Bank am Meer und kommentieren das Ereignis. Louis-Camilles Abreise findet genauso viel Beachtung wie seine Ankunft. Die Insel hat ihren Musiker verloren, die Amsel hat ihren Strauch verlassen.

Um ihr für die Jahre, die er bei ihr verbracht hatte, zu danken, »Jahre, die einen hohen Damm um seine früheren Verwundungen entstehen und Frieden in seine kleine Bucht haben einkehren lassen« – zitiert Léontine aus dem Gedächtnis, denn das ist nicht ihre Art, sich auszudrücken –, hat Louis-Camille ihr einen hübschen Stich der Insel geschenkt. Er hat ihr außerdem mitgeteilt, dass er das Haus gerne weiterhin mieten wolle, und sie gebeten, während seiner Abwesenheit auf sein Klavier aufzupassen. Vor allem dürfe die Feuchtigkeit im Winter es nicht beschädigen, also müsse das Zimmer geheizt werden. Er werde so schnell wie möglich wiederkommen, sobald seine Arbeit in Paris es ihm erlaube. Denn lange Zeit von *Sein* fernzubleiben, erscheine ihm mittlerweile unmöglich. »Und weißt du, was er mir gesagt hat? Dass er mich auf sein nächstes Konzert im Frühjahr einladen wird. Seine Oper ist vollendet, und nun arbeitet er mit einem Orchester… Du bist übrigens auch eingeladen!«

»Aber… warum ist er einfach so verschwunden, ohne etwas zu sagen… ohne sich von mir zu verabschieden…« Armelle ist verletzt.

»Ich weiß nicht. Er wirkte traurig. Vielleicht wegen des Kleinen, der ja auch abreist. Er hat gesagt, dass er weder Abschiede noch Gefühlsausbrüche mag. Und dass er es deshalb vorziehe, diskret zu verschwinden. Übrigens…« Léontine kratzt sich am Hals, macht es spannend und unterdrückt ein wenig auch ihren Neid. »Er hat auch ein Geschenk für dich hinterlassen. Ein sehr schönes Geschenk. Ich sollte es dir erst nach seiner Abreise geben, also komm doch bei mir zu Hause vorbei und hol es ab. Ich habe es vorerst in meinem Zimmer ausgelegt, aber ich kann nicht darauf steigen, so schön ist es…«

»Sein Teppich!«

»Ja, woher weißt du das?«

»Bei seinem Konzert habe ich ihm gesagt, dass ich ihn wirklich sehr schön finde…«

Balsam legt sich auf ihren Kummer ebenso sanft wie Rosensalbe auf raue Haut mitten im Winter.

Die kalte Jahreszeit kann kommen, nun hat Armelle nichts mehr zu befürchten.

* * *

Ronan weist nervös darauf hin, dass es Zeit wird. Sein angespannter Blick aufs Zifferblatt seiner Uhr ist der Versuch, ihn mit seinem Alltag zu verbinden, doch der tiefe Seufzer, den er unterdrückt, äußert sich in seinen ungewöhnlich schroffen Gesten. Er hasst solche Momente. Am liebsten würde er alle grob über die Gangway schubsen und Vollgas geben, um diese unerträglichen Minuten zu beenden. Doch stattdessen beißt er nur fest die Zähne zusammen.

Emma umarmt Armelle lange, wie um sich vollzusaugen mit der wohltuenden Zuneigung dieser Frau.

»Sie halten uns unseren Tisch frei, ja, für … das nächste Mal?«

»Besser als das. Ich lasse ein Schild anbringen, für Camille, wenn er mal berühmt ist!«

»Das wird er.« Hektisch kramt sie nach ihren Taschentüchern in der Tasche, reicht Armelle eines und wirft sich dann erneut in ihre Arme. Ronan wird langsam ungeduldig, geht vor dem Schiff auf und ab.

»Natürlich werde ich das. Louis-Camille hat es mir versprochen«, bestätigt Camille seelenruhig und drückt das Kuvert, das er keine Sekunde losgelassen hat, fest an sein Herz.

»*Frag, Frag, Frag*«, ruft die Silbermöwe, die am Himmel schwebt und über dem Kind ihre großen Kreise zieht. Camille blickt zu ihr hoch und nutzt den Wirbel der letzten Minuten, um unauffällig ein paar Meter zur Seite an den Rand des Kais zu treten.

»Du weißt es auch. Du weißt alles da oben.«

Zu seinen Füßen ergießen sich ein paar durchsichtige, vom offenen Meer kommende Wellen mit Schwung über die Felsen. Das Meer ist heute genau so, wie er es mag: gut gelaunt.

Und an Ment gerichtet, der weiterhin immer kleiner und kleiner werdende Kreise über ihm zieht, summt Camille mit seiner reinen Stimme *Die Glocke von Ys*.

Pianissimo, an der richtigen Stelle, so wie Louis-Camille es ihn gelehrt hat.

* * *

In aller Eile werden die Leinen losgemacht. Die *Heol Sun* legt mit einem Dröhnen des Motors ab und entfernt sich vom *Quai des Français-Libres*.

Zwei Passagiere stützen sich aneinandergeschmiegt im hinteren Teil des Schiffs mit den Ellenbogen auf die Reling und ziehen angestrengt die Augenbrauen zusammen, um so lange wie möglich eine Silhouette auszumachen und das Dorf und schließlich die Insel selbst, um sie daran zu hindern, sich in der Seeluft auflösen.

Doch ein leichter Hitzedunst lässt den Horizont verschwimmen, und schon bald ist *Sein* vollkommen verschwunden.

Bleibt die Erinnerung. Im Licht des Tages, der sich seinem Ende neigt, erscheinen die Häuser, die sich am Fuße des Leuchtturms drängen, nicht mehr wie eine verschreckte Schafherde, sondern tatsächlich wie ein friedlicher bretonischer Ort … Von dem sie nun wissen, dass nichts und niemand jemals die Verbundenheit seiner Bewohner mit ihrem wundervollen Fleckchen Erde stören kann.

Unwirklich, verwundbar, aber unsinkbar.

Epilog

Die Nacht ist sternenklar über dem *Concertgebouw* und das Wetter ausgesprochen mild für einen Herbst in Amsterdam. Man könnte sich noch mitten im Sommer wähnen, schwämmen da nicht in den stillen, dunklen Kanälen bereits einige gelbe, orange und rote Blätter, Farbenpalette der Nachsaison, auf dem Weg in Richtung Meer.

In dem elfenbeinfarbenen und rubinroten, leicht mit Gold akzentuierten Konzertsaal mit seiner durchdachten akustischen Perfektion und der eleganten Zurückhaltung verstummt das ungeduldige Gemurmel und macht der Stille Platz. In einem gut sitzenden Alpakajackett mit makellosem Stehbundkragen erscheint endlich der Dirigent. Mit dem Taktstock in der Hand kommt er ruhig die endlose, mit rotem Teppich ausgelegte Treppe hinunter, die von der Logenetage auf die Bühne hinunterführt. Mit flinkem Schritt tritt er ans Dirigentenpult, während die Musiker sich erheben.

In der ersten Reihe hält eine Frau im blauen Samtkleid mit einer Perlenkette um den Hals – drei feine unaufdringliche Schnüre, ein Geschenk ihres Mannes, das ihr mehr bedeutet als alles andere – den Atem an. Ganz feine Krähenfüße riffeln die Haut um ihre Augen, ihre runden, rosigen Wangen zeugen von der Gesundheit der belebenden Seeluft. Die kräftige Hand eines Mannes drückt die ihre. Eine Hornbrille schmückt sein kantiges Gesicht und eine Stirn mit schütterem Haar, aber voller Weisheit erstreckt sich oberhalb seiner leicht hochgezogenen Augenbrauen.

Neben ihnen ein leerer Platz.

Um an diesem Abend hier zu sein, sind sie auf dem Seeweg nach Amsterdam gekommen, mit ihrem Segelboot, ohne Eile – eine Ausnahme für sie, die ihre Insel nur ungern verlassen. Doch hier fühlen sich beide zu Hause, denn in dieser Stadt aus Wasser und Himmel, die es eigentlich gar nicht geben dürfte, einem Wunder gleich, von ergreifender Sonderbarkeit, finden sie ein vertrautes Licht wieder. Anna, ihre jugendliche Tochter mit den Schieferaugen, hätte sie gern begleitet. Doch sie arbeitet im Buchladenrestaurant *Chez Armelle*. Mit Stolz setzt sie sich dort insbesondere für die Bücher ihrer Eltern, Ronan und Emma Le Gall, ein sowie für die Alben von Louis-Camille Leclerc, Werke für Klavier und Orchester, die auf der Theke im Schutz der unveränderlichen Strand-Grasnelken ausliegen.

Tausende Augenpaare wärmen einen absolut geraden Rücken, der reglos hundertzwanzig Musikern gegenübersteht, die nur auf seine Anweisungen warten.

Die Erwartung im Saal ist umso größer, weil der Abend sich anders gestaltet als erwartet: Der eigentlich angekündigte Dirigent ist unpässlich, und es ist sein Assistent – ein ganz junger Orchesterleiter, der erst kürzlich bei einem internationalen Wettbewerb ausgezeichnet wurde –, der ihn am heutigen Abend vertreten wird.

Der Maestro Camille Ment – sein Künstlername – atmet tief durch und gibt dem Orchester mit einer kaum wahrnehmbaren, aber klaren Geste das Zeichen zum Einsatz.

* * *

Der Fagottsolist beschließt die Kantilene, die als Intro dient.

Und *Le Sacre du printemps* entfaltet seine Kraft, Lebensquell, Hymne auf die Erde, Versprechen, das ein siebenjähriger Junge sich selbst gegeben hat, an einem Tag mit starkem Südwestwind. Einem Tag, an dem durch ein paar Noten Musik alles in seinem Leben plötzlich die Farbe des Heidelandes annahm. Ein Landstrich, der jedes Opfer bringt, jedem Angriff standhält, so unzerstörbar wie der ewig wiederkehrende Frühling, so sehr ist er verankert in seiner unerschütterlichen Gewissheit. Aber dennoch ein Ort, der dem Himmel, wie der leere Platz in Camilles Rücken, allen Raum lässt, den er benötigt, damit die Silbermöwen dort herumschweben können, wie es ihnen beliebt.

Hinter den letzten Reihen, im Schatten, den Blicken entzogen, steht ein Mann. Ein großer Mann mit schneeweißem Haar, dessen langer, dünner Hals im Kragen seines Hemds schwimmt.

Am Grund seiner Augen: der Himmel, das Meer.

Und ein Leuchtturm, der, einer Diamantnadel gleich, alle zwanzig Sekunden aufblitzt, ewiger Dialog einer Insel mit der schwarzen Unendlichkeit, mit einer schönen Sommernacht.

In seiner Tasche befindet sich eine Venusmuschelschale, die er immer bei sich hat.

Danksagung

Mein Dank gilt Jean-Paul Penin, Dirigent, dafür, dass er mir gezeigt hat, dass Musik genau so zart und genau so kraftvoll sein kann wie die Île de Sein.

Roland Rymer, dem mutigen Kapitän, für all die bei ihm an Bord zurückgelegten Kilometer.

Frédéric Baud, für seine hervorragende Unterstützung als Toxikologe;

Annick, Philippe, Mathilde und Adeline Rouleau dafür, dass sie mir einen großen Flecken blauen Himmels geschenkt haben, um dieses Buch zu schreiben;

Nathalie Thomas für ihr Entgegenkommen und ihre Unterstützung.

Danke an Isabelle Laffont, meine Lektorin, für ihren anspornenden Enthusiasmus und ihr erneutes Vertrauen, und danke dem Team des btb-Verlags.